Le Château des trompe-l'œil

Du même auteur :

Les Premiers de leur siècle,
Éditions de La Martinière, 2015
Points, 2016

Le Bouffon de la Montagne,
Éditions de La Martinière, 2016

Chez d'autres éditeurs :

L'Archange et le procureur, Gallimard, 2008.
L'Hystéricon, Gallimard, 2010.
Autoportrait à la guillotine, Stock, 2018.

Christophe Bigot

Le Château des trompe-l'œil

Illustrations de Yohann Propin

Éditions
de La Martinière

ISBN : 979-10-401-1042-2

À Marie-Stéphanie Coran,
Ma « meilleure alliée », ma presque sœur,
depuis le tout premier chapitre.

« Cet obstacle terrible, invincible, que peut-il être ? J'épuise mon imagination en conjectures, elles me paraissent toutes fausses ou forcées, et je ne puis éteindre cette lueur d'espoir qui s'obstine à vivre au fond de mon âme. »

Claire de DURAS,
Olivier ou le secret

PREMIÈRE PARTIE

TERREUR(S)

« À tant de circonstances qui lui causaient de si justes alarmes se joignaient maintenant mille terreurs sans nom, qu'une ardente imagination peut seule faire naître, et qui défient la raison et la réflexion. »

Ann RADCLIFFE,
Les Mystères d'Udolphe

I

« Vous ne verrez pas la baronne, répétait Langlois. Ni ce soir, ni demain. »

L'œil était mauvais. Le ton bourru et sans réplique.

L'intendant se leva en raclant sa chaise. Baptiste comprit que l'entretien était terminé.

« Ma femme va vous conduire à votre chambre. »

La matrone qui lui avait servi sa fricassée de mousserons réapparut. Elle tenait, à hauteur de visage, un chandelier qui faisait reluire la cire jaune de son teint et une grosse croix d'or à son cou. Elle fit une courte révérence pour l'engager à la suivre. Ils remontèrent à l'office et traversèrent la galerie – quelque ancienne salle des gardes, à en juger par deux armures et une épée clouée à la muraille. L'écho de ses bottes sur les dalles lui serra le cœur.

Mme Langlois poussa une porte. Elle donnait sur un salon richement meublé. Dans l'angle s'ouvrait l'escalier intérieur d'une tourelle. Ils s'y engouffrèrent. Au deuxième étage, elle fourragea dans les ferrures jusqu'au cliquètement favorable. Après l'avoir mis en garde contre le dénivellement, elle l'invita à entrer. Elle posa le chandelier sur un guéridon, retendit d'une main le couvre-lit et prit un tisonnier pour remuer les braises.

Baptiste s'approcha de la fenêtre. Sa chambre donnait sur le parc et, au-delà, sur la mer, dont il devinait la présence à un grondement assourdi de mitraille.

Quand il se retourna, il était de nouveau seul.

Les rayons de la lune crevaient le feuillage de chênes centenaires. Ils faisaient pâlir le tissu carmin des murs et balayaient sur le parquet une dentelle vif-argent.

Baptiste repassa dans son esprit les détails du voyage : le départ de l'étude dans la nuit, avec sur sa langue la brûlure du café servi par Nanon ; le trajet en diligence dans la promiscuité de ses voisins – coudes dans les côtes d'une bourgeoise en deuil, fumet d'andouille de Vire d'un maquignon parti de Coutances pour un procès, chuchotis entrecoupés de gloussements de deux commères en visite. L'attente à l'auberge du relais de poste de Granville, devant un bol de cidre où flottait une mouche. Puis la route cahoteuse, dans un carrosse plus grinçant qu'une armoire vermoulue, avec son assise défoncée et ses coussins de peluche. L'arrivée par l'allée d'ormes et de chênes dont les ombres s'allongeaient déjà. Enfin, la descente de voiture parmi d'énormes dogues anglais aboyant et grognant sous le regard impavide du sieur Langlois, immobile sur le perron.

Un tour de la propriété lui avait permis de se remettre de ses émotions. Le château, cerné de douves saumâtres, était plus imposant que beau. L'architecture offrait une compilation de styles historiques. La bâtisse crénelée où se trouvait l'ancienne salle des gardes était flanquée à l'ouest par une tour carrée d'aspect médiéval, à l'est par un pavillon Renaissance. Ce dernier était prolongé par la tourelle octogonale où se trouvait sa chambre. Un corps de logis en briquettes d'époque Louis XIII en repartait à angle droit. L'intendant avait expliqué qu'un bâtiment similaire aurait dû, à partir de la tour carrée, fermer le fer à cheval. La Révolution ayant interrompu les travaux, il ne restait qu'une demi-galerie servant de remise et de poulailler.

Le sieur Langlois avait présenté Baptiste à sa femme, qui tenait le rôle de gouvernante et de cuisinière. Le vieux cocher qui l'avait conduit à Escreuil répondait au nom de Simon. Il officiait aussi comme jardinier et éleveur de poules. Quant à la fille aux cheveux rouges qu'il avait aperçue dans le potager à sa descente de voiture et qui l'avait fixé d'un air interrogateur, c'était Séverine, cameriste et occasionnellement lectrice de la baronne.

Avant le souper, Langlois avait fait asseoir Baptiste dans son bureau de l'aile Louis XIII, somptueux cabinet orné de grotesques et de chinoiseries.

« L'inventaire doit être tenu sur trois registres, avait-il expliqué. Le premier pour les volumes de la bibliothèque. Le deuxième pour les meubles. Le troisième pour les œuvres d'art. Ce portefeuille contient des attestations de propriété. Certaines pièces ont disparu lors d'un pillage à l'été 1789. Dieu merci, feu le baron avait fait cacher les tableaux dans le souterrain. »

Baptiste avait demandé à présenter ses hommages à la baronne. Langlois avait répliqué qu'étant malade, elle défendait l'accès de sa chambre à quiconque hormis Séverine. À présent, il regrettait de ne pas avoir insisté davantage. Son maître ne serait-il pas mécontent de lui ?

Il se déshabilla puis, ayant avisé une cuvette et une motte de savon, il se livra à d'énergiques ablutions, avant de se glisser dans les draps avec un soupir de contentement. Il s'endormit aussitôt.

Au milieu de la nuit, des cris l'éveillèrent. Tendant l'oreille, il reconnut les fioritures d'une aria de Rossini. Il ouvrit l'œil. La lune filtrée par les branchages promenait son filet de mercure sur le couvre-lit. Un volet s'était décroché. Baptiste replongea dans un sommeil agité, visité par des stryges. Ces monstres mi-femmes mi-volatiles, au bec et aux griffes acérés, le hantaient depuis qu'il les avait découverts, enfant, dans un recueil de contes orientaux.

★

Le lendemain, après avoir déjeuné à l'office d'œufs frits et de cette fade bouillie d'avoine que les Français nomment *gruau* et les Anglais *porridge*, il reçut la visite de Langlois. L'intendant semblait de meilleure humeur. Baptiste lui trouva presque l'air affable. C'était un homme d'environ trente-cinq ans, grand et robuste. Ses cheveux noirs tombaient en boucles épaisses sur son front. Son nez était fort, ses dents saines et son teint fleuri. Mais ce que l'on remarquait tout de suite, c'étaient ses yeux bitumeux à reflets jaunes. À peine adoucis par de longs cils, ils jetaient à tout instant leurs flammèches.

« J'ai pensé que vous voudriez profiter de la matinée pour visiter le parc. »

Ils prirent silencieusement l'allée d'ormes. Au loin, découpée par les massifs fleuris en plaques d'un bleu crémeux, la mer s'étendait, rejoignant l'horizon dans un sfumato azuré.

« Par temps clair, on voit les côtes de Jersey. »

Baptiste plissa les yeux.

« Inutile de vous fatiguer. Il y a trop de brume aujourd'hui. »

Ils revinrent au château, le pas amolli par la tiédeur du soleil.

« Vous n'avez pas eu froid cette nuit ? J'avais demandé à Rose de bassiner vos draps.

– Non, je vous remercie. En revanche, j'ai été réveillé par des sortes de hululements.

– Une orfraie, sans doute ?

– Plutôt un air d'opéra.

– Mouais. On dit que les mugissements du vent ressemblent à la voix humaine. »

Baptiste insista. Il avait reconnu l'air de Rosine dans *Le Barbier de Séville*, malgré les déformations d'une voix mal timbrée. Les traits de Langlois se contractèrent.

« Pardonnez mon indiscrétion, mais n'êtes-vous pas un peu jeune pour cette mission ?

– J'ai vingt-cinq ans, protesta Baptiste.

– C'est ce que je pensais, un jouvenceau. Avez-vous de l'expérience, au moins ? »

Vexé, le jeune homme récita ses états de service. À la mort de ses parents, il avait été recueilli par un oncle, propriétaire d'une manufacture d'indiennes à Coutances, qui lui avait appris à lire et à compter. Après son collège à Dol, où il avait été couvert de distinctions, il était entré sur la recommandation de son oncle comme clerc dans l'étude de maître Bouchard, l'un de ses clients. Baptiste avait assisté le notaire dans chacun de ses dossiers. Il avait en outre acquis auprès de lui des compétences en histoire de l'art, Bouchard occupant aussi à Coutances les fonctions de commissaire-priseur.

« Voilà qui va bien, le coupa Langlois d'un air narquois. Monsieur est un savant. »

Ils continuèrent à déambuler sans échanger une parole.

★

Dans sa jeunesse, Anatole Bouchard avait séjourné à l'Académie de France à Rome. Lors de la deuxième campagne d'Italie, il avait participé à l'enrichissement des collections nationales. Ayant hérité d'une charge de notaire, il était revenu s'installer dans le berceau familial bas-normand. Mais s'il s'acquittait scrupuleusement de sa charge, il ne renonçait ni à entretenir son ancienne flamme pour la peinture, ni à la communiquer à celui qu'il avait pris sous son aile en lui faisant copier des gravures d'après des tableaux célèbres.

« Apprenez à observer, répétait-il à Baptiste, inquiet des déformations que l'imagination trop vive de son élève imprimait à son esprit. La nature n'a rien de secret, en dehors de ce sur quoi nos yeux glissent sans cesse. »

À l'occasion d'une succession embrouillée dont les pièces justificatives se trouvaient à Paris, maître Bouchard avait emmené Baptiste avec lui. Entre deux séances aux Archives, le jeune homme s'était abreuvé de peinture au Louvre. Les fruits duveteux et les cuivres ruisselants de Chardin lui mettaient l'eau à la bouche. Les mignardises de Boucher exaspéraient son goût pour le sucre. Les plissés austères et les raides anatomies de David l'obligeaient à jeûner, avant que les chairs désossées et les extravagances chromatiques du grand Ingres ne le fassent retomber dans une volupté étrange, où se mêlaient faste oriental et opulence bourgeoise.

À son retour à Coutances, tout lui parut terne. Le soir, dans l'étude déserte, il décalquait faute de mieux d'anciens croquis de son maître ou des gravures découpées dans des gazettes. Selon maître Bouchard, qu'il accompagnait désormais dans toutes ses visites à de riches particuliers, Baptiste avait l'œil et le goût. Il savait reconnaître la manière de cent peintres, mémorisait la localisation et les dimensions des tableaux, discernait le beau du laid comme le vrai du factice.

C'est pourquoi le notaire avait songé à l'envoyer à sa place quand la baronne d'Escreuil s'était adressée à son étude, conformément à la tradition familiale, pour établir l'inventaire de ses biens meubles. Cet inventaire était un préalable à la révision du testament. Mais on ignorait ce que la vieillarde, restée sans héritiers, avait en tête. Vente aux enchères dont le produit serait reversé à une œuvre caritative ? Legs de ses collections à l'État ?

Maître Bouchard avait expressément recommandé à Baptiste de traiter directement avec elle. À en croire les dires d'une ancienne femme de chambre revenue s'établir à Coutances, la baronne était tenue à l'écart du monde par le sieur Langlois et son épouse, qui s'étaient débarrassés de tous les domestiques, sauf de Séverine, la fille aux cheveux rouges qui ne quittait guère la tour carrée, et de Simon, attaché à eux comme un chien à ses maîtres.

⋆

Dans l'après-midi, Langlois conduisit Baptiste à la bibliothèque. Elle se trouvait au rez-de-chaussée de la tour octogonale et ne recevait sa lumière que d'une étroite ouverture. Les rayons montaient jusqu'au plafond, chargés de milliers de volumes reliés.

« Le catalogue s'est perdu, expliqua l'intendant. J'en ai entrepris un nouveau il y a quatre ou cinq ans, mais des tâches plus urgentes m'ont requis ailleurs. »

Baptiste sentit sa gorge se serrer. Il en aurait pour des semaines.

« Tenez-vous à un emploi du temps strict, observa Langlois comme s'il lisait dans ses pensées. Si vous travaillez bien, vous pourrez profiter du parc aux belles heures. »

Au milieu de la pièce, un bureau de ministre était couvert de cartons. Langlois en prit un et l'ouvrit. À l'intérieur se pressaient des œuvres de tous formats. Il y avait des fusains rehaussés à la craie, des dessins à la plume et à la mine de plomb – scènes antiques et fêtes galantes, profils de Vierge et paysages flamands.

« La baronne a côtoyé des peintres, autrefois. Mais certains dessins sont de sa main. On dit qu'elle n'était pas dénuée de talent. Vous êtes sans doute plus à même que moi d'en juger ? »

Avec gourmandise, Baptiste poursuivit son feuilletage. Des profils de femme dans le goût de Watteau, avec bonnette et frisons sur la nuque, déroulaient l'alphabet mutin d'un libertinage révolu. Un mince album rectangulaire contenait des vues londoniennes. Baptiste reconnut Westminster, Covent Garden et Greenwich. Il s'abîma ensuite dans la contemplation d'une galerie en ruines, dont la voûte percée, s'ouvrant sur des nuées joufflues, lui rappela une gravure d'après Hubert Robert. Il en chercha en vain le paraphe.

Mais un autre dessin, glissé entre deux estampes et guère plus grand qu'une miniature, l'arrêta. C'était le visage d'un homme de vingt ou vingt-cinq ans. Il portait un bonnet rouge d'où s'échappait une abondante chevelure bouclée. Sous l'arcade sourcilière proéminente, les yeux jetaient un feu bleu. Les mâchoires étaient contractées, les lèvres corallines, les joues ombrées de mauve. Le modèle eût été assez beau pour figurer le Phrygien Pâris. Réprimant un frisson, Baptiste se retourna pour interroger Langlois. Celui-ci avait disparu.

II

La nuit suivante, Baptiste fut de nouveau éveillé par d'effroyables miaulements.

Cette fois, il se leva. À l'ouest, sa fenêtre donnait sur la tour carrée. Au troisième étage, la croisée était entrouverte. Le son métallique d'un clavecin mal accordé s'en échappait. Il accompagnait une voix d'une puissance opératique aux trémolos désordonnés, manquant des volées de marches et tombant d'aigus effilés en graves sépulcraux. Le vent modulait la mélodie de ses trouées sifflantes. Baptiste crut reconnaître une romance que sa mère lui fredonnait au berceau. Il se recoucha et attendit le sommeil. Il aurait volontiers arpenté les allées du parc pour y fatiguer sa machine. Mais ne risquait-il pas d'y croiser Langlois ou ses dogues ?

La journée avait été infructueuse. Il avait décidé de commencer par les œuvres d'art. Une dizaine de cartons comparables à celui que Langlois avait ouvert pour lui se trouvait dans la bibliothèque. Il en avait classé le contenu en piles menacées d'écroulement – portraits, scènes de genre, allégories et caprices. Il avait ensuite tenté d'établir une correspondance entre les documents du portefeuille et les œuvres qu'il avait sous les yeux. Le registre, couvert de taches de gras et de vin – à moins qu'il ne s'agît de sang ? –, n'évoquait que des œuvres de grande taille, un Lancret, deux Largillière, une fête villageoise de Greuze. Celles-ci, selon Langlois, avaient été protégées des convoitises et mises en caisses. Mais où étaient-elles à présent conservées ?

Avant le départ de Baptiste, maître Bouchard lui avait rapporté ce qu'il connaissait de l'histoire suspecte des lieux et de la famille. La vie foisonnante de la baronne avait donné lieu, sous le Directoire, à des mémoires apocryphes et calomnieux. Feu le baron d'Escreuil avait été guillotiné sous la Terreur, à seulement vingt-cinq ans. Il avait rencontré son épouse six mois auparavant, à Londres. On disait Léonie – la future baronne – lointainement apparentée aux Escreuil par sa mère, mais roturière et piémontaise par son père, fameux joueur, trafiquant de pommades et comédien de tréteaux. Antonio Salvati avait enlevé Diane de Selves à la suite d'une représentation théâtrale donnée à la foire de Cancale. Après quelques années d'itinérance, il avait abandonné sa compagne avec le fruit de leur union. Revenues en Bretagne où, faute de secours familiaux, elles étaient tombées dans la misère, Diane et sa fille Léonie avaient ensuite vécu d'expédients à Paris. Léonie avait pris des cours de chant, de diction et de dessin. Elle était entrée chez une marchande de modes peu après la mort de sa mère dans des circonstances mal élucidées. Sa grande beauté lui avait valu de poser pour des peintres. On la disait liée aux gloires de la scène française, Mlle Raucourt, Julie Candeille, ainsi qu'à Mlle Lenormand, la célèbre devineresse du faubourg Saint-Germain. Elle faisait ses premiers pas au Théâtre-Français quand la Révolution avait éclaté.

En 1793, Léonie de Selves avait été emprisonnée à Sainte-Pélagie avec les comédiens restés fidèles au roi. Libérée après quelques mois de détention, elle avait fui à Londres. C'est là, dans les cercles de la noblesse émigrée, qu'elle avait rencontré le baron Armand d'Escreuil. Le mariage à peine célébré, elle était revenue en France pour une négociation délicate : il s'agissait de racheter le château d'Escreuil vendu comme bien national, dans l'espoir de s'y installer quand la Révolution serait finie. Victime d'une dénonciation anonyme, Léonie avait été ramenée à Paris et jetée en prison. Armand s'était à son tour jeté dans la gueule du loup dans l'espoir de lui porter secours. Après une parodie de procès, il avait été guillotiné. Le jugement de Léonie, lui, avait été miraculeusement ajourné ; la chute de Robespierre la sauva.

À la différence de certaines de ses compagnes d'infortune, Léonie n'avait pas voulu compromettre sa vertu dans la fange du Directoire. Faute de pouvoir reprendre le château d'Escreuil à son nouveau propriétaire – un citoyen Dalbret qui, supposait-on, l'avait trahie –, d'autant plus inconsolable de la mort de son mari qu'elle s'en jugeait responsable, elle avait disparu. On la disait morte ou remariée dans le Piémont quand, à la faveur du retour des Bourbons, elle était finalement rentrée en France. Elle avait repris possession d'Escreuil et des terres non hypothéquées. Depuis vingt ans, elle y vivait entièrement recluse.

Cette biographie lacunaire hantait Baptiste. Plus que l'espoir de conforter maître Bouchard dans la bonne opinion qu'il avait de lui, celui de se frotter à un passé riche en péripéties dramatiques lui avait fait accepter la mission. Son arrivée au château avait décuplé sa curiosité. Pourquoi la baronne avait-elle disparu après la chute de Robespierre ? Pourquoi ne s'était-elle jamais remariée alors qu'elle était encore si jeune ? Pourquoi, enfin, vivait-elle cloîtrée, à l'abri de la lumière du jour, ne s'animant la nuit que pour massacrer au clavecin d'anciennes romances ? Avait-elle perdu la tête, comme maître Bouchard l'avait suggéré ?

⋆

Au réveil, Baptiste enfila la robe de chambre à revers moirés et les pantoufles anglaises que son oncle lui avait offertes pour sa fête patronale. Ayant rapproché l'écritoire de la cheminée où les braises rougeoyaient encore, il écrivit trois lettres : la première à son oncle pour l'informer de sa mission, la deuxième à sa fiancée Sophie, fille d'un bonnetier voisin de l'étude, la dernière à maître Bouchard, à qui il avait promis un compte régulier de son activité.

Ensuite, il se rasa. Il rêvait d'une moustache à la Byron, mais le poil ombrageant sa lèvre supérieure était trop filandreux pour tenir recourbé. Il le supprima d'un geste impulsif et s'observa dans le miroir de la coiffeuse. Ses traits étaient réguliers. Son œil brun, d'une nuance mordorée, avait du feu. Son gilet à motifs de cachemire lui prenait bien la taille. S'il parvenait à faire bonne impression à la baronne, il pourrait s'affranchir de la vigilance encombrante de Langlois.

Le vieux Simon vint prendre ses lettres et l'informer que son déjeuner serait servi dans le pavillon Renaissance. De la fenêtre, Baptiste observa les merles se poursuivre avec des saccades d'automates. Les allées, envahies de mauvaises herbes, finissaient par disparaître dans les massifs du fond du parc. D'ici, on ne pouvait voir le belvédère qui en marquait la limite, mais la réverbération du soleil laissait deviner la mer toute proche.

Il passa la matinée à inventorier le contenu des derniers cartons. Cette fois, il fit des trouvailles d'autant plus précieuses qu'elles étaient signées. Il y avait des profils à la mode pompéienne du baron Gérard. Des études de pieds et de drapés à l'antique par le baron Gros. Des anatomies de David, à demi couvertes d'une peau de lion herculéenne. Qu'étaient devenues ces gloires de la Révolution et de l'Empire ? Gérard venait de mourir dans l'indifférence générale. Gros, conspué par la critique, s'était jeté dans la Seine deux ans auparavant. David était mort depuis longtemps dans l'obscurité de son exil bruxellois.

Baptiste éprouvait pour ces temps révolus la nostalgie des époques que l'on n'a pas connues. Était-ce parce qu'il se les représentait dotées de couleurs plus profondes que celle dans laquelle il vivait ou parce que c'était celle de ses parents ? Son père, chirurgien-major aux armées, avait fait une crise d'apoplexie huit jours après Waterloo. Madame Rivière, son épouse d'origine anglaise, était morte six mois plus tard en accouchant d'une petite fille, elle-même emportée par les fièvres. Baptiste gardait de sa mère une miniature sur ivoire, toujours fixée à son cou. À la pâleur du visage fondu dans un nuage capillaire se mêlaient des impressions de petite enfance – baisers sur le front, *nursery rhymes*, cauchemars guéris d'une caresse.

Il allait refermer le carton quand une planche glissa au sol. Il la ramassa. Un visage aux yeux clos, d'une beauté surnaturelle. Il émergeait de l'ombre d'une opulente chevelure brune. Le cou, épais comme une cuisse, dégageait une impression de volupté repue. La perspective écrasait l'arc double du sourcil et d'une paupière bombée, luisante et bistrée. Elle renforçait les proportions d'un nez grec et faisait saillir une bouche sensuelle, presque trop forte.

Baptiste reconnut aussitôt ce visage. C'était celui de l'*Endymion* de Girodet que maître Bouchard lui avait fait admirer au Louvre. Dans la version finale, le corps du berger s'offrant à la lumière de la lune occupait toute la diagonale du tableau, entre une couche matelassée de peaux de bêtes et le feuillage noir des arbres. Baptiste s'était abîmé si profondément dans sa contemplation, ce jour-là, qu'il y avait laissé quelque chose de lui.

Le même sortilège sourdait de l'étude préparatoire.

Quand il releva la tête, il s'aperçut qu'il était tout environné de nuit.

III

Il s'était promis de s'aventurer dans le château cette nuit même. Prétextant une migraine, il avait décliné la proposition que lui avait faite Langlois de souper avec lui à l'office. À sa demande, Simon lui avait servi son gigot froid dans le pavillon Renaissance.

Il avait ensuite, à la lumière d'un flambeau, parcouru les rayonnages de la bibliothèque, cherchant de quoi le divertir jusqu'à l'heure propice à son exploration nocturne.

Dans les rayons les plus accessibles s'alignaient, en éditions originales parfois piquetées de bleuissures ou grignotées par les rats, les grands noms de la littérature et de la science. Les moralistes avoisinaient les poètes. Les livres de piété se pressaient à côté des grimoires de médecine. Les traités de géographie jouxtaient les ouvrages de droit romain et de droit coutumier. Toute cette accumulation de science farineuse, cette écume de gloire vert-de-grisée, lui tournait la tête ; elle lui révélait son ignorance sans lui ouvrir l'appétit.

Ce qu'il cherchait, c'était un roman. Chez son oncle, dans son cabinet de lecture jamais fermé, il avait pris goût à ces ouvrages décriés pour leur invraisemblance et leur immoralité. Pierre-Marie Rivière, dont la jeunesse avait été orageuse, laissait traîner comme à son usage exprès de ces volumes qui, selon le mot de Rousseau, ne se lisent que d'une main. Adolescent, Baptiste avait eu les sens brûlés par les mésaventures du chevalier des Grieux. Il avait été émoustillé par celles du chevalier de Faublas, avait cru rôtir en enfer en dévorant Duclos et Laclos. Souvent, il se demandait pourquoi, alors qu'il n'aspirait qu'à vivre dans le respect des lois et de la morale, il éprouvait cet attrait pour les turpitudes des autres, personnages fictifs ou assassins dont les procès en cour d'assises racontés dans les journaux le passionnaient.

Certains êtres sont nés pour vivre de grandes choses dans la passion ou le crime. D'autres seulement pour en recueillir le récit. Baptiste, malgré une imagination ardente, était persuadé d'appartenir à la seconde catégorie. Il n'avait rien vécu d'extraordinaire que par procuration. Il n'en éprouvait d'ailleurs aucun regret. La vie la plus rangée, considérait-il avec une sagesse un peu suspecte pour son âge, est aussi digne d'être vécue que celle des héros les plus flamboyants ou des monstres les plus fameux. Pourtant il savait aussi qu'elle se nourrit des malheurs et des forfaits des autres. L'impulsion doit bien venir de quelque part. Et quant à lui, c'était dans les existences les plus intenses qu'il puisait ses influx de vigueur.

Il repéra l'angle le plus sombre de la bibliothèque, y positionna l'escabeau et grimpa. En s'élevant, il quittait l'Ancien Régime. Aux tragédies faisandées de La Harpe, aux désuets *Jardins* de l'abbé Delille succédèrent Mme de Staël, Lamartine et même Victor Hugo. Dans un renfoncement, Baptiste sut qu'il touchait au trésor. Avec l'instinct du chasseur, il plongea son bras, choisit le volume que son poids singulier et le velouté de sa couverture lui recommandaient et l'approcha de la lueur de la flamme. C'était *Thérèse philosophe*, dont son oncle lui avait souvent parlé. Les illustrations faillirent provoquer sa chute. Le rouge aux joues, il le déposa à ses pieds. Vinrent le rejoindre *Les Liaisons dangereuses*, avec des gravures de Moreau le Jeune, *Les Crimes de l'amour* de Sade, enfin un récit anonyme, *Olivier*. Le titre ne suggérait rien de licencieux, mais son flair lui disait qu'il n'était certainement pas là par hasard.

★

La soirée s'écoula rapidement. Stimulé par les gravures des ouvrages empruntés, Baptiste s'adonna à ces plaisirs qui n'ont d'autre inconvénient que de ne décevoir jamais. Puis il songea à satisfaire son goût pour l'épouvante. Il était plongé dans *La Nuit anglaise* de Bellin de La Liborlière quand minuit sonna. C'était l'heure tout indiquée pour explorer le château. Il s'exhorta au courage en songeant que sa lâcheté inspirerait du mépris à sa fiancée. Drapé dans sa robe de chambre, il descendit l'escalier en colimaçon. Il traversa le pavillon Renaissance et la salle des gardes jusqu'à la base de la tour carrée. La flamme du chandelier se refléta en saignements hideux sur le tranchant de l'épée clouée à la muraille.

Au pied de l'escalier, il hésita. Simon, à ce qu'il avait compris, logeait dans le bâtiment abandonné qui servait d'entrepôt. Les Langlois dormaient dans l'aile Louis XIII, près du salon chinois dont l'intendant avait fait son bureau. Mais ne risquait-il pas de rencontrer Séverine, la camériste de la baronne ?

Il grimpa la première volée de marches, prenant soin de protéger la flamme de son chandelier car un courant d'air glacial descendait en spirale. Au premier palier, il s'arrêta pour reprendre son souffle. Le froid le gagnait. Hissé sur la pointe des pieds pour limiter la surface de contact avec la pierre, il reprit son ascension. Entre deux étages, une fenêtre était restée ouverte. Il s'y pencha et reconnut, presque en face, celle de sa chambre. À travers les volets, on remarquait une lueur rouge. Il s'inquiéta d'avoir laissé son feu sans surveillance. Que dirait maître Bouchard s'il se rendait responsable d'un incendie ?

Au deuxième palier, la certitude d'une présence le fit se plaquer contre la muraille mouillée de salpêtre. Il guetta, une main plaquée sur sa poitrine pour tenter de calmer les battements de son cœur. Un léger grattement se faisait entendre, mettant ses nerfs au supplice. Il allait crier « qui va là ? » quand, de l'ombre, surgit une forme hirsute. C'était un énorme matou. Dans la pénombre, sa fourrure grise paraissait presque violette. Seuls ses yeux d'agate luisaient. Dressé sur ses coussinets, il cracha en direction de Baptiste. Celui-ci le menaça de sa pantoufle pour le faire détaler.

Arrivé aux appartements de la baronne, il poussa la porte de l'antichambre. La lueur du flambeau caressa la dorure de cadres ovales et rectangulaires. C'était là, sans doute, que se trouvaient les principales œuvres de la collection. Il souffla la bougie et posa le chandelier sur une console. Un rai de lumière le guida jusqu'à la porte suivante. Il y plaqua son oreille. Des bruits d'étoffe froissée lui parvinrent. Il se pencha pour mettre un œil à la serrure. Une clef devait y être glissée car il ne voyait rien. Il colla sa tête sur le sol, avant de s'allonger entièrement sur le ventre. Il aperçut alors le bas d'une robe pourpre qui contournait en glissant une table ou un lit. À droite, entre deux barreaux de chaise, il avisa des pieds nus aux chevilles fortes et velues. La courbe des mollets s'évasait jusqu'à l'échancrure d'une culotte aux boutons défaits.

De temps à autre, un soupir se faisait entendre.

« Cessez de vous tordre les mains ! »

Baptiste reconnut la voix de Langlois.

Celle qui répondit lui glaça les sangs. C'était l'écho d'une souche évidée que le vent balaie et la grêle perfore. Un timbre lugubre, flûté, traversé d'éraillements.

« Je me demande ce qui vous rend si confiant.

– Sa jeunesse. Une apparence de candeur, aussi.

– Depuis quand vous fiez-vous aux apparences ? Moi aussi, on me disait candide.

– On se trompait, sans doute ?

– Trêve de persiflages. Il faut que je lui parle.

– C'est trop tôt. J'ai besoin de savoir ce qu'il a dans le ventre. »

Langlois se mit debout. Ses pieds se rapprochèrent de la traîne pourpre et la conversation se poursuivit à voix basse. Comme Baptiste tendait l'oreille, un poids s'abattit sur son échine. Il creusa les reins jusqu'à rentrer dans la dalle froide. Un grattement méthodique transperçait sa robe de chambre. Se retenant de hurler, il tourna la nuque. Les yeux d'agate du matou étaient braqués sur lui. D'un tour de bras, il l'envoya valser. Le félin rugit en retombant sur ses pattes.

Aussitôt, un remue-ménage se fit entendre dans la chambre. Baptiste n'eut que le temps de se relever et de prendre la fuite. Il dévala l'escalier, traversa la salle des gardes, le salon Renaissance, et remonta l'escalier de la tourelle, les pieds comme transpercés d'aiguilles.

Une fois dans sa chambre, il se rendit compte qu'il avait oublié son chandelier.

Il s'était promis de s'aventurer dans le château cette nuit même.

IV

L'image du flambeau, marquée au fer dans sa cervelle, lui ôta tout sommeil. Dix fois il songea à retourner sur ses pas, mais la crainte de croiser cette créature du démon le paralysait. Sa précieuse robe de chambre était lacérée. Son dos, strié d'estafilades. De toute façon, Langlois avait déjà dû trouver la preuve de son effraction. Baptiste en était à choisir entre des excuses invraisemblables pour justifier sa présence dans les appartements de la baronne.

La conversation qu'il avait surprise le torturait encore plus. S'il en était l'objet, comme tout paraissait l'indiquer, que pouvait-elle signifier ? Était-il tombé dans un piège en séjournant à Escreuil ? Son cerveau s'épuisa sous la contrainte. Il sombra dans un sommeil agité. Le froid piquant du matin le réveilla, avec une douleur à la gorge.

Craignant qu'on ne lui donne son congé, Baptiste établit pour maître Bouchard un justificatif de ses actions. Cependant, il jugea prudent de passer sous silence ses soupçons au sujet de Langlois et de la baronne. Sa deuxième lettre fut pour son oncle. Il lui décrivit la bibliothèque d'Escreuil et lui demanda des renseignements sur la valeur marchande et le mérite, strictement littéraire s'entend, de certains ouvrages. Il adressa pour finir ses compliments à Sophie et lui fit part de ses impressions les plus agréables depuis son arrivée à Escreuil. En l'écrivant, il s'apaisa un peu. Il décrivit le chant des oiseaux et la vigne vierge encadrant sa fenêtre. Sophie aimait le Moyen Âge. Il l'imagina, en robe de brocart à bordure d'hermine, parcourant les allées du domaine. Cela lui donna l'idée de pousser plus loin son exploration. Demain, il lui peindrait la grève et les vagues.

Il descendit porter ses lettres au vieux Simon, dont il croyait avoir gagné la confiance en graissant sa paume osseuse à son arrivée. Ce fut Langlois qui l'accueillit dans le salon Renaissance. Sanglé dans son habit noir et la mine impénétrable, il tenait le milieu entre la statue du commandeur et l'exécuteur des hautes œuvres.

« Donnez, enjoignit-il en tendant le bras. Je les ferai porter. »

Il soupesait les enveloppes, un sourire ambigu aux lèvres.

« Déjà tant de choses à conter à maître Bouchard ? »

Baptiste ne répondit rien et s'assit pour déjeuner. Langlois repassait son index du menton à la lèvre inférieure, ramassée en une lippe narquoise.

« Sophie Doudeville. Votre bonne amie, sans doute ? »

Il s'assit familièrement sur la table, son épais cuisseau bousculant une corbeille garnie de poires. La mouillette de Baptiste resta suspendue au-dessus du jaune d'œuf, tremblante.

« Ma fiancée. Les bans doivent être publiés à mon retour d'Escreuil.

– J'espère qu'elle connaît sa chance. Est-elle jolie, au moins ? »

La question prit Baptiste de court. Sophie avait de grands yeux bleus, un teint de faïence et un air de distinction et de propreté. Elle était un peu forte, sans doute. Mais n'étaient-ce pas ces rondeurs, précisément, qu'on a coutume de qualifier de jolies ?

« J'ignore ce que le monde en pense, mais elle me convient, à moi.

– Vous m'en voyez heureux pour vous.

– Je vous remercie, mais je crois pouvoir me passer de votre approbation.

– Vous avez raison. »

Le sourire de l'intendant, impossible à déchiffrer, le troubla. Langlois se moquait-il de lui ? Se rendant peut-être compte qu'il avait passé les bornes, l'intendant changea de ton pour lui demander comment il comptait occuper sa journée. Baptiste dit qu'il voulait terminer d'inventorier le contenu des cartons. Les collectionneurs anglais constituaient des cabinets d'estampes et de dessins. On pourrait sans doute tirer un bon prix de certaines œuvres.

« Leur valeur est sentimentale, le coupa Langlois. Je doute qu'elles soient à vendre. »

Baptiste se mordit les lèvres. Il brûlait de parler de sa découverte. L'*Endymion* de Girodet le hantait. Cette sensualité régulière de camée ! Ce front pur casqué d'ébène ! Il eût dépensé toutes ses économies pour posséder un tel chef-d'œuvre.

« Il y a, dans un carton, une étude admirable pour un tableau exposé au Louvre. Une œuvre d'Anne-Louis Girodet. Savez-vous comment ce dessin est arrivé en possession de la baronne ? »

Langlois parut réfléchir.

« Un cadeau, sans doute.

– A-t-elle connu Girodet ?

– Je vous l'ai dit. La baronne a fréquenté les ateliers d'artistes dans sa jeunesse. »

Baptiste était déçu d'en apprendre si peu. L'admiration qu'il vouait à Girodet passait encore celle que lui inspirait David. Il y avait dans les tableaux de l'élève une impression de mystère, un parfum d'au-delà fantastique qui faisaient défaut à ceux de son maître. C'était comme si les brumes du Nord avaient rencontré le soleil du Midi. La blancheur dorée des antiquités romaines s'y dissolvait en myriades de gouttelettes opalescentes. Les anatomies trop parfaitement proportionnées de David s'y allongeaient fantastiquement. Les ombres terre de Sienne s'y approfondissaient, viraient à l'indigo, se peuplant au passage de créatures à peine visibles, évoquées d'un simple trait blanc, elfes et farfadets, fées présidant depuis le royaume des airs aux destinées humaines et fantômes retenus entre ciel et terre à la suite d'une mort violente. Baptiste brûlait de percer les secrets d'un tel art. Il eût voulu ne rien ignorer de l'homme, de son métier, de ses sources d'inspiration. Son âme était-elle calme ou tourmentée ? Était-il en proie à ces accès d'humeur noire que les Anglais nomment *spleen* ?

Se secouant lui-même, il revint à l'établissement du catalogue.

« Je n'ai pas pu établir de relation entre ces dessins et les attestations que vous m'avez confiées. Mais en accédant à la partie de la propriété où se trouve le gros des collections…

– Jeune homme, vous avez de quoi faire ici. Quand vous en aurez fini avec les cartons, passez aux livres. D'ici là, je gage que la baronne sera en état de vous recevoir. Et si ce n'est pas le cas, il vous restera les meubles du pavillon Renaissance et de l'aile Louis XIII. »

★

Dans la journée, comme Langlois s'était enfermé dans le cabinet chinois pour y superviser le versement des fermages de la baronne, Baptiste osa remonter jusqu'au troisième étage de la tour médiévale. Lové dans une incurvation formée par l'usure des marches comme un vieux manchon de fourrure oublié, son ennemi de la veille prenait le soleil qui lui venait d'une meurtrière. Baptiste résista à la tentation de l'écraser. Passant la tête par la porte de l'antichambre, il fixa la commode sur laquelle il avait posé le chandelier. Celui-ci avait disparu. Il redescendit, la respiration courte, un battement dans les tempes.

Il poussa la porte qui donnait sur le parc.

En longeant le corps du bâtiment inachevé, il aperçut, dans l'aile d'en face, l'ombre de Langlois absorbé dans ses comptes. Baptiste ralentit le pas pour ne pas attirer son attention.

Le gravier des allées avait sous la semelle ce craquement clair des beaux jours. Un parfum violent montait de la jonchée de feuilles, mêlé à celui de la pierre et du buis chauffés.

Simon était occupé à tailler les haies extérieures du labyrinthe. Il toucha son chapeau en guise de salut. L'acier de son regard fit froid dans le dos à Baptiste.

Après les plates-bandes qui formaient le parterre, l'herbe devenait plus haute, les reliefs plus accidentés, les massifs plus exubérants. Baptiste eût aimé connaître le nom de toutes les fleurs. La rumeur de la mer lui parvenait, régulière mais de plus en plus forte, vaporisant des embruns fades. Craignant de souiller ses bas, il rejoignit l'allée latérale. La terre s'épaississait de feuilles pourrissantes. Les bols de poupée formés par la coque des glands crissaient sous ses semelles quand ils ne s'y brisaient pas. Sous la voûte arborée, le silence plus mat n'était interrompu que par un brusque froufroutement d'ailes ou le remuement d'un rongeur caché. Baptiste se retourna plusieurs fois. Il avait l'impression d'être suivi.

Après s'être perdu dans un sous-bois et avoir failli tomber dans un trou gluant, il ressortit en pleine lumière, à la lisière du domaine. La mer était là, partout. À perte d'horizon, son turquoise laiteux s'étalait, encerclant le Mont Saint-Michel, admirable joujou découpé par le contre-jour dans une plaque de plomb. Il s'arrêta un instant, oubliant le mécontentement causé par l'état de ses souliers.

Il poursuivit son chemin en direction du belvédère. C'était un kiosque dans le goût néoclassique, huit colonnes de marbre surmontées d'un dôme. Baptiste imagina une collation servie par des Polichinelles et des Colombines pour de beaux messieurs et de belles dames. Il alla s'asseoir sur le banc de pierre au milieu du damier gris et blanc. Depuis l'encadrement des colonnes, la vue gagnait en profondeur. Ici et là se dessinaient les triangles de petites embarcations. À un bouillonnement d'écume, on devinait l'affleurement des récifs. La page du ciel se couvrait de signes noirs : un vol de cormorans en mesurait l'immensité.

En direction du nord-ouest, Baptiste discerna une bande d'un violet plus soutenu. Il se demanda s'il pouvait s'agir de Jersey. C'était déjà presque l'Angleterre. Combien de fois n'avait-il pas rêvé de se rendre dans la patrie de ses aïeux ? Ce sol ennemi n'était-il pas le refuge de tous les héros de roman ? la terre des bardes et l'asile des fées ? Il tenta d'imaginer la jeune baronne débarquant par une nuit d'hiver pour négocier le rachat en sous-main du domaine d'Escreuil. Avait-elle été arrêtée dans l'heure ? Les lieux, la mer surtout, si délébile, gardent-ils la marque des drames passés ? Baptiste descendit les trois marches qui conduisaient à une rambarde et se pencha. Un escalier était taillé dans le rocher. Son regard en suivit les marches. Tout en bas, tapissé d'algues et partiellement nappé par la marée, se trouvait un embarcadère. Aux anneaux rouillés pendaient des cordes.

À cet instant, Baptiste eut la certitude d'une présence. Il se retourna. Personne.

Il repartait quand il aperçut, sur le banc de pierre du kiosque, une tache blanche. En s'approchant, il découvrit un billet plié qui contenait ces lignes, tracées hâtivement :

Méfiez-vous de Langlois. Enfermez-vous pour dormir.
Quelqu'un qui vous veut du bien.

V

Le jour tombait. Baptiste n'osait pas réclamer de lumière.

Toute la journée, il avait réfléchi au rangement de la bibliothèque. Les principes du classement lui échappaient. Il avait cru à un étagement chronologique – humanités à portée de main, ouvrages récents en hauteur, peut-être parce que la baronne ne comptait pas les relire. Mais la présence de la précieuse collection libertine lui avait fait réviser ce jugement. La bibliothèque lui avait alors paru organisée selon une échelle croissante des plaisirs. Les ouvrages rébarbatifs – commentaires bibliques, livres de piété – rasaient le plancher. Plus haut, les traités d'art mécanique, d'anatomie, d'horticulture ; le droit, l'histoire, la géographie ; les encyclopédistes, les poètes dramatiques, les romanciers. Enfin, en prenant le risque de se rompre le cou, on touchait au septième ciel de la littérature. Mais ne projetait-il pas ses fantasmes sur une disposition aléatoire ? Non loin des ouvrages licencieux, il avait remarqué un riche fonds ésotérique. Alchimistes et illuministes, ils étaient tous là, de Paracelse à Cazotte. Baptiste jugeait ces sciences absconses, pour le peu qu'il en avait tâté dans la bibliothèque de son oncle. Pourtant, il leur reconnaissait un mérite : avoir sondé ce monde invisible que les Lumières avaient obstinément écarté de la sphère du savoir.

Il en était là de ses réflexions quand, n'y voyant plus rien, il remonta dans sa chambre pour se changer. Langlois l'avait invité à partager un chapon que Simon avait mis à mort la veille. Rose, selon son mari, n'avait pas sa pareille pour en accommoder la chair tendre. Comme l'avertissement qu'il avait reçu ne quittait pas son esprit, il avait décliné. Mais Langlois n'était pas homme à se satisfaire d'un nouveau refus. Jusqu'à preuve du contraire, avait-il ironisé, M. Rivière n'était pas d'une naissance telle qu'il pût se croire offensé à l'idée de partager son souper avec un homme du peuple. Baptiste avait dû céder pour ne pas l'offenser davantage.

Quand l'intendant braquait sur lui le canon glacé de son regard, Baptiste se sentait défaillir. Il se demandait ce qu'il avait fait pour mériter une telle hostilité. La certitude de son innocence jointe à un sentiment d'indignité lui donnait envie de pleurer ou de se jeter à genoux. Mais le plus déstabilisant était que Langlois était capable, en une fraction de seconde, de détendre les muscles de son visage et de verser sur lui l'huile chaude de son sourire. Alors une joie incompréhensible s'emparait de Baptiste et il sentait qu'il ne pouvait rien lui refuser.

La première impression est toujours la bonne, disait souvent maître Bouchard. Baptiste chercha à se rappeler ce qu'il avait ressenti lorsque, descendant de voiture, il avait aperçu Langlois planté sur le perron, entouré de ses dogues anglais auxquels il ordonnait de se rasseoir – les monstres, même à terre, avaient continué à gronder et montrer les crocs. Difficile de démêler ce qui, dans sa terreur, lui avait été inspiré par la meute ou par Langlois. Mais *terreur* était bien le mot. Et s'il lui avait fallu la qualifier, au moment où l'autre lui avait broyé la main en le fouaillant de ses prunelles brunes, *sacrée* eût été le seul adjectif approprié.

★

En entrant dans sa chambre, Baptiste tressaillit. Son chandelier à trois branches était posé sur le guéridon. Il le reconnut à une excroissance près du poinçon, sur laquelle il avait pressé son pouce jusqu'au sang lors de son expédition nocturne. Qui l'avait replacé là ? Langlois lui-même, pour lui faire comprendre qu'il n'était pas dupe ? Celui ou celle qui lui avait écrit lui *vouloir du bien* ? L'auteur de ce billet, il aurait donné cher pour le connaître. Il ne pouvait s'empêcher d'espérer que ce soit Séverine, la cameriste. Mais elle ne quittait presque pas la tour carrée, à la différence de la femme Langlois, laquelle faisait chaque jour sa chambre. Et si c'était la baronne elle-même, dans l'intention de voir ce qu'il *avait dans le ventre* ?

Baptiste retira sa veste de lustrine blanchie par la poussière et la secoua par la fenêtre. Il changea de chemise, passa son gilet à motifs cachemire et s'enrubanna le col d'une cravate bouffante. Il cracha sur ses bottes, les frotta pour les faire briller, pommada ses boucles. Satisfait du reflet que lui renvoyait la coiffeuse, il descendit à l'office.

Une odeur de sauce et de peau rôtie montait des cuisines.

Rose Langlois lui désigna la chaise vide, face à l'intendant. Deux couverts étaient mis sur la table en châtaignier dont l'extrémité était recouverte d'une nappe blanche. Qu'elle ait soupé plus tôt ou préféré passer son tour, la gouvernante semblait considérer que sa place était debout. Sans desserrer les dents, elle lui versa deux louches de potage avant de disparaître.

Langlois paraissait d'humeur enjouée. Il commença par féliciter Baptiste pour son élégance. S'étant levé et rapproché de lui, il passa familièrement la main dans ses cheveux pommadés. Baptiste sentit le feu lui monter aux joues. Langlois lui servit un verre de vin pur, l'invita à avaler son potage tant qu'il était chaud, puis lui demanda s'il avait trouvé des ouvrages intéressants. Baptiste se lança dans un exposé assez embrouillé sur la richesse du fonds et la rareté de certaines éditions.

« Avez-vous franchi la porte de l'enfer ? » demanda Langlois en clignant de l'œil.

Baptiste craignit de trop bien comprendre la question.

« Comment, un garçon lettré comme vous ignore ce qu'est l'enfer d'une bibliothèque ? reprit Langlois. Pour une fois, je vais vous apprendre quelque chose. Si j'ai bien retenu ce que m'en a raconté la baronne, c'est là qu'on entrepose les livres qui offensent la morale et la religion. À l'instar de ceux qui trônent sur votre chevet, monsieur Rivière. Je lis assez peu moi-même, mais j'ai un bon œil pour les illustrations. »

Une bouffée de honte envahit Baptiste. Cette fois il en était sûr, c'était Langlois qui avait rapporté le chandelier. En avait-il profité pour fouiller ?

« Ce sont des curiosités bibliophiliques. D'ailleurs, on s'exagère l'indécence de ces ouvrages. Je les trouve plus ennuyeux qu'autre chose.

– Dommage, dit Langlois en repassant son index sur sa lèvre inférieure. Ont-ils de la valeur ? J'ai entendu dire que le père de feu le baron dépensait des fortunes dans cette collection.

– Il y a une clientèle pour ce genre de lectures. S'il s'agit de raretés, elle doit être prête à y mettre le prix. Mon oncle me donnera des renseignements sur ce point. »

Rose Langlois venait de reparaître, portant devant elle un légumier. Elle dit quelque chose à l'oreille de son mari, qui se leva en maugréant et descendit aux cuisines.

Resté seul avec elle, Baptiste sentit un grand froid le gagner.

« Vous aimez le chou ? » demanda Rose.

Il acquiesça. Elle souleva le couvercle, et l'odorante vapeur lui couvrit le visage.

Tandis qu'elle le servait, il observait ses mains aux ongles taillés court, le renflement de la chair de part et d'autre de l'alliance, le scintillement de sa croix sur son fichu de linon. Avec ses cheveux d'ouate, elle ressemblait aux mannequins de cire qu'il avait vus à la foire de Caen, imités des figures révolutionnaires que Marie Tussaud exhibait à Londres dans des mises en scène macabres. Sentant son regard sur sa nuque, il fit mine de ne plus se préoccuper que de son assiette. Des grains noirs flottaient dans le brouet verdâtre. Poivre ? Poison ?

« Pardon, madame, je crois que vous avez sur vous toutes les clefs du château. Auriez-vous la bonté de me confier celle de ma chambre ? J'ai eu la surprise, en rentrant chez moi… »

Elle écarquilla les yeux et mit un doigt sur ses lèvres.

Au même instant, Langlois reparut. Il portait sur une main un plat chargé de volaille fumante et dans l'autre une saucière.

« Il me paraît moins tendre que la dernière fois, déclara-t-il. Quel morceau voulez-vous ? Je suis sûr qu'un gaillard de votre tempérament a un faible pour les cuisses. »

Baptiste prit un peu de blanc et commença à l'effilocher avec sa fourchette. Soudain, il aperçut le matou bleu qui ronronnait dans le monte-plats. Il eut l'idée de lui faire goûter sa nourriture et l'appela en claquant les lèvres.

« Vous perdez votre temps, intervint Langlois. Asmodée n'aime que la viande rouge. »

Baptiste commença à manger du bout des lèvres. Puis, n'ayant rien constaté de suspect, il céda à l'appétit de sa jeunesse. Après avoir vidé son assiette, il attendit que Langlois lui fasse signe de se resservir. Il termina son festin en avalant quelques lambeaux de peau croustillante avant de remplir son assiette de sauce brune, pour le seul plaisir de l'éponger avec son pain.

« Quel appétit ! ironisa Langlois tout en se curant les dents avec un os. Vous faites plaisir à voir. Me laisserez-vous le croupion ? »

Baptiste opina. L'intendant remplit une nouvelle fois leurs deux verres. Après avoir fait signe à Rose de débarrasser, il recula sa chaise et prit un ton de confidence.

« Me voici dans l'obligation de m'absenter quelques jours. Si vous avez besoin de quoi que ce soit, adressez-vous à mon épouse. Vos repas continueront à vous être servis dans le pavillon. À mon retour, si l'état de santé de la baronne le permet, je vous donnerai accès aux collections de la tour médiévale. Mais d'ici là, épargnez-vous la peine de toute expédition dans cette partie du château. J'ai des Argus. Ils me tiendront informés de ce qui pourrait se produire d'anormal en mon absence. »

Baptiste acquiesça puis se retira, titubant. Il avait trop bu et craignait à présent de s'être ridiculisé devant cet homme caustique à qui rien n'échappait.

En se déshabillant, il s'aperçut qu'une clef avait été glissée dans la poche de sa redingote. Il l'essaya. C'était bien celle de sa chambre. Il s'enferma à double tour.

Au milieu de la nuit, un bruit métallique l'éveilla. Penchant sa tête hors du lit, il observa, à la faveur de la lune, la poignée de la porte qui s'agitait.

VI

Le rayon qui caressait obstinément son oreiller lui fit ouvrir un œil. À la quantité de jaune qu'il contenait, Baptiste sut que la matinée était perdue. Sous son globe de verre, la pendule indiquait 11 heures. Tout son corps était pâteux. En déglutissant, il constata que sa douleur à la gorge avec disparu. Il s'aspergea d'eau froide, se frictionna à l'eau d'héliotrope, passa sa chemise et enfila ses bas. Il en était là de ses préparatifs quand il se rappela avoir entendu le hennissement des chevaux et le crissement des roues sur le gravier, peu avant l'aube. Langlois devait être parti. Cette certitude lui retira un poids. Indépendamment même de la mise en garde qu'il avait reçue, quelque chose dans l'attitude de l'intendant le rendait nerveux depuis le premier instant. C'étaient ses yeux de poix fumante. Son rire moqueur. Ses questions. Il lui fallait toujours se justifier, chercher ses mots, comme s'il passait un examen. Savoir qu'il n'aurait pas à supporter sa présence inquisitoriale acheva de le mettre de bonne humeur.

Dans le pavillon, il trouva son déjeuner servi. Le chocolat avait figé dans la tasse. Il fallut presque le casser à la cuiller. Les croisées étaient entrouvertes. Un air frais lui caressait les mollets. Il soupira en songeant qu'il était temps de se mettre au travail. À cet instant, un rayon zébra la verdure. Il se leva, sortit sur la terrasse, qui longeait toute l'aile Louis XIII jusqu'au jardin potager. Plissant les yeux, il reconnut Séverine. La jeune femme lui tournait le dos. Un panier à la main, elle cueillait du persil. Des boucles fauves dépassaient de sa coiffe. Elle se redressa et il contempla sa silhouette découpée sur le gazon vert tendre. L'encolure de la robe, garnie de dentelle, formait un carré de chair laiteuse sous la nuque où tire-bouchonnaient des mèches folâtres. Comme si elle sentait son regard, elle tourna la tête et le fixa. Il était trop loin pour s'en assurer, mais il était certain qu'elle avait des yeux verts. Elle fit un signe de tête et, d'une démarche alerte, traversa la terrasse jusqu'à la tour carrée.

★

L'après-midi, il eut le plus grand mal à rassembler ses esprits. Le désir du grand air, des vagues et des rochers lui rendait insupportable la poudre moisie des rayonnages. Il se demanda si le plus simple ne serait pas de recourir à un vulgaire classement alphabétique. Il s'efforça de remettre selon leur numérotation les œuvres des auteurs dont les volumes étaient dispersés. Quand il en eut terminé avec Marmontel, Bossuet et Saint-Hilaire, il jugea qu'il avait assez perdu son temps. Il rouvrit les cartons déjà inventoriés et entreprit de faire des copies à la plume des dessins qui l'avaient séduit. En examinant les profils à la manière de Watteau, il leur trouva une ressemblance avec Séverine. N'était-ce pas là une planche récente, un pastiche dans le goût du dernier siècle ? Peut-être l'œuvre de la baronne elle-même, qui aurait pris pour s'exercer le premier modèle à portée de main ?

Certains types de beauté semblent appartenir à des époques et des contrées si précises qu'on est surpris de les retrouver parmi nos contemporains. Séverine, au premier regard, inspirait à Baptiste une rêverie Régence ou Louis XV. Avec ses frisons et son nez retroussé, elle semblait égarée dans ce siècle si raisonnable. Elle n'avait ni la vertu compassée qu'affichaient jusqu'aux domestiques en ce temps-là, ni les sinistres coiffures à la mode chez les maîtresses de maison, bandeaux luisants, oreilles de chien ou anglaises en papillotes.

La pensée de Baptiste dérivant, il se mit à comparer les deux femmes de la maison. Il n'imaginait pas du tout Langlois au lit avec la sienne. Le teint cireux de Madame, son bonnet tuyauté, ses lèvres rêches comme des berges sableuses devaient sécher tout désir. Langlois ne la trompait-il pas avec Séverine ? Malgré l'écart d'âge, la beauté virile de l'intendant et la grâce piquante de la soubrette rendaient l'hypothèse vraisemblable. Insensiblement, Baptiste se représenta les grandes pattes brunes de Langlois promenant leurs callosités sur la peau blanche de Séverine. Le désir lui montrait, émergés du corsage, des tétons d'un rose pâle, à peine plus foncé que la peau qu'ils étoilaient. Leur bout durcissait, agacé par le moelleux d'un pouce et d'un index fouilleurs. L'esprit envahi des pages lues la veille, colorant leurs gravures du satin vert de la robe de Séverine et de ses cheveux fauves, leur donnant le relief de ses courbes gracieuses et des mollets puissants de Langlois aperçus sous la porte, Baptiste sentit une érection lui barrer la cuisse. Ces visions l'obsédaient tant qu'il eut besoin de remonter à sa chambre pour s'en débarrasser.

Le mouchoir avec lequel il essuya les effets de son plaisir fit remonter à son esprit la bonnette étincelante de Séverine puis, par association d'idées, sa fiancée. Un grand abattement succéda à cette frénésie. Il se rendit compte qu'il n'avait plus pensé à Sophie depuis vingt-quatre heures. Il se leva, ouvrit la fenêtre pour chasser les derniers atomes de son commerce coupable et se jeta sur l'écritoire. Des vers approximatifs et vieillots lui venaient, faisant rimer marin et chagrin, orage et naufrage, amour et retour. Sophie aimait-elle la poésie ?

⋆

Vers dix heures, s'apercevant qu'il avait faim, il sonna. Le vieux Simon lui monta son bouillon, avec un reste d'épaule de mouton et un quignon frotté d'ail. À la lumière de la bougie, le breuvage goûtu faisait danser fantastiquement les yeux de graisse à la surface. Baptiste s'absorba dans le spectacle. Les bulles huileuses se rapprochaient au point de fusionner. Elles s'allongeaient de nouveau, se séparaient en gouttelettes fines comme des perles sur les bords de la faïence avant de s'engloutir réciproquement, de se pousser au centre, de grossir de nouveau, joufflues, obèses, légèrement bombées. On aurait dit une opération chimique absurde, la création sans cesse recommencée d'organismes monstrueux, pourtant destinés à rester à l'état embryonnaire.

Soudain, Baptiste se sentit une grande faiblesse dans les membres. Couvait-il quelque chose ? Reculait-il devant le danger ? Sa lâcheté le fit enrager contre lui-même. Il lui fallait absolument profiter de l'absence de Langlois pour poursuivre son exploration. Il passa une paire de bas pour ne pas prendre froid par les pieds et descendit en portant son plateau.

Dans le prolongement de l'ancienne salle des gardes, l'office était vide. Baptiste emprunta l'escalier qui descendait aux cuisines. Le feu finissait de se consumer dans l'âtre, allumant des incendies aux cuivres suspendus. Du côté de la table, deux trous jaunes perçaient la nuit. Baptiste déposa son plateau et s'empressa de refermer la porte sur Asmodée. Il remonta, traversa la salle des gardes jusqu'à l'escalier intérieur de la tour carrée. Avec un morceau de pain préalablement trempé dans le bouillon gras, il enduisit les gonds. La porte grinça à peine.

Sur le palier entre les deux premiers étages, il colla son œil aux losanges plombés du vitrage. Il y avait de la lumière dans l'aile Louis XIII. Baptiste compta deux fenêtres depuis celles du cabinet de grotesques.

Ce devait être la chambre des Langlois. Il allait poursuivre, rassuré, quand, levant machinalement la tête du côté de la tour octogonale, il crut voir une silhouette se découper dans l'encadrement de sa propre fenêtre. Sans doute était-ce Simon, venu reprendre le plateau. Il allait s'apercevoir de son absence, peut-être donner l'alerte. Fallait-il redescendre ? Ou, puisqu'il était si près du but, poursuivre son ascension ? Au troisième étage, il pressa la mie huileuse contre les gonds de la porte de l'antichambre et entra.

À sa droite vibraient les chairs nues d'une grande toile mythologique – nymphes et satyres dans le goût de Boucher –, tandis qu'à sa gauche des portraits anciens disposés en diptyques jetaient des lueurs vitreuses. La réflexion de la flamme sur le vernis craquelé estompait les visages des modèles, ancêtres probables de feu le baron.

L'accrochage offrait un abrégé de l'histoire de la mode des deux derniers siècles. Venaient d'abord des portraits d'époque Henri IV ou Louis XIII. Les têtes reposaient sur les fraises énormes comme sur des plateaux. Les hommes étaient en armure, le métal sombre des plastrons se nervurant pour souligner les poitrines bombées, rehaussées de fils d'or. Les femmes aux cheveux crêpelés montés en neige ou coupés au carré, la hauteur du front réduite par une courte frange, semblaient toutes porter le deuil. Seuls les crevés des manches bouffantes étaient relevés de petits rubans rouges. Puis venaient, du côté des hommes, les grands feutres empanachés et les barbes moussues à la Van Dyck. Les perruques, bouclées sous

Louis XIV et s'élevant sur le front en cornes arrogantes, s'aplatissaient au siècle suivant, simples rouleaux ivoire ou gris fer, queues-de-cheval entortillées de velours. Chez les femmes aussi les édifices capillaires connaissaient des oscillations surprenantes, s'horizontalisant en énormes bouquets émaillés de pierreries avant de grimper au ciel, pièces montées à la Fontange, puis de s'offrir une éphémère cure de sobriété à la Pompadour – argent poudré à fleur de tête –, avant de reprendre une orgueilleuse ascension puis de s'écrouler de nouveau à la veille de la Révolution.

La Révolution. Cette période fascinait Baptiste. La vitesse à laquelle l'ancien monde avait culbuté sur lui-même, entraînant dans sa chute les souches pourries en même temps que ceux qui les avaient arrachées, le sidérait. Et cette grande bascule, de la corruption la plus immorale mais la plus raffinée à la vertu la plus pure mais la plus funèbre, Baptiste en prenait la mesure par la simple comparaison des trois derniers portraits.

C'était d'abord une femme sans âge, à qui son teint de raie et son œil glauque, sous l'étoupe d'une perruque à la bergère, donnaient l'air d'un cadavre. Puis son probable mari, individu replet, au nez busqué et aux lèvres fines. Ses joues vermillonnées et ses yeux bleu de Sèvres le faisaient paraître une statuette en biscuit peint. Il était fardé, lustré, constellé de mouches. La cravate à jabot étincelante paraissait l'étrangler. Baptiste frissonna sous le regard lubrique de ce vieux poupon obèse. Il soupçonna que c'était là l'aïeul érotomane dont lui avait parlé Langlois et qui partageait, à en croire l'intendant, ses propres penchants bibliophiliques.

Le dernier portrait, juste avant la porte de la chambre de la baronne, était le seul à ne pas avoir de pendant féminin. D'excellente facture, il représentait un jeune homme de trois quarts, vêtu d'un habit bleu barbeau. Le sang affleurait aux joues, l'œil avait de la profondeur, la bouche charnue s'ourlait sensuellement. Une recherche évidente de naturel transparaissait dans les cheveux sans poudre, retenus par un simple ruban noir, et le col largement ouvert, dont la cambrure faisait ressortir la pomme d'Adam. Qu'il était beau ! Baptiste ne put s'empêcher de lui trouver une ressemblance avec la miniature de l'homme en bonnet phrygien qu'il avait trouvée dans un carton, le soir de son arrivée. C'était la même teinte coralline des lèvres. Le même feu bleu dans le regard, un peu plus doux peut-être. Troublé, il s'approcha. Au centre de la bordure inférieure du cadre, un cartouche donnait la date, 1789, et le nom du modèle, Armand d'Escreuil. Le portrait était signé Anne-Louis Girodet-Trioson.

Baptiste était à ce point absorbé dans sa contemplation qu'il n'entendit pas la porte s'ouvrir. Un toussotement lui fit tourner la tête. Dans l'encadrement, tenant contre elle une robe pourpre et dans sa main libre un bol en grès d'où dépassait un pinceau, se tenait Séverine. Quand il tourna la tête, elle lâcha le bol, et une substance noire gicla sur les bas blancs de Baptiste.

Quand il tourna la tête, elle lâcha le bol,
et une substance noire gicla sur ses bas blancs.

VII

« Pardon, je me suis perdu !

– C'est moi qui suis perdue si vous ne m'aidez pas à réparer ma maladresse. »

Séverine repoussa la porte de la chambre et déposa la robe sur le dossier d'un fauteuil. Se saisissant du flambeau de Baptiste, elle procéda à un examen minutieux de ses plis.

« Dieu merci, elle n'est pas tachée. »

Sa respiration était courte, comme si elle avait couru.

Dépité, Baptiste contemplait ses bas.

« De la boue ? demanda-t-il.

– Du brou de noix. Ôtez-les donc. »

Un peu gêné, il les fit glisser le long de ses mollets. Il les replia et lui tendit le paquet. Elle en fit aussitôt un tampon et s'accroupit pour éponger le parquet.

« Que faites-vous ?

– Dans l'état où ils sont, autant qu'ils servent à quelque chose.

– Je vous interdis, rendez-les-moi ! »

Séverine leva la tête, une lueur amusée dans le regard. Elle était ravissante, dans cette position. Il avait deviné juste, ses iris étaient verts.

« Vous serez bien avancé, maintenant. »

Elle lui montra la pelote imbibée comme du tulle à encrer. Baptiste se baissa pour la lui arracher et la fourrer dans sa poche. Soudain, il sentit qu'il avait tort de ne se préoccuper que de son linge et offrit sa main à Séverine. Elle lui montra sa paume noire de brou.

« Je m'en voudrais, après avoir ruiné vos bas, de salir vos jolies menottes. »

Héroïque, il chercha un mouchoir dans sa poche et le lui tendit.

« Du fil de Coutances ? Celui-là, j'essaierai de vous le ravoir en le faisant bouillir. »

Baptiste l'aida à se relever. Ils se trouvèrent tout près l'un de l'autre. Il entendait sa respiration et sentait ses seins durs se soulever en rythme. Elle le fixa, souriante, puis s'écarta.

« Puis-je vous demander ce que vous faites avec du brou de noix ?

– Vous tenez à le savoir ? J'en badigeonne les cheveux de ma maîtresse. »

Il la regardait, interloqué.

« La baronne supporte mal les effets de l'âge. Sa chevelure a fait sa gloire dans une autre vie, vous comprenez ? Alors nous faisons de notre mieux pour réparer l'outrage du temps. »

Tous les soirs, lui expliqua-t-elle, elle brossait cette toison avec des soies de porc. Elle aidait la baronne à choisir ses bijoux, enduisait son visage de blanc de céruse et ses paupières de khôl. La baronne avait toujours des hésitations concernant ce qu'elle nommait son costume de scène. Tout en parlant, Séverine désignait la robe de soie pourpre, lui faisant remarquer des incrustations de jais sur le plastron et des volants de dentelle noire aux manches.

« Cette merveille, elle la réserve pour les grandes occasions. Si elle constatait le moindre accroc, elle me battrait.

– Ce n'est pas une bonne maîtresse ?

– Ne me faites pas dire ce que je n'ai pas dit. »

Soudain, elle prit un air soupçonneux.

« Pendant que vous me faites parler, vous me cachez ce que vous faites ici vous-même.

– Je vous l'ai dit, je me suis égaré en rapportant mon plateau.

– Vous devez savoir que les cuisines d'un château sont rarement dans les tours ! »

Séverine réprimait mal une envie de rire. Baptiste non plus ne parvenait à rien prendre au sérieux. Depuis qu'il savait ses bas irrécupérables, il était d'une grande gaieté. Il osa une plaisanterie, à laquelle elle répondit par un gloussement.

« Attention, vous allez réveiller la baronne.

– Rassurez-vous, elle a pris un narcotique. »

Elle se tourna vers le portrait d'Armand d'Escreuil.

Sa respiration un peu rauque se calmait. À son tour, Baptiste retomba dans sa contemplation. À la lumière rasante du flambeau, on apercevait des touches plus nerveuses, empâtements ajoutés tardivement sur le glacis, virgules de couleur pure faisant saillir l'arête du nez ou jetant un reflet doré sur le front. La physionomie du dernier baron d'Escreuil était si mobile qu'il en paraissait vivant.

« Il est beau, vous ne trouvez pas ? »

Baptiste se demanda si Séverine parlait du portrait ou du modèle. Lui-même ne savait pas ce qu'il devait le plus admirer. Il acquiesça énergiquement.

« La baronne ne s'est jamais remise de sa mort, reprit Séverine d'un air songeur.

– Qu'en savez-vous ?

– Tout le monde le sait. La douleur lui a fait perdre la tête.

– Il est donc vrai qu'elle est folle ?

– Sujette à la mélancolie, selon l'avis de son médecin. Cauchemars. Insomnies. Somnambulisme. Mais rien qui justifie l'internement.

– Vous savez, les maisons de santé ne sont plus ce qu'elles étaient.

– Je vous dis qu'elle n'est pas folle. C'est une femme extraordinaire, douée d'une intelligence et d'une mémoire hors du commun. »

Des aboiements retentirent dans la cour.

« Les dogues, s'interrompit Séverine. Que font-ils dehors à cette heure ?

Soudain, Baptiste se rappela Simon. Avait-il mis la meute sur ses traces ?

« Ai-je une chance de vous revoir ?

– Je suis très occupée dans cette partie du château.

– Passez chez moi ! Mais surtout, ne dites à personne que vous m'avez rencontré ici.

– Soyez tranquille, je n'ai pas l'habitude de faire des rapports. »

Elle lui tendit la main.

« Nous ne sommes même pas proprement présentés. Je suis Séverine. »

Baptiste acquiesça en souriant. La sympathie qu'il éprouvait pour la jeune femme lui ôtait un poids immense. Il se sentait soudain une alliée à Escreuil.

« Baptiste Rivière. Je suis là pour inventorier les collections de la baronne.

– Je sais qui vous êtes. Votre arrivée n'est pas passée inaperçue.

– Savez-vous pourquoi on m'interdit de voir votre maîtresse ?

– La baronne est souffrante.

– Au point de ne pouvoir recevoir une visite qu'elle a elle-même sollicitée ?

– Vous êtes trop curieux, monsieur le clerc de notaire. Dépêchez-vous de vous sauver. Si vous êtes sage, je vous en dirai davantage. Pour l'heure, au lit. Et gare aux chiens ! »

★

Baptiste était rendu au bas de l'escalier quand la porte qui séparait la tour de la salle des gardes s'entrouvrit. Il n'eut que le temps de souffler sa chandelle et de se plaquer contre l'embrasure. Un faisceau lumineux épousa la muraille grêlée. Sur ce triangle blafard, un profil se découpa, avec la précision des silhouettes d'un théâtre d'ombres. À son nez proéminent et ses sourcils en broussaille, Baptiste reconnut le vieux Simon. Après avoir fouillé les ténèbres de sa lanterne, le vieillard monta. Baptiste l'entendit faire une halte sur le premier palier, puis reprendre son ascension. Quand le silence fut retombé, il poussa la porte intérieure de la tour et traversa au trot la salle des gardes. Du côté du jardin, la galerie était percée de baies ovales à croisillons. À la lumière de la lune, il distingua la meute qui se ruait dans sa direction depuis le fond du parc. Les dogues s'immobilisèrent contre les vitres, dressés sur leurs pattes arrière, mâchoires ourlées de crocs innombrables.

Baptiste continua à courir, les mains si moites que le chandelier faillit lui échapper.

Sur le seuil du salon Renaissance, un nouvel obstacle se présenta. Toutes griffes et dents dehors, Asmodée lui barrait le passage. Baptiste le menaça du chandelier et la bête fit un bond de côté. Baptiste traversa le salon et se jeta dans l'escalier.

Il dut s'y prendre à plusieurs reprises pour introduire correctement la clé de sa chambre dans la serrure. À peine enfermé, il reconnut le pas lourd de Simon. Celui-ci fit halte devant la porte. La poignée de porcelaine dodelina comme la tête d'une poupée mécanique. Baptiste retenait son souffle. Il entendait le souffle du jardinier à travers la cloison. Les sabots piétinèrent un instant sur le seuil, irrésolus, avant de résonner de nouveau dans la cage d'escalier.

S'apercevant qu'il était trempé, Baptiste arracha sa chemise. Il la jeta en boule dans un angle, rampa jusqu'au lit et se glissa sous les draps. Ses pieds moites accrochaient la toile rêche. Il claquait des dents. Dès qu'il fermait les yeux, il voyait des hordes de chiens et de chats géants se jeter sur lui, mêlées aux stryges de l'album de contes orientaux qui avaient obsédé son enfance. Il les rejetait à coups de pied et de poing, mais ils revenaient sans cesse, nuée sortie des ramages mêmes du tissu mural, plus déchaînée que l'armée de Satan.

S'en débarrasserait-il jamais ?

VIII

Pendant trois jours, il ne quitta pas sa chambre. Un cercle de fer lui comprimait les tempes. Sa gorge était si sèche qu'à chaque déglutition il croyait avaler un coupe-papier. Le premier matin, Rose Langlois lui avait monté son plateau. À travers la porte, il avait promis de boire la tisane qu'elle avait préparée. Plus tard, elle avait de nouveau frappé. Il l'avait entendue piétiner sur le seuil, avant de ramasser le plateau et de redescendre.

À cause de la fièvre, les péripéties des derniers jours remontaient à sa mémoire tout emmêlées. Elles cognaient à ses paupières avec une insistance irritante. C'étaient tantôt des ombres confuses, tantôt des gravures coloriées, aussi vives d'éclat que nettes de contour. Elles semblaient entretenir entre elles de mystérieux rapports. Mais dès qu'il tentait de les ordonner lui-même, tout se fondait en une bouillie tourbeuse, comme un dessin à l'encre rincé par l'orage.

Le plus clair, c'était que Simon était l'Argus de Langlois. Sous la caboche du paysan hébété, du taiseux minéral et obtus, Baptiste était persuadé qu'une intelligence active bouillonnait. Il le sentait fourbe, dur, dressé à obéir. C'était lui qui avait fouillé sa chambre, comme en témoignait la disparition de plusieurs brouillons de lettres. Il l'avait suivi dans la tour carrée et avait cherché à s'introduire chez lui pendant qu'il dormait.

En dehors de cette certitude, rien n'émergeait. Qui avait pu lui écrire de se méfier de Langlois ? Il s'était empressé de voir en Séverine un ange gardien. Mais n'était-il pas aveuglé par la sympathie ? Il paraissait hors de doute que c'était Rose Langlois qui avait glissé la clef de sa chambre dans sa poche pour lui permettre de s'enfermer. L'enchaînement des circonstances, le soir du chapon, rendait l'hypothèse solide. Ce qui l'avait induit en erreur quant aux bonnes intentions de la gouvernante, c'était son air revêche. Mais peut-être était-elle au contraire sa seule alliée dans cette maison ? Et il revenait à la piste de l'épouse trompée, bafouée sous le toit même de la demeure conjugale, désirant se venger de son mari et déjouer ses plans.

Des images de coïts brutaux entre Séverine et Langlois l'envahirent. Le désir puisait sa démangeaison à même la fièvre. Dans les positions les plus indécentes, sous la courtine même de son lit, au milieu des coussins rebondis et dans les creux de l'édredon, il se représentait la cameriste aux prises avec l'intendant. Tantôt retroussée et retournée, écartelée et fouaillée, rubans déchiquetés, frusques réduites à des lambeaux. Tantôt le dominant à son tour, amazone furieuse, martelant sa poitrine de ses poings serrés. Se rappelant, sur une gravure, Valmont vautré sur le postérieur de sa maîtresse transfiguré en écritoire de fortune, Baptiste les voyait, roués des temps nouveaux, ourdissant les pires attentats contre sa vie ou celle de Rose Langlois, trouvant dans leurs échafaudages criminels un surcroît d'excitation. Il se remémorait l'essoufflement de Séverine, les stridences de son rire résolues en quintes de toux. Au prix de menues inflexions, son imagination les transformait en râles de jouissance.

Il ne se fut pas plus tôt purgé de ces visions infernales – le meilleur moyen ayant été encore d'y céder pleinement – qu'il eut une illumination. Ce n'était pas lui, ni Rose Langlois, qui risquaient leur vie. C'était la baronne. D'où lui venait cette soudaine certitude ? Y réfléchir l'épuisait, au point de le replonger dans des somnolences de dix minutes. Sur un dossier de chaise, ses bas souillés pendaient. Cette image fit remonter celle des cordes attachées aux anneaux de l'embarcadère, lentement remuées par les vagues bleues. Ce n'était pas la bonne direction. Il laissa flotter son regard dans la chambre avant de revenir comme incidemment au dossier de chaise. Ses bas tachés. Le brou de noix.

Pourquoi Séverine avait-elle été saisie en le voyant au point de lâcher le bol de grès ? Il essaya de reconstituer l'impression exacte qu'il avait reçue… Elle jouait la comédie. Il en était sûr, elle avait fait exprès de faire tomber le bol, puis de rire et de parler fort. Cherchait-elle à alerter quelqu'un, resté dans la chambre ?

Soudain le roman tout entier se mit en place. La robe pourpre, c'était celle qu'il avait aperçue sous le seuil de la chambre de la baronne, le soir de sa première expédition ! Si elle balayait le sol, c'est qu'elle était trop longue pour celle qui la portait. Ce n'était donc pas la baronne qui était dans la chambre avec Langlois, ce soir-là, mais Séverine, qui s'était peut-être amusée à singer sa maîtresse. Si ses fantasmes avaient sans cesse montré à Baptiste les corps entrelacés de la caméariste et de l'intendant, c'est parce qu'il les avait *vus* ainsi, même partiellement. Tout concordait. Séverine n'était pas censée quitter les appartements de la baronne. Et il n'était pas vraisemblable que cette dernière, souffrante, soit en conversation passionnée avec celui qui devait simplement tenir les comptes de son domaine. Tandis que les deux domestiques avaient toutes les raisons de se réunir pour des conciliabules. Baptiste tenta de se rappeler les paroles qu'ils avaient échangées. Ils avaient parlé de le mettre à l'épreuve. De voir ce qu'il avait dans le ventre.

Ce qui l'avait trompé, c'était la voix. Mais à présent, il en aurait donné sa main à couper : le timbre sépulcral qu'il avait attribué à une vieillarde, c'était celui de la caméariste. C'était Séverine qui, la nuit, chantait dans une langue étrangère. Elle le faisait, à coup sûr, pour lui donner l'illusion que celle qu'il entendait, c'était la baronne. Mais si, de concert avec Langlois, elle lui interdisait l'accès à sa chambre, cela ne signifiait-il pas que la malheureuse était leur prisonnière ? Pire, qu'elle était déjà morte ?

★

Ils venaient d'arriver place de la Révolution. Un aide du bourreau en bonnet rouge, pantalon à rayures et carmagnole, les faisait descendre un à un de la charrette. Quand ce fut son tour, il le regarda de plus près et reconnut son visage, sans se rappeler où il l'avait vu. Malgré la détermination sauvage de ses yeux bleus, il était d'une beauté d'archange.

Debout sur le pavé gras, au pied des degrés de bois brut, ils attendaient d'être appelés. Les chevaux piaffaient. Les roulements de tambour faisaient de son crâne une caisse de résonance. Quand le couperet tombait, le sifflement suivi d'un coup sourd faisait éclater sa tête. Il s'efforçait de garder la nuque ployée. Un bouton de sa veste bleu barbeau avait été arraché et le fil pendait lamentablement. Des traces brunâtres maculaient le velours.

« Monsieur Baptiste ! »

Il n'y avait plus moyen de reculer.

« Ouvrez donc ! Une visite pour vous. »

Les roulements se firent plus secs, plus précis, réduits au martèlement de phalanges pointues contre le chêne. Il reconnut la voix de Rose Langlois et parvint à se redresser. Quand il posa ses pieds sur le parquet, la tête lui tourna.

« Vous m'entendez ? Le médecin de Mme la baronne est là qui veut vous examiner ! »

Cette fois, Baptiste signifia par un grommellement qu'il était éveillé. Il tremblait encore. Il se leva, attendit que le vertige se stabilise et alla ouvrir la porte. Il serra la main du médecin et de son assistant et retourna s'asseoir au bord du lit. La gouvernante les avait suivis.

« Le docteur Pollastro est à Escreuil pour sa visite hebdomadaire à notre maîtresse. Je lui ai dit que vous deviez être souffrant et il propose de vous ausculter. »

Rose alla jusqu'à la fenêtre pour l'ouvrir. Un air piquant s'y engouffra.

Le médecin s'approcha et lui prit le pouls. C'était un homme de taille moyenne, avec un crâne pareil à un œuf de buis et des lunettes cerclées de fer. Sous les verres grossissants, ses yeux semblaient deux puits sans fond. L'assistant, un vingtenaire aux cheveux de crin jaune, courtaud et puissant comme un cheval de labour, posa sa paume sur le front de Baptiste.

« Pas de fièvre, répondit-il au regard interrogateur de son maître.

– Il y en a eu, à en juger par l'état des draps, mais elle est tombée. Le pouls est normal, les yeux aussi blancs que possible. Voyons cette gorge ? »

L'assistant lui tendit une large spatule métallique. Le médecin fit signe à Baptiste d'ouvrir la bouche et introduisit l'instrument pour lui aplatir la langue.

« Vous avez la migraine ?

– Plus maintenant.

– Bon. Il faut seulement empêcher le mal de descendre sur les bronches. Inutile de vous saigner. Gardez la chambre et dormez. Vous pouvez lire, mais évitez les émotions fortes. »

Du menton, il désignait les livres empilés sur le chevet. Baptiste se sentit rougir.

Le docteur Pollastro se tourna vers Rose Langlois.

« Ce jeune homme doit être mis à la diète. Aujourd'hui, bouillon et décoctions à base de camphre. Demain, blanc de poulet et légumes bouillis. Mais pas de plats en sauce, de gruau, tout ce qui pourrait augmenter les viscosités intestinales et les sécrétions glandulaires. »

Le docteur essuya la spatule avec un mouchoir que lui tendait l'assistant.

Baptiste respirait. Si le docteur était là pour la baronne, c'est qu'elle était en vie. Au moment où l'homme s'apprêtait à prendre congé, il ne put s'empêcher de demander si elle allait bien.

« Encore en proie à ses terreurs imaginaires, je le crains. Mais ce ne sont que des suppositions, car je n'ai pu la voir. Elle m'a de nouveau interdit l'accès de sa chambre. »

Le désir puisait sa démangeaison à même la fièvre.

IX

La lecture d'*Olivier* ennuyait prodigieusement Baptiste. Était-ce à cause de son abattement physique ? Il n'éprouvait rien, comme si l'acuité de ses sens s'était émoussée. La langue de ce petit roman trouvé dans l'enfer de la bibliothèque était pure, mais trop abstraite pour nourrir ses fantasmes. Et les tergiversations du personnage éponyme vis-à-vis de son amie d'enfance lui inspiraient un malaise indéfini. Si le bonheur matrimonial était à portée de main, pourquoi Olivier n'en finissait-il pas de le repousser ? Le secret autour duquel le roman tournicotait finissait par lui indifférer. Si au moins des indices avaient été disséminés, comme les cailloux du petit Poucet ! Mais rien. Un enchevêtrement grisâtre.

Sans cesse, son attention se détournait pour revenir à la seule histoire qui l'intéressait : celle de la baronne d'Escreuil. Quand il avait appris que le docteur Pollastro était là pour sa visite hebdomadaire, son cœur s'était élargi sous l'effet du soulagement : la baronne était seulement malade. Par conséquent, sa chère Séverine n'était pas une criminelle. Mais Pollastro n'avait pas été admis auprès de sa patiente... Dans une semaine, si on lui interdisait de nouveau l'accès à sa chambre, le médecin donnerait peut-être l'alarme. Cependant, d'ici là la baronne avait le temps de mourir dix fois. Ses assassins auraient tout le loisir de faire disparaître son cadavre. Il aurait fallu faire part de ses soupçons à maître Bouchard. Mais à qui confier son courrier ? Rien ne lui garantissait l'entière fiabilité de Rose Langlois. D'ailleurs, le vieux Simon pouvait l'intercepter. Baptiste en était là de ses réflexions quand un coup à la porte le fit sursauter. Sans autres façons, le jardinier se montra dans l'encadrement.

« Ceci est arrivé pour vous. »

Le bonhomme lui tendit trois enveloppes.

« Y aura-t-il des réponses ? Je dois me rendre en ville cet après-midi.

– Je ne sais si j'aurai la force d'écrire.

– Si vous avez besoin de mes services, vous n'avez qu'à sonner.

– Merci, Simon. Je n'y manquerai pas. »

Le jardinier ne partait pas. Ses yeux fendus comme des boutonnières balayaient la chambre. Baptiste se gratta la gorge en signe d'impatience. L'autre le défia du regard.

« Vous savez, monsieur Rivière, il ne fait pas bon se promener la nuit dans le château. On peut faire de mauvaises rencontres.

– Des bêtes sauvages, par exemple ? fit Baptiste, qui songeait aux abominables dogues.

– Non. Mais des fantômes. »

L'imagination de Baptiste donnait volontiers crédit à l'existence des esprits. Mais, jusqu'à présent, ses perceptions sonores avaient toujours trouvé des explications matérielles.

« Vous n'avez jamais eu l'impression que quelqu'un cherchait à rentrer chez vous ? »

Baptiste fronçait les sourcils. Le jardinier le prenait-il pour un imbécile ?

« Si. Mais je n'ai jamais cru que l'auteur de ces tentatives appartienne à l'autre monde. »

Le vieux paysan le regarda fixement, sans la moindre lueur d'ironie.

« La nuit, M. le baron revient hanter le domaine d'Escreuil. »

Baptiste continua de persifler pour masquer son malaise. Pouvait-on savoir pourquoi le baron, si c'était bien lui, venait de préférence rôder dans cette partie du château ?

« La chambre rouge était la sienne, répliqua Simon comme s'il s'agissait d'une évidence. À son retour à Escreuil, la baronne a préféré s'installer dans la tour médiévale.

– Et je suppose que le baron se promène à Escreuil avec sa tête sous le bras ?

– Vous ne devriez pas plaisanter à ce sujet, jeune homme. Comme tous ceux qui ont connu une mort violente, le baron revient hanter les lieux qu'il a aimés.

– Comment savez-vous que ce fantôme est le sien ? Avez-vous connu le baron ? »

En guise de réponse, le vieux Simon se signa.

« Tant qu'il ne lui sera pas fait réparation, son âme continuera à errer à Escreuil.

– La réparation a eu lieu puisque la baronne a repris possession du domaine que ces monstres de révolutionnaires avaient arraché à son mari, non ?

– Des *monstres* ? C'est ce qu'on vous a mis dans la tête ? »

Le ton menaçant fit trembler Baptiste. Il ne savait plus que penser de Simon. Était-ce un vieux fou pétri de superstitions ? un ancien coupeur de têtes ? Comme s'il craignait de s'être trahi, le jardinier reprit sur un ton radouci :

« Vous semblez ignorer que le baron lui-même était partisan des idées nouvelles. En 1789, il a été parmi les premiers à abandonner ses privilèges. Il était très aimé dans la contrée.

– Pourquoi en ce cas le château a-t-il été pillé ? Pourquoi le baron a-t-il fini sur l'échafaud s'il était un *ami du progrès* ?

– Le malheureux a payé pour les excès de son père. Car *lui*, c'était un monstre. »

Simon hochait la tête, pensif. Soudain, il parut regretter d'en avoir trop dit. Comme Baptiste s'apprêtait à poser de nouvelles questions, il l'arrêta d'un geste.

« Un conseil, jeune homme : contentez-vous de remplir l'emploi pour lequel on vous a mandé ici. Et gare aux indiscrétions, ou j'en rendrai compte à qui de droit. »

★

La première lettre que Baptiste décacheta était de son oncle. Le bonhomme lui prodiguait ses conseils au sujet du marquis de Sade.

> « Les Crimes de l'amour *n'est pas l'ouvrage le plus gaillard de ce fou exquis. Mets la main sur* La Philosophie dans le boudoir, *je te garantis que tu ne perdras pas ton temps. J'ai eu l'heur de consulter l'édition de 1795 chez un collectionneur qui voulait me l'échanger contre ma bibliothèque entière. Si tu peux barboter une telle rareté, tu seras riche. Au surplus, j'ai le souvenir de gravures un peu naïves mais tout à fait délicieuses.* »

La deuxième lettre était de maître Bouchard. Le ton était à la réprimande. Comment Baptiste n'avait-il pas encore réussi à s'entretenir avec la baronne ? Pourquoi se laissait-il écarter comme un morveux par cette brute d'intendant, dont la réputation déplorable était arrivée jusqu'à Coutances ? Par force ou par ruse, il lui fallait faire valoir ses droits !

Baptiste ouvrit la lettre de Sophie, croyant y trouver du réconfort. Mais la platitude du propos le fit bâiller.

Sophie faisait des mystères de la constitution de son trousseau. Elle énumérait également les ventes juteuses de la semaine, le record étant détenu par un pensionnat qui avait commandé vingt douzaines de bonnets de serge. Elle compilait les nouvelles du voisinage – une dent mal arrachée avait causé un abcès à Mme Bouillard, la vache du sieur Auger avait donné du lait sur à cause de la lune rousse, les engelures aux orteils du père Congre s'étaient réveillées, signe indubitable d'un hiver précoce. Les moqueries de Langlois avaient-elles atteint son amour ? Il avait l'impression de l'entendre rire par-dessus son épaule. Ces petits faits lui peignaient d'avance une existence bovine. À la fin cependant, son cœur battit plus fort. Sans paraître y toucher, Sophie l'interrogeait au sujet de la donzelle à cheveux rouges dont il lui avait parlé. Ressemblait-elle à une carotte comme sa cousine Vinciane ? Elle le priait de la dessiner pour elle. Le mécontentement d'être deviné mêlé d'un peu de vanité réveilla ses esprits. Il s'empressa d'écrire à Sophie pour la rassurer mais remplaça le portrait demandé par un croquis du château et une caricature d'Asmodée suivi de son cortège démoniaque.

À son oncle, il promit de rechercher *La Philosophie dans le boudoir* dans l'enfer de la bibliothèque. Il se jurait, s'il trouvait le volume, d'abandonner à son secret Olivier, héros d'un piètre ouvrage rangé là par inadvertance et que son auteur, lucide, n'avait pas osé signer.

Sa réponse à maître Bouchard lui donna plus de mal. À moins de la poster lui-même, il lui fallait renoncer à toute révélation compromettante. Résolu à la cacher sous le matelas et à se rendre au bourg voisin dès qu'il aurait retrouvé ses forces, il trouva finalement ses mots.

« *Mon cher maître,*

Vous serez mécontent de moi : je n'ai guère progressé. Si l'inventaire suit son cours – j'aurai d'ici peu établi le catalogue de la bibliothèque et compte passer aussitôt après au mobilier –, mes tentatives pour approcher la baronne n'ont fait qu'éveiller la suspicion de mes hôtes. Pour ne rien vous cacher, je la crois en danger. J'ai attrapé mal au cours d'une exploration nocturne. Dès que je serai remis et que ma bonne conduite aura produit un relâchement de vigilance chez mes geôliers, je me lancerai dans une nouvelle expédition.

Je dois me méfier de tout le monde ici. Le jardinier, j'en suis sûr, est à la solde de Langlois. Je n'ai pas lieu de me plaindre de sa gouvernante de femme, mais ses façons de Cerbère m'inspirent tout de même quelque défiance. Enfin, je ne sais si je dois considérer la camériste comme une alliée ou une friponne. Mon seul espoir est de parler au médecin de la baronne, qui n'a pu être admis à son chevet. Je guetterai sa prochaine visite pour l'alerter de mes soupçons.

Je n'ose m'en remettre qu'à moi pour poster mon courrier. Si vous n'avez pas de mes nouvelles d'ici huit jours ou que le contenu de mes missives vous paraît anormalement anodin, c'est que je serai en danger. Je compte alors sur votre amitié pour faire faire des recherches.

Je reste votre dévoué serviteur,

Baptiste Rivière

Post-scriptum : ci-joint deux croquis d'après les dessins dont je vous ai parlé. L'homme en bonnet phrygien ressemble un peu, avec un accent cruel dans la physionomie, à un portrait de feu le baron que j'ai découvert lors de mon exploration nocturne. S'agit-il du même homme ? Le jardinier m'a parlé des sympathies révolutionnaires du défunt, ce qui m'étonne car je ne voyais en lui qu'une victime de ces cannibales de jacobins. Le portrait du baron est signé Anne-Louis Girodet. Or, sur le second croquis, vous reconnaîtrez le profil de l'Endymion que nous avons admiré ensemble au Louvre. L'original est un fusain admirable – moins une copie à mes yeux qu'une étude préparatoire. Cela me paraît plus qu'une coïncidence. Avez-vous quelque connaissance des rapports que le baron d'Escreuil entretenait avec cet artiste ? »

X

Trois jours plus tard, n'ayant gardé de son mal qu'une difficulté à déglutir, Baptiste se rendit à Saint-Pair-sur-Mer. Le village se situait à moins d'une lieue. Chaussé de ses meilleures bottes, coiffé d'un haut-de-forme anglais qui lui donnait des airs de commis voyageur ou d'espion, il s'éclipsa par le chemin de ronde accessible depuis le fond du parc.

Le ciel avait été rincé par de récentes averses. La mer, d'un turquoise laiteux vers le rivage à cause du remuement de la vase, avait plus loin la limpidité coupante du cristal. À l'horizon, derrière le doigt dressé du Mont, on apercevait distinctement les reliefs verts et sableux de l'archipel de Chausey. Un sentiment soudain de liberté grisait Baptiste. Le soleil chauffait agréablement sa redingote noire. La rosée étincelait sur ses bottes et l'éclat jaune de tardives fleurs de genêt, au parfum de pâtisserie, lui faisait cligner des yeux.

Il arriva à destination comme midi sonnait. Le bourg n'était guère constitué que de cinq ou six maisons basses massées autour de l'église, tandis qu'une douzaine de baraques de pêcheurs délabrées s'amoncelaient jusqu'au rivage, au milieu d'une croûte puante de varech. En face de l'église, *L'Amarre* tenait lieu de relais de poste et d'estaminet.

Dès qu'il entra, les pratiques se retournèrent et l'examinèrent de haut en bas, leurs trognes partagées entre indifférence et hostilité. C'étaient des marins pour la plupart, affublés de bonnets de laine et de vareuses en drap ciré. Devant une chopine de cidre, ils ressassaient les nouvelles du port en mâchonnant leur pipe d'écume de mer. Au comptoir, Baptiste déposa ses lettres d'un air dégagé et demanda une tasse de café et un petit pain rond.

En ramassant sa monnaie, la patronne, commère à l'affairement de musaraigne et à la bonhomie trompeuse, lui jeta un regard en coin.

« Vous venez du château ? » l'entreprit-elle d'une voix aigre.

Baptiste opina.

« On s'en serait douté, à vos beaux airs de Paris.

– Je suis de Coutances. »

L'aubergiste haussa le menton d'un air dubitatif.

« D'habitude, c'est ce bandit de Simon qui vient pour les lettres. Mais quand le chat est par les routes, les souris bambochent, pas vrai ?

– Vous voulez parler du sieur Langlois ?

– Jusqu'à preuve du contraire, ce n'est pas ce vaurien qui fait la loi à Escreuil. Lui, ça n'est jamais que le maquereau en second. »

Baptiste feignit un détachement ironique pour en apprendre plus.

« Ah ? Et qui fait la loi à Escreuil ? »

La commère semblait aussi avide de répandre son fiel que de lui tirer les vers du nez.

« Ce vieux scélérat de Simon, pardi ! Lui et sa gueuse. »

Et elle abaissa sa paupière droite en signe de connivence. Il resta pétrifié devant les abîmes que cette allusion malveillante ouvrait. L'aubergiste recommença à s'affairer, l'air plus sombre, lui frôlant les doigts de sa lavette.

« Vous êtes là pour le testament, je suppose ?

– Pour l'inventaire, oui. On ne m'a pas parlé de testament. Mais j'imagine...

– Avec tout ce qu'ils ont volé, j'espère qu'il en restera pour nous autres. Mais ce coquin de Simon, depuis le temps qu'il nous fait miroiter la fin de la misère et le commencement de la justice de Dieu ! Vous avez vu quelque chose au fond du sac ? Nos aïeux sont morts aussi nus qu'ils étaient venus au monde. Et nous, on ne se nourrit plus de ces boniments. »

Baptiste se demanda si la commère était dans son état normal.

« Mais Simon est un simple domestique, qu'a-t-il bien pu vous promettre ? »

L'aubergiste eut une sorte de gloussement approbateur.

« C'est pourtant bien vrai qu'il a toujours l'air de porter la livrée ! Mais avec ou sans titres de propriété, c'est toujours lui le seigneur du château, croyez-moi.

– Le seigneur du château ? Que voulez-vous dire ? »

Un claquement de lèvres lui répondit. Sous les poutres enfumées, la conversation s'était arrêtée. Il sentait une hostilité sourde autour de lui. Il jugea prudent de changer de sujet.

« Et la baronne ? demanda-t-il en baissant la voix. La voyez-vous quelquefois ?

– La baronne ? Quelle baronne ? Il n'y a jamais eu de baronne, pas vrai vous autres ? »

Cette adresse à la cantonade déclencha l'hilarité générale.

« Je ne comprends pas.

– Vous l'avez vue, vous, la ci-devant baronne ? » répartit la commère.

Baptiste répondit qu'elle était souffrante.

« Vous voyez bien. C'est un mystère, cette créature-là. Personne ne l'a vue depuis vingt ans qu'elle est revenue au pays. De toute façon, c'est une aventurière, comme sa mère avant elle. Une putain. Et pis que ça. Une sorcière qui nous a porté le mauvais œil ! Alors qu'ils la séquestrent, la noient ou la pendent à la lanterne, elle n'aura eu que ce qu'elle méritait. »

Un vieillard à la figure plissée comme un éventail s'était approché du comptoir.

« Gare à tes radotages, Marie ! Tu sais que les sbires du gouvernement traquent les propos séditieux. Qui sait si ce jeune homme n'est pas un agent de la police ? »

Baptiste se retourna, indigné.

« Je dis les choses comme je les pense, reprit la commère, les yeux injectés de sang. Quand j'étais petiote, on prétendait que c'était fini, les impôts, les privilèges et les particules. C'était la République pour tous, une et indivisible. Ou la mort, qu'on rajoutait. Et on nous a fait accroire que ce grand château, une fois vidé de ses maudits occupants, ça serait un bien *national*. Que ça serait à tout le monde, pour parler net, ou j'entends pas goutte à la langue de Molière. »

Elle se pencha encore sur Baptiste, que révulsaient les cordelettes de son cou maigre.

« C'était le rêve qu'on avait dans ce temps, mon petit monsieur. Un rêve que le Simon nous avait mis dans la tête. L'égalité, vous comprenez ? Des terres à partager, à cultiver pour qu'on n'ait plus jamais faim. Et dans le château, un havre pour les miséreux du pays, les fileuses fatiguées et les veuves de marin. Une infirmerie pour les métayers et les pêcheurs éreintés par le labeur. Une école aussi, qu'aurait pas été celle du curé, ou alors à condition qu'il ait prêté serment – car nous ici, on n'avait rien contre les prêtres, au contraire. Mais on n'a jamais été les laquais des nobles comme ceux de l'autre côté du Mont. Ça non, alors ! »

Le vieux marin lui mit la main sur l'avant-bras pour l'apaiser, mais elle la rejeta.

« Il n'y a jamais rien eu de sacré que la sainte propriété. Bien national, j't'en fiche ! Du nanan pour les agioteurs en bas de soie. Ça, on peut dire que ça a réussi à certains. Ils sont devenus des coqs en pâte à leur tour, à commencer par ce traître de Simon. »

Baptiste voulut interrompre la commère, mais elle était lancée.

« Par la Vierge et tous les saints, on les a vus passer, les régimes ! Autant de vagues qui ratiboisaient nos terres et nous enlevaient nos fieux. Ça n'a jamais rien changé pour nous autres. Napoléon, avec ses impôts pour les routes et ses boucheries du bout du monde. Les Bourbons, avec leurs émigrés qui réclamaient un milliard. Un milliard ! Comme s'ils n'avaient pas assez volé, pendant dix siècles ! Quant aux républicains de 1830, ils sont morts sur les barricades, mais des traîtres leur ont escamoté la Révolution. Tout ce qu'on y a gagné, c'est un nouveau roi !

– Un roi-citoyen, intervint le vieux marin d'un ton ironique. N'oublie pas ça, Marie.

– Oh, je sais. Avec une garde nationale pour défendre les propriétaires, un drapeau plein de couleurs pour berner les péquins et un La Fayette extrait du formol. »

Baptiste était effrayé par ce qu'il entendait. Des carbonari fomentant la mort de Louis-Philippe n'auraient pas tenu des propos plus haineux. Il ne pouvait plus avaler son pain, même trempé dans le café. Il remercia l'aubergiste pour ces précieux renseignements, pivota sur ses talons et sortit sous les rires moqueurs, le rouge de la colère et de l'épouvante au front.

« Dites donc, le muscadin ! Si vous retrouvez la baronne, venez nous donner de ses nouvelles ! » glapit l'aubergiste alors qu'il était déjà sur le seuil.

★

Il s'apprêtait à rejoindre le chemin de ronde quand il se sentit héler. C'était le marin boucané comme du cuir de Cordoue qui avait tenté d'apaiser l'aubergiste.

« Ne faites pas attention à la Marie, monsieur. Elle ne pense pas ce qu'elle dit. »

Il lui tendit une main sèche plus sèche qu'un fagot.

« Sylvestre Grosbois, pêcheur de son état, pour vous servir.

– Baptiste Rivière, clerc de notaire chez maître Bouchard à Coutances. Je ne suis pas un suppôt du gouvernement, mais vous conviendrez qu'il y a des limites à l'esprit factieux.

– Si vous permettez, jeune homme, elle en a vu, dans son enfance. Sa mère est morte de faim, en 93. Elle-même a mangé des arêtes de morue plus souvent qu'à son tour. Mais elle fait ses prières comme une autre et, sous la croûte, c'est rien que de la mie tendre. »

Baptiste fit un geste pour signifier que l'incident était clos. Sous la chassie, les yeux de l'homme dégageaient une bonté qui lui inspirait confiance.

« Que signifient ces insinuations injurieuses au sujet des habitants du château ?

– Des mômeries ! Quand Simon a acquis le château et les terres, c'était après le départ en émigration du jeune baron, elle a cru qu'il en ferait cadeau à la commune. Elle a toujours dit qu'il lui avait promis ça, le jour qu'ils ont enterré sa mère. Imagination de fillette frappée par le malheur, sans doute. Mais elle n'a jamais voulu en démordre. »

Ce fut un trait de lumière dans l'esprit de Baptiste. Le vieux Simon et l'homme qui avait trahi la baronne quand elle avait débarqué de Douvres, selon le rapport de maître Bouchard, étaient une seule et même personne. Il fallait qu'il en ait le cœur net.

« Tout le monde l'appelle Simon, mais est-ce son nom de famille ?

– Son prénom. Pour l'état civil, c'est Simon Dalbret.

– Dalbret ? N'est-ce pas lui qui a dénoncé la baronne et causé la mort de son mari ? »

Le vieillard parut embarrassé.

« On l'a dit, à l'époque. Mais on n'a jamais rien pu prouver.

– Comment a-t-il accepté de servir sous le toit où il avait été le maître ? Pire, de servir celle qui devait le haïr si elle le soupçonnait d'avoir détruit sa vie ?

– Ça a été son châtiment, à ce qu'on raconte. Quand elle a recouvré ses titres de propriété, il était ruiné, après des années de mauvaise gestion du domaine. Sans feu ni lieu. Peut-être a-t-elle eu pitié de lui ? Ou bien elle a considéré que se faire servir par lui la vengerait. Il avait officié comme laquais sous le vieux baron. C'était un retour à la crotte de sa condition. Vous comprenez pourquoi la Marie dit qu'il n'a jamais quitté la livrée ?

– Mais d'où la baronne connaissait-elle Simon Dalbret ? Et comment a-t-elle pu s'imaginer que s'il rachetait le château comme bien national, il accepterait de le lui revendre une fois la Révolution finie ?

– Demandez-le-lui, si vous parvenez à l'approcher. Tout ce que je sais, c'est qu'ils se sont abouchés quand ils n'avaient pas douze ans. »

Le marin s'était appuyé sur la borne qui marquait le passage du chemin de ronde. Tout en causant, il tirait de sa blague des lambeaux de tabac gris dont il bourrait sa pipe.

« Voilà l'histoire que racontaient mes vieux. Dix ans avant la Révolution, la mère de la baronne a fait son apparition dans le pays avec sa fille pour implorer l'aide du vieux baron. Elle se disait sa cousine, à je ne sais quel degré, du côté de Cancale. Elle avait eu des malheurs avec un Piémontais, un marchand ambulant ou un comédien, qui l'avait enlevée contre son gré après une foire, à ce qu'elle racontait. Ses parents étaient morts ou n'avaient pas voulu la reprendre. Le baron a dû lui fermer la porte au nez. Elle est restée quelque temps avec sa fille, dans une masure à la lisière du village, comme pour faire honte au baron de sa pauvreté. Sa voisine, c'était la veuve Dalbret, qu'avait eu bien des malheurs aussi. Les deux commères se sont liées. Son fils travaillait au château. Il venait souvent voir sa mère. C'est là qu'ils ont fait connaissance. Après ça, mère et fille ont disparu. Pour faire de vilaines choses à Paris, à ce qu'on a dit. Mais ce ne sont que les suppositions des mauvaises langues.

– Quand la baronne est-elle revenue à Escreuil ?

– Sous la Révolution seulement. Quand Simon l'a tirée de sa geôle.

– Quel intérêt avait-il à la tirer de sa geôle pendant qu'il jouissait de son bien ? »

Grosbois secoua la tête, manifestement déterminé à ne pas en dire davantage. L'église sonna une heure. Il était temps pour Baptiste de rentrer s'il ne voulait pas qu'on s'aperçoive de sa disparition. Il ôta son chapeau pour prendre congé. Le sieur Grosbois toucha son bonnet. Baptiste n'avait pas fait dix pas qu'il se retourna.

« Au fait, père Grosbois. Est-ce à cause de ses années parisiennes que la Marie traite la baronne de gueuse ?

– Diable, ce n'est pas elle qu'elle traite de gueuse ! C'est la petite Séverine. »

XI

Un rideau de coton gris avait recouvert l'horizon et éteint l'émail translucide de la mer. Le vent, glacial, obligeait Baptiste à se tenir courbé, chapeau enfoncé jusqu'aux yeux.

Il en savait assez pour tenir son cerveau occupé pendant huit jours. Tout un roman se déployait, avec ses reliefs accidentés, ses zones d'ombre persistantes. Les révélations au sujet du vieux Simon et de la baronne modifiaient sa perspective sur les acteurs du drame, reléguant Langlois, qui lui avait jusqu'alors paru le cerveau de toute l'intrigue, au rôle de *maquereau en second*. Il était pourtant sûr que c'était sa voix à lui qu'il avait entendue, lors de son expédition. Mais seule une investigation approfondie lui apprendrait le fin mot de l'affaire.

Ce qui tempérait sa curiosité, c'était la crainte de trop en apprendre sur la légèreté de Séverine. Passe qu'elle couche avec Langlois. Il était bel homme, on était bien obligé de l'admettre, malgré la terreur qu'il lui inspirait. Une jeune femme seule, dans une demeure isolée, pouvait ne pas résister à certaines avances. Mais pourquoi la Marie la considérait-elle comme *la gueuse de Simon* ? Le mot suscitait de nouvelles images, répugnantes cette fois. Comment une beauté fraîche et pure comme un bouton de rose pouvait-elle supporter les caresses d'un vieillard aux manières de paysan et aux relents de suint de mouton ?

À mesure qu'il se rapprochait d'Escreuil, tout son être se rétractait. Tout à l'heure à *L'Amarre*, il regrettait d'avoir quitté le château. Ces misérables lui semblaient les dignes rejetons des coupeurs de têtes de 1793. Mais où était-il le plus en sécurité ? Parmi ces tristes mines qui le considéraient comme un espion à la solde de la police louis-philipparde ou dans cette forteresse aux recoins louches ? Ses geôliers attendaient sans doute de lui qu'il enregistre un testament en leur faveur. Sa chambre même, assiégée par les fantômes et les dévaliseurs, n'était pas un asile étanche. Et il en venait à regretter Coutances, l'étude douillette de maître Bouchard, les savoureux salmis de Nanon et les bonnets immaculés de Sophie.

Au croisement du chemin de ronde, une sente rejoignait la partie orientale du domaine. Comme il entrait dans le petit bois qui bordait la propriété, des aboiements le firent frissonner. Simon avait-il lâché les chiens à sa recherche ? Par prudence, il décida de longer l'orée du bois, le potager et la terrasse. Mais à peine s'était-il engagé dans l'allée latérale qu'il aperçut l'un des dogues bondir dans sa direction depuis l'autre extrémité du parc. Il s'immobilisa, stupide d'horreur, bras levés pour protéger son visage. Le dogue se jeta sur lui. Baptiste bascula de tout son long, face contre terre. Un courant électrique lui déchira l'épaule gauche. La bête allait le dévorer tout cru.

« Au pied, Brutus ! »

Le reste de la meute avait accouru et faisait cercle autour de Baptiste en grondant, prête sur un mot du maître à prendre sa part à la curée.

« Brutus ! J'ai dit *assez* ! »

Il fallut que Simon donne un coup de nerf de bœuf à la bête pour lui faire lâcher prise.

« Vous ne pouvez pas tenir vos chiens ! éructa Baptiste en se tordant de douleur.

– Ils sont dressés pour obéir, dit Simon. Mais ils ne sont pas méchants.

– Je me plaindrai, je vous préviens ! »

Simon l'avait aidé à se relever. Sa redingote, déchirée au col, était encartonnée de boue. En amortissant sa chute, son haut-de-forme s'était aplati comme une galette. Il avait de la terre plein la bouche. La honte et la douleur le firent exploser en sanglots.

« J'avertirai Langlois dès son retour. Je doute qu'il se réjouisse d'apprendre que les invités de la baronne sont donnés en pâture à vos monstres. »

Au lieu de répondre, Simon le traîna par le bras à travers le parc, comme un enfant. Arrivé au pavillon Renaissance, il le poussa dans la cage d'escalier.

Baptiste continuait à protester en pleurant. Quand ils furent dans sa chambre, Simon lui ôta sa redingote et sa chemise. La trace des crocs était bien visible, écarlate au milieu de meurtrissures violettes. Mais l'épaulette de la redingote avait joué son rôle d'amortisseur et pas un lambeau de chair n'avait été arraché. Baptiste se sentit faiblir. Simon l'assit sur le lit et lui ôta ses bottes. Il déchira ensuite la manche trouée de la fine chemise de batiste, la jeta dans la cuvette, versa l'eau du broc pour l'humecter et revint éponger l'épaule de Baptiste. Après avoir nettoyé la blessure, il se saisit d'un flacon d'eau de Cologne et en frotta la plaie. Baptiste rugit.

« Tenez-vous tranquille. Je vais chercher de quoi vous faire un pansement. Pendant ce temps, nettoyez-vous le visage, si vous en avez la force. Et mettez-vous au lit. »

Baptiste avait à peine eu le temps de se rincer la bouche et de constater que sa dentition était intacte que Simon était de retour. Le jardinier déposa sur l'épaule un tampon d'ouate imbibé d'eau-de-vie, avant d'entortiller l'épaule dans un bandage serré. Ses gestes étaient précis comme ceux d'un chirurgien, sans douceur, mais sans brutalité. Baptiste sentait sa colère s'atténuer en même temps que les élancements de la douleur.

« Pourquoi ne m'avez-vous pas laissé dévorer par vos canidés ? Vous avez encore besoin de moi pour vos sales affaires ?

– Cessez de vous agiter. Séverine viendra changer votre pansement ce soir ou demain. Et à la prochaine visite du docteur Pollastro, je lui demanderai d'examiner votre égratignure.

– Mon égratignure ? On voit que ce n'est pas vous qui avez été mordu !

– Du nerf, jeune homme. Vous en verrez d'autres.

– Pas ici, j'espère.

– Cela dépend de vous. Il faut être sage.

– Êtes-vous en train de me dire que je n'ai pas le droit de quitter Escreuil ? »

Simon ne répondit rien et le laissa seul.

★

Tout l'après-midi, Baptiste lutta contre les élancements de son bras pour rédiger une nouvelle lettre à maître Bouchard. Savait-il que l'acheteur d'Escreuil en 1793, le délateur supposé de la baronne et de son mari, vivait en bonne intelligence avec celle qui devait être son ennemie jurée ? À moins qu'il n'ait décidé de la supprimer après s'être fait coucher sur le testament ? Baptiste achevait sa lettre par des adieux grandiloquents : il était certain d'être retenu prisonnier dans cet antre lugubre, gardé par les monstres dentus du sans-culotte Simon Dalbret ; si on attentait à ses jours, il aurait du moins la consolation d'avoir sacrifié sa vie sur l'autel du devoir, etc. Après avoir placé la lettre sous son matelas, il tomba d'épuisement. Quand il s'éveilla, Séverine, au bord du lit, le regardait en souriant.

« Vous ici ? Puis-je savoir ce qui me vaut l'honneur ?

– Je viens m'assurer que vous allez bien.

– Qu'est-ce que ça peut vous faire ? Je vous prie de me laisser seul.

– L'autre soir, vous m'avez suppliée de vous rendre visite.

– C'était avant de me faire attaquer par les dogues de vos amis. Sortez, s'il vous plaît.

– Pas avant d'avoir changé votre pansement. »

Avant qu'il ait eu le temps de protester, elle déboutonna sa chemise et découvrit le haut de son bras. Elle défit le nœud, déroula le bandage jusqu'aux chairs meurtries. Un peu d'ouate avait collé à la plaie. Elle prit un tampon de gaze mouillé d'esprit-de-vin, ramollit le pus séché pour l'évacuer doucement, puis se saisit d'une étoffe propre qu'elle déchira avec ses dents. Ses gestes étaient sûrs, ses mains d'une fraîcheur de source.

« Ce n'est que votre bras gauche ? observa-t-elle en terminant de serrer le nœud du nouveau pansement. Cela ne vous empêchera pas d'écrire à votre fiancée.

– Je suis gaucher. Et d'abord comment savez-vous à qui j'adresse mes lettres ?

– Je les ai vues à l'office avant que Simon ne les porte. »

Ce nom lui causa un nouveau mouvement d'exaspération.

« Décidément, vous traînez votre museau partout.

– Et qui vient fureter la nuit dans des quartiers où il n'a que faire ?

– Mon maître m'a chargé d'entretenir la baronne de ses dernières volontés, figurez-vous. Et voyez comme on m'en empêche !

– Ne parlez pas tant, vous allez vous fatiguer. Votre mission, pour ce que j'en sais, se borne à enregistrer un testament. De quoi vous mêlez-vous d'importuner une malheureuse qui est souffrante et que la présence d'un intrus ne peut qu'agiter davantage ?

– De quoi vous mêlez-vous vous-même ? Et d'abord dans quel camp êtes-vous ? »

Séverine recula, l'air stupéfait.

« Mais... je suis votre amie.

– Vous ne pouvez pas être la mienne en même temps que celle de Simon.

– Pourquoi non ?

– Parce que cette promiscuité me dégoûte. »

La jeune femme semblait partagée entre la perplexité et l'amusement. Ses fossettes se creusaient et les paillettes de ses iris se mouvaient comme un essaim d'abeilles.

« Et qui a insinué cette idée révoltante en vous ?

– Que vous importe ? Elle est plantée là, je ne peux plus m'en défaire.

– Raison de plus pour savoir qui m'a causé un tel tort à vos yeux.

– Une commère du village, là.

– La vieille Marie ?

– Je ne connais pas de Marie.

– La tenancière de *L'Amarre*. C'est bien là que vous vous êtes arrêté ce matin ? »

Baptiste repassait la bordure du drap avec son ongle.

« Allons, soupira Séverine, je la connais, la vieille carne. Dans une autre vie, elle espérait que Simon l'épouse. Alors naturellement, je représente tout ce qu'elle déteste. »

Baptiste était au désespoir de constater que Séverine ne cherchait pas à nier.

« Avouez qu'il est repoussant !

– Vous êtes injuste. Il était magnifique, plus jeune.

– Dans les temps féodaux, peut-être ! »

Elle eut un éclat de rire et se releva en lissant les pans verts de sa robe.

« Je vous ai promis de vous raconter des choses, mais vous n'êtes pas en état de les écouter. Reposez-vous.

– Restez, je vous en prie.

– Non, demain, quand vous aurez reçu la visite du docteur. »

Au moment de partir, elle se ravisa et sortit de sa poche un petit paquet. C'était son mouchoir en fil de Coutances, repassé. Il le porta à ses narines. Il sentait la fougère.

« À présent, vous ne pourrez plus nier que je sais tenir mes promesses. »

XII

Baptiste s'éveilla avec l'impression d'avoir été roué de coups. La douleur l'élançait dans son épaule comme une charge de cavalerie. Vers dix heures, Rose Langlois lui porta son déjeuner. L'odeur du chocolat lui donna un haut-le-cœur. Il faillit lui confier sa lettre mais son air rogue le refroidit. Il se contenta de lui demander la date de retour de son mari.

« Vous languissez-vous de sa présence ?

– Je ne peux partir avant d'avoir pris congé de lui.

– Sait-on jamais, avec ce démon ? » marmonna-t-elle.

Baptiste était persuadé de lire de la haine dans son regard. Mais l'hostilité commune que leur inspirait manifestement Langlois ne suffisait pas à faire d'elle une alliée. L'expression de cette femme aux narines minces et aux lèvres réduites à un trait était plus indéchiffrable qu'un hiéroglyphe. Sa peau jaune, ses cheveux d'étoupe, ses petits yeux enfoncés, tout lui rappelait les automates de Vaucanson ou les figures de cire de

Madame Tussaud, jusqu'à la raideur mécanique et au fichu orné d'une croix d'or qu'elle semblait porter comme un déguisement destiné à cacher le mécanisme qui la faisait se mouvoir. Elle lui répugnait tout bonnement. Il en revenait alors à sa première idée : la personne qui lui voulait du bien ne pouvait être que Séverine. Mais aussitôt, il butait sur une nouvelle difficulté : comment se fier à celle qui couchait avec ses deux geôliers ? Qui était Séverine ? La sœur aimante qui lui avait toujours fait défaut ou une fausse ingénue avec le diable au corps ?

★

Dans l'après-midi, il reçut la visite de Pollastro. Baptiste retint un cri quand le médecin lui arracha le pansement d'un coup sec.

« Voilà une plaie qui continue à suppurer. Il faudrait que je la sonde.

– On m'a juré qu'elle était sans gravité !

– Vous voyez ces cellules mortes ? Si l'on n'assainit pas la plaie une bonne fois, l'infection risque de gagner du terrain. »

Baptiste regarda son épaule. Sur quelques centimètres carrés, la peau offrait une palette inquiétante : violette autour des traces de crocs remplies d'écume rose, puis, dans un dégradé repoussant, bleue, verte et jaune.

« Vous voulez dire la gangrène ? » demanda-t-il, affolé.

Son oncle, friand d'histoires horribles, lui avait rapporté les récits d'amputation dont son frère cadet, le chirurgien-major, soulageait sa mémoire à chaque retour des armées. Baptiste se voyait déjà coupé en deux. Manchot. Mais, à la différence de l'amiral Nelson, il serait perdu pour l'amour – à vingt-cinq ans. Son moignon ne serait pas une glorieuse blessure de guerre, seulement le résultat d'un attentat canin fomenté par de lâches ennemis !

Pollastro se contenta de tendre la main en direction de son impassible assistant. Après avoir fouillé dans la mallette en maroquin rouge, celui-ci y déposa une pointe effilée. Baptiste sentit le cœur lui manquer. Quand le docteur introduisit l'instrument dans la plaie pour en faire sortir les sanies, un éclair lui traversa le cerveau.

« Allons, du courage ! C'est maintenant qu'il faut serrer les dents. »

Pollastro essuya la pointe, puis se fit donner des petits ciseaux recourbés.

« Je vais découper le pourtour nécrosé pour éviter la formation de nouvelles sanies. Si vous bougez, je risque de vous écorcher davantage. »

Comme s'il obéissait à la suggestion de son maître, l'assistant enserra l'aisselle de Baptiste de sa pogne rougeaude. Baptiste s'imagina attaché au chevalet d'une salle de torture. Mais, en dehors de la nausée que lui donnait le sentiment d'être découpé à vif, il ne sentait rien.

« Voilà. Il reste à recoudre pour prévenir tout écartement des lèvres. Benoît ? »

L'assistant sortit de la mallette un morceau d'étoffe dans lequel était découpé un rectangle. Baptiste crut reconnaître la coiffe antique du bourreau. Mais le jeune homme l'appliqua sur l'épaule de Baptiste, l'ouverture encadrant la plaie. Il tendit à son maître une grosse aiguille et une bobine de fil ciré. Avec dextérité, le médecin passa le fil et le noua. D'un geste décidé, il piqua la peau de Baptiste. Le dénommé Benoît, dont Baptiste sentait le souffle de bœuf au-dessus de lui, rapprochait les lèvres de la plaie pour faciliter le travail du docteur.

« C'est terminé. Dans huit jours, je vous retire les fils. Vous en serez quitte pour une petite cicatrice. Une cicatrice, cela plaît toujours à ces dames, n'est-il pas vrai, Benoît ? »

Le gros garçon opina. Baptiste lui trouva l'air stupide, avec ses yeux à fleur de tête et son encolure de taureau. Il se sentait si humilié que les larmes lui vinrent.

« Allons, pleurer pour une cicatrice, un fils de chirurgien-major de la Grande Armée, à ce qu'on m'a dit ? Si elle vous déplaît, je pourrai la fondre dans une création de votre choix. »

Baptiste le regardait sans comprendre.

« Montrez votre bras, Benoît. »

Ce dernier roula sa manche et exhiba, avec un orgueil palpable, un tatouage encore frais. Recouvrant la rotondité musculeuse de son épaule, il représentait une ancre marine.

« C'est un matelot du bourg qui m'a révélé mes talents en la matière, se rengorgea Pollastro, dont l'accent méridional se réveillait avec la forfanterie. Sa femme avait voulu lui injecter ce mélange d'encre et de poudre à canon que les marins utilisent pour s'orner l'épiderme comme les Indiens Maoris. Mais elle l'avait tant incisé avec la pointe de son canif qu'il était au bord de la septicémie. Sous les croûtes, le dessin était méconnaissable, et le malheureux en pleurait de rage. Alors, sur ses indications, j'ai tenté, avec des instruments propres, de rattraper le désastre. J'ai fait de l'ancre un albatros. Après quoi, j'ai été victime de mon succès. Tous les marins du bourg ont voulu que je leur tatoue, qui une caravelle, qui un cœur percé de flèches. Et voilà mon propre assistant qui a réclamé les ressources de mon art pour plaire à sa promise. N'est-ce pas réussi ? »

Baptiste fit mine d'admirer ce chef-d'œuvre qui était aux marines d'Isabey ce que les chansons à boire sont à la poésie de Dante. Il se contenterait pour sa part d'une modeste cicatrice. Benoît rajusta sa manche. Le docteur Pollastro rangea ses instruments en sifflotant d'un air allègre. Malgré son état de faiblesse, Baptiste s'accrochait à son idée.

« Docteur, vous venez de chez la baronne ?

– Non, mais j'y cours à l'instant.

– Auriez-vous l'obligeance de revenir me dire si elle est visible ? Je sais que vous êtes tenu au secret professionnel mais vous comprenez, je suis ici sur sa demande et je ne sais même pas si on l'a informée de ma visite.

– La baronne a des lubies, monsieur Rivière. Quand elle est d'humeur spleenétique, elle ne voit personne. Pas même moi, qui suis pourtant un vieil ami de la maison. Si je l'estime accessible à autre chose qu'à son vague à l'âme, je vous promets de vous le faire savoir. »

★

Quand Baptiste s'éveilla, il faisait nuit noire. Une brume fine perlait aux croisées. Il se leva pour renouveler l'air de sa chambre et constata que la tour carrée était plongée dans l'obscurité. Selon toute vraisemblance, Pollastro avait quitté Escreuil sans tenir sa promesse. À moins qu'il ne soit venu alors que Baptiste dormait ? C'était plausible, étant donné qu'il n'avait pas refermé à clef. Et quand bien même, il devait y avoir des doubles. On continuait à entrer chez lui comme dans un moulin, tandis que lui restait toujours sur le seuil. Demain, après-demain au plus tard, il forcerait la porte de l'appartement interdit.

En grignotant une aile de poulet, il se rappela que Séverine lui avait annoncé une visite. Maintenant que sa maîtresse était couchée, allait-elle elle aussi lui manquer de parole ? Il s'efforça de reprendre la lecture d'*Olivier*. Mais, décidément, cela restait illisible. Le protagoniste falot n'en finissait pas de se dérober aux avances de son amie d'enfance. Les allusions à un grand malheur, un secret terrible et indicible, se répétaient sans qu'il fût jamais permis d'y voir plus clair. Il ne restait à Baptiste, après chaque tentative, qu'une impression de malaise. Comme un mauvais rêve qui tentait de se rappeler à lui mais ne remontait jamais entièrement à la surface.

Ce qu'il lui fallait, c'était quelque chose de vivant. D'immédiatement stimulant. Se rappelant les recommandations de son oncle au sujet du marquis de Sade, il descendit à la bibliothèque. Le flambeau à la main, il grimpa sur l'escabeau. Mais, à mi-hauteur, il fut obligé de s'arrêter à cause d'une faiblesse dans les jambes. N'avait-il pas présumé de ses forces ?

Il reprit prudemment son ascension jusqu'au dernier cercle de l'enfer. Il finit par dénicher la fameuse *Philosophie dans le boudoir*. Miracle, c'était l'édition de 1795, celle dont son oncle lui avait vanté les gravures. Mille mots brûlants lui sautèrent au visage. Il n'était question que de mottes bien fendues et de vits bien emmanchés, de gamahuchages enivrants et de foutaisons délectables.

Le feu aux joues, il s'apprêtait à descendre quand il aperçut Asmodée. La fourbe créature s'était installée sur la dernière marche de l'escabeau. Baptiste émit les sifflements les plus expressifs sans que cela la dissuade de déguerpir. Il essaya de l'enjamber. Alors Asmodée haussa le dos en arc de cercle. Baptiste perdit l'équilibre. Il se rattrapa aux marches sans lâcher le chandelier ni *La Philosophie dans le boudoir*, mais au prix d'un mouvement qui le fit rugir de douleur. Le chat, enfin délogé, s'éloigna en remuant la queue. Baptiste s'avança d'un air menaçant, flambeau dressé dans la main droite. La bête recula jusqu'à la porte qui menait au pavillon Renaissance et disparut. Baptiste poussa la porte, qui grinça sur ses gonds.

Il s'avança jusqu'au centre de la pièce, évitant de se cogner dans les meubles. Il avait la sensation d'une présence toute proche. C'était comme un battement sourd, répondant aux pulsations du sang dans ses veines. Le fantôme du baron ? Il n'allait tout de même accorder crédit aux histoires du vieux Simon ! Il lui sembla que des ombres glissaient sur le parquet. Il leva les yeux, et là, de l'autre côté de la porte-fenêtre à croisillons qui donnait sur le jardin, éclairés par la lune, il les vit.

Jupes remontées autour de la taille, visage réduit à la brèche de sa bouche, Séverine supportait une rude charge en poussant des cris étranges. De l'homme, Baptiste n'aperçut d'abord que les forts mollets, de part et d'autre des jambes de la jeune femme. Puis la main fouillant le corsage et y pétrissant les seins comme une pâte. Enfin, dans le prolongement du bras, sur l'arrondi d'une épaule palpitante, il reconnut l'ancre marine.

XIII

« Laissez-moi entrer.

– Allez-vous en !

– Pas tant que vous n'aurez pas écouté mes explications.

– Il n'y a rien à expliquer, mademoiselle. Votre vie ne m'intéresse pas.

– Celle de la baronne non plus ? »

Baptiste se mordit les lèvres. Il entendit un froissement de tissu le long de la porte, l'affaissement d'un paquet au sol puis le sifflement d'une respiration.

« Je vous préviens, je n'ai pas l'intention d'attraper la mort. Si dans cinq minutes vous ne m'avez pas ouvert, vous ne saurez jamais rien de ce qui vous intéresse. »

Depuis vingt-quatre heures, il vivait l'enfer. Au moment où il s'apprêtait à s'arracher au spectacle de la dépravation de Séverine, elle avait relevé la tête. Enveloppé du feu lunaire qui entrait par la croisée, il devait lui avoir fait l'effet d'un fantôme. Il avait pris la fuite, certain qu'elle ne tarderait pas à venir l'ensorceler avec ses mensonges. Mais il n'y avait plus de doute : Séverine était une *gueuse.* Dans tous les recoins du domaine, dans toutes les ailes du château, elle s'offrait aux désirs bestiaux de chacun. Car tous la possédaient, c'était désormais une certitude. Langlois. Le vieux Simon. Et maintenant cette souche de Benoît, le médiocre assistant du docteur, avec ses mollets de charretier et ses yeux pareils à des huîtres.

En ôtant sa chemise, Baptiste constata que son pansement s'auréolait de rose pâle. Si la cicatrice s'était rouverte, il aurait une marque hideuse. Mais c'était son cœur surtout qui saignait. Celle en qui il avait vu une âme sœur n'était qu'une vulgaire fille d'Ève !

Pour divertir sa douleur, il s'immergea dans *La Philosophie dans le boudoir.* Il survola les spéculations sur l'état social, les blasphèmes faisant de la Vierge une putain et du vice une pratique autorisée par la nature. La description des corps-à-corps acrobatiques le conduisit aux portes d'une jouissance monstrueuse, la volupté des sens s'y enténébrant de souffrance morale. Il s'imaginait l'affreux Dolmancé sous les traits de Langlois et Mme de Saint-Ange sous ceux de Séverine. Le jardinier aux orgasmes torrentueux ne pouvait être représenté que par cette brute de Benoît, étant entendu que Simon était trop vieux pour le rôle. Quant à Eugénie la novice, il lui prêta d'abord le visage de Sophie. Mais cette identification s'avéra intolérable quand l'élève dépassa sa maîtresse dans la débauche. Son imagination dédoubla finalement Séverine. La même comédienne devait interpréter la marraine et la filleule, l'initiatrice perverse et l'hypocrite ingénue. À la fin, la mère d'Eugénie est châtiée pour avoir interrompu les ébats des protagonistes. Remplie d'un foutre à haute charge virale, elle est recousue par sa propre fille avec du fil ciré et en meurt. En lisant ces lignes, Baptiste se persuada d'être à son tour intoxiqué.

En début de soirée, il se lava énergiquement, changea de linge et lut la lettre de Sophie déposée près de son dîner. La portant à ses narines, il reconnut ce parfum de fleurs blanches qui lui rappelait sa première communion. Il en aurait pleuré. En réponse au dessin d'Asmodée, Sophie avait croqué la vache du sieur Auger, à laquelle ce dernier avait tricoté une écharpe pour la protéger des premiers frimas. Devant tant d'innocence, Baptiste se sentit passer des larmes au rire. En voilà une qui était pure comme l'eau claire ! Il l'avait beaucoup trop négligée depuis qu'il était ici. Tout en digérant son jarret aux lentilles, il relut les quelques lignes, attendri par la physionomie appliquée des pleins et des déliés.

Il fallait quitter au plus vite ces lieux maudits. Mais il devait d'abord s'acquitter de sa mission auprès de la baronne. Et, pour cela, pactiser avec Séverine, cette créature sans frein qui finirait peut-être par s'en prendre à sa personne. Épuisé par les tergiversations, il lui ouvrit la porte.

★

« La baronne m'a retenue plus longtemps que je ne pensais. »

Assise sur un fauteuil qu'elle avait rapproché du bord du lit, Séverine gardait la tête obstinément baissée. Baptiste n'apercevait que le haut de son front, le nez retroussé et la naissance des cheveux cuivrés sous le bonnet blanc.

« Croyez-moi ou non, mais il m'en coûte affreusement de me présenter à vous. À la pensée que je me suis ainsi donnée en spectacle, je voudrais rentrer sous terre.

– Je vous dis que vos agissements ne me regardent pas. Je n'ai ouvert que parce que vous m'avez promis de me parler de la baronne.

– Mais je vois bien que vous désapprouvez ma conduite. Vous n'imaginez pas mon affliction à l'idée d'avoir perdu votre estime.

– Enfin, Séverine, vous vous livrez en plein ciel à l'acte de chair ! Cela vous regarde, ou plutôt cela regarde votre confesseur, mais n'espérez pas mon absolution.

– Voilà deux ans que je résiste aux avances de Benoît. Comprenez-vous, Baptiste ? En me refusant à lui, je prenais le risque qu'il me préfère une autre.

– La belle perte qu'une brute pareille ! Un animal.

– Non, pas un animal. Un homme. Mais même bien intentionné, un homme reste un homme. C'est-à-dire un être mû par ses désirs.

– Et une femme n'a pas d'autre choix que de se plier comme une poupée à des désirs aussi brutaux, même quand cela doit l'avilir pour jamais ?

– Il n'est que trop vrai que nous sommes davantage exposées à la honte. Mais nous ne sommes pas de simples marionnettes, nous autres créatures du sexe. Je vois à votre visage que j'aggrave mon cas, alors je ne parlerai qu'en mon nom propre. Figurez-vous que moi aussi, j'ai des désirs. Et qu'ils ont souffert, bien souvent, de devoir toujours le céder à l'honneur.

– Eh bien, félicitez-vous alors de ce que ces désirs aient pris le dessus.

– Ne persiflez pas, Baptiste ! Ils n'ont pas pris le dessus sur ma raison.

– Ah non ? Que serait-ce si ç'avait été le cas !

– Vous ne comprenez pas. La nature autorise certains compromis. »

Baptiste revit la posture des deux amants. La lecture de Sade jetait sur ce souvenir un jour brutal. Séverine releva la tête. Des larmes brillaient à la pointe inférieure de ses cils.

« Tout ce que je vous demande est de ne pas en parler au sieur Dalbret. »

Cette inconséquence le laissait perplexe. Si Séverine craignait le vieux Simon, était-il prudent de s'abandonner ainsi sous la lune ?

« Je vous avoue que s'il m'était plus sympathique, je le plaindrais, observa-t-il avec amertume. Mais après tout, quels droits a-t-il sur vous ? Pas ceux d'un mari en tout cas.

– Ceux d'un père valent bien ceux d'un mari. »

Baptiste la regarda d'un air stupide.

« Le vieux Simon est votre père ? »

Baptiste était abasourdi. Simon et sa gueuse... Sa gueuse *de fille*. Mais pourquoi Marie, la tenancière de *L'Amarre*, avait-elle utilisé ce qualificatif ? Uniquement parce qu'elle était la fille d'une autre ? Parce que Séverine matérialisait l'obstacle d'un rêve longtemps caressé ?

« Et M. Langlois ? reprit-il après une hésitation. Ne vous est-il rien ?

– Langlois ? Où êtes-vous allé chercher une idée pareille ?

– Elle n'a rien d'invraisemblable. Son épouse ne paraît guère portée sur la bagatelle. Et lui n'a rien qui doive déplaire à une fille comme vous. »

Séverine poussa un soupir de découragement.

« Après tout, je ne peux m'en prendre qu'à moi. Si vous aviez encore ne serait-ce qu'une once d'estime pour ma personne, vous ne vous permettriez pas ces insinuations injurieuses.

– Cela n'a rien d'injurieux. S'il eût été libre, Langlois eût fait un très beau mari.

– Eh bien, je vous le laisse, puisqu'il vous plaît ! Je ne crois pas être son genre et il n'est pas le mien. D'ailleurs, vous le savez, j'ai le cœur pris. »

Baptiste fit une moue dubitative. Son irritation ne se dissipait pas.

« Comment pouvez-vous vous contenter d'un parti si médiocre ? Que ce Benoît soit bon garçon, soit. Mais qu'il fasse un mari digne de vous, c'est ce que je me refuse à penser.

– Pensez, refusez de penser, tout m'est égal.

– Alors c'est que mon estime vous importe moins que vous ne le prétendez.

– Votre estime, si, au même titre que votre amitié. Mais de quel droit vous mêlez-vous de mes amours ? Est-ce que je me mêle des vôtres ? Est-ce que je me permets de porter le moindre jugement sur votre bonne amie qui se languit de vous à Coutances ? »

Ignorant le sarcasme, il s'acharna. Pouvait-elle sincèrement, elle dont l'esprit était si vif et la carnation si délicate, se vouer à un benêt incapable d'apprécier pareil sacrifice ?

« De deux choses l'une, Baptiste. Ou vous êtes condescendant, ou vous êtes jaloux. Dans le premier cas, nous n'avons rien à nous dire. Je ne suis pas aussi spirituelle que vous le croyez, mais je me flatte de n'avoir jamais méprisé personne. C'est vrai, j'ai eu la chance de recevoir une éducation. Mais Benoît n'est pas au-dessous de moi. Il a de l'avenir et le docteur Pollastro le juge fort capable. Vous pouvez lui trouver l'air idiot, il me plaît. C'est dans les entrailles que ces choses-là se passent, comprenez-vous ? »

Comme la confusion l'empêchait de répondre, Séverine se radoucit.

« Si vous êtes jaloux, c'est autre chose. Mais alors permettez-moi de vous poser une question : qu'attendez-vous pour rompre avec votre Sophie et me déclarer votre flamme ? »

Baptiste fixait obstinément un motif floral de la courtepointe. Il trouvait Séverine ravissante. Il supportait mal de la savoir à un autre. De là à dire qu'il l'aimait…

« Séverine, ce carton sur la commode, pouvez-vous me l'apporter ? »

Surprise, la jeune femme s'exécuta. Baptiste sortit ses copies des profils à la Watteau.

« Voyez-vous la délicatesse de ce visage ? » dit-il en effleurant une première esquisse.

Séverine ne répondait rien. Baptiste passait les calques en revue, un peu fébrilement.

« Le tracé de cette nuque est d'une finesse parfaite à mes yeux. Et ces frisons sur la nuque ? Ne forment-ils pas de délicieuses arabesques ?

– Êtes-vous l'auteur de ces dessins ?

– Je les ai copiés. Les originaux sont dans un carton de la bibliothèque.

– Alors je ne sais si je dois vous féliciter pour ce travail. »

Vexé, Baptiste ne put s'empêcher de pontifier.

« Vous savez, Séverine, même les grands artistes s'inspirent des maîtres du passé. Que vous importe si ces dessins imitent la nature ou des œuvres anciennes ? Ce qui compte, c'est que je leur aie imprimé quelque chose de mon individualité. »

Il exhiba soudain le visage d'une jeune femme en bonnet, aux pommettes hautes et au nez retroussé. La ressemblance avec Séverine était saisissante.

« C'est vous, n'est-ce pas ? demanda-t-il d'un air passionné.

– Que vous importe ?

– Cela m'importe beaucoup. Est-ce la baronne qui vous a dessinée ?

– Peut-être. Il lui arrive de croquer ses gens sur le vif.

– On ne dessine pas une simple domestique avec une telle affection.

– La baronne dit souvent qu'elle me considère comme sa propre fille. »

Séverine effleura son avant-bras.

« Laissez là ces dessins et ôtez votre chemise pour que je change votre pansement. »

Elle refit les gestes de la veille. Pendant toute l'opération, il resta de glace.

« Pardonnez ma franchise, Baptiste. Je crois que vous ne m'aimez pas.

– Parce que je vous respecte trop ?

– Examinez-vous honnêtement. Vous préférez les portraits à leurs modèles de chair et de sang. Et vous vous intéressez beaucoup plus à ce que je pourrais vous dire de la baronne qu'à moi-même. Je ne vous le reproche pas. D'ailleurs, il est temps que je satisfasse votre curiosité. Mais je vous demande de réfléchir à ce que je vous dis. Pas dans mon propre intérêt – pour ma part, je serais heureuse de me contenter d'être votre amie, votre confidente, votre sœur si vous le souhaitez. Non, dans l'intérêt de votre fiancée. Quelque chose me dit que vous ne l'aimez pas non plus, cette pauvre Sophie, et qu'au fond de votre cœur vous le savez. »

Baptiste gardait les yeux fixés sur le carton à dessin.

« Cela me regarde, dit-il d'une voix sourde. Mais brisons là, voulez-vous ? Racontez-moi tout ce que vous savez au sujet de la baronne. »

DEUXIÈME PARTIE

RÉVOLUTION(S)

« Il n'est guère d'étude plus passionnante que de suivre dans ce siècle les hommes qui ont survécu à la Révolution, après y avoir joué un rôle ; ils ont l'air de naufragés jetés par une tempête sur une côte inconnue ; à leur attitude, on sent que leur œuvre les a déçus ; la conduite de la terrible machine qu'ils ont mise en mouvement leur a échappé et ils se terrent, hébétés, méfiants, déroutés, en même temps qu'ils paraissent se désintéresser des mesquineries de la vie, comme si l'existence leur avait fourni, en peu d'années, la somme totale d'émotions qu'un être humain peut supporter. »

G. Lenotre,
Vieilles maisons, vieux papiers

I

« J'ai toujours connu la baronne d'Escreuil, puisque j'ai été élevée au château, mais nos familles étaient déjà en rapport longtemps avant ma naissance. Mes grands-parents maternels étaient anglais. Pendant son séjour à Londres en 1793, la baronne, qui se faisait alors appeler Léonie de Selves, se lia avec eux. Ils s'étaient enrichis dans le commerce des cotonnades au point d'avoir leurs entrées à la Cour. Depuis le début de la Révolution, Sir James Salter, mon grand-père, approvisionnait aussi les cercles les plus fortunés de l'ancienne noblesse versaillaise émigrée en Angleterre. La récente célébrité de Léonie de Selves avait traversé la Manche. Sa beauté singulière et son séjour à Sainte-Pélagie, par fidélité au roi, lui avaient valu d'être invitée à Buckingham pour y déclamer des vers. C'est là que mes grands-parents l'avaient remarquée. Ils avaient immédiatement vu en elle la meilleure des enseignes pour leur commerce. Elle leur commanda en effet bientôt des toilettes fort dispendieuses. Tant et si bien qu'elle finit par contracter des dettes auprès d'eux.

« Un soir, mes grands-parents organisèrent une pantomime. Comme la bonne société adorait ces tableaux vivants aussi coûteux qu'éphémères, ils avaient eu l'idée de s'en servir pour leur réclame. Le thème du tableau était Orphée aux enfers. Ils proposèrent à Léonie le rôle d'Eurydice. Ils avaient momentanément renoncé à recouvrer l'argent qu'ils lui avaient prêté. Mais, en échange de cette prestation qui pouvait avoir de belles retombées commerciales, ils lui offrirent la magnifique robe pourpre à incrustations de jais que vous avez vue.

« Armand d'Escreuil figurait parmi les spectateurs. Quand il vit Léonie pétrifiée sous le regard d'Orphée, il la fixa si intensément, si douloureusement, qu'elle sentit son regard. Elle détourna le sien jusqu'à lui... et le mal fut fait. C'est du moins ainsi que je l'ai entendue raconter la chose. Le mariage fut annoncé. L'espoir de racheter le château d'Escreuil pour le rendre à son époux poussa Léonie à rentrer précipitamment en France. On l'arrêta sitôt débarquée. Le baron se lança à sa poursuite. Dénoncé tandis qu'il préparait son évasion de la prison des Carmes, il fut condamné par le Tribunal révolutionnaire. Quant à Léonie, elle échappa miraculeusement à la mort.

« Il n'était plus question pour mon grand-père de recouvrer l'argent prêté. Comme son commerce était prospère, il ne s'en souciait pas outre mesure. Mais, douze ans plus tard, le blocus continental ordonné par Napoléon le conduisit à la banqueroute. Sa fille Kate – ma mère, donc – représentait jusqu'alors un beau parti. Elle était courtisée par la plus vieille noblesse anglaise. À la différence de la nôtre, celle-ci n'a jamais méprisé l'argent. Mais elle ne pardonne pas la ruine. Du jour au lendemain, les prétendants de ma mère s'évanouirent. Sur ces entrefaites, ma grand-mère mourut d'une fluxion de poitrine et Kate devint pour son père un fardeau. Léonie avait continué à écrire à mes grands-parents, depuis le Piémont où elle s'était réfugiée. La veuve du baron d'Escreuil promettait toujours, si elle pouvait rentrer en possession de ses biens, de leur rembourser ses dettes. Sir James eut l'idée d'envoyer ma mère auprès de la baronne comme dame de compagnie. Dès qu'il eut reçu l'assurance qu'elle avait passé les Alpes, il se brûla la cervelle. »

Baptiste poussa un cri. Un dénouement aussi brutal avait quelque chose d'épouvantable. Séverine inclina la tête en signe d'assentiment mais pria Baptiste de ne pas l'interrompre.

« À la chute de l'empereur, la baronne réussit à faire valoir ses droits. Elle revint à Escreuil avec Kate mais ne chassa pas Simon. Celui-ci se prit d'une affection paternelle pour ma mère. Bientôt cet intérêt prit un tour plus tendre. Vous me suivez ? Quand ma mère ne fut plus en état de cacher le fruit de leurs amours, elle osa avouer la vérité à la baronne. Aussitôt, celle-ci la chassa. Mais, en réalité, c'était d'abord de Simon qu'elle cherchait à se venger.

– Se venger ? Mais de quoi ? »

Séverine secoua la tête, confuse.

« Pardonnez-moi, je crains d'avoir attrapé mon histoire par la queue.

– Vous ne pouvez pas la reprendre par la tête ?

– Il faudrait que j'en revienne à l'enfance de Léonie pour me faire comprendre.

– Faites, Séverine, je vous en prie.

– N'oubliez pas ce que je viens de vous apprendre. J'y reviendrai. »

Séverine marqua une pause et recommença son récit.

« Diane de Selves, la mère de Léonie, était une cousine au second degré du baron d'Escreuil. Ses parents appartenaient à une branche désargentée de la famille. Après de mauvaises spéculations dans les comptoirs de la Compagnie des Indes, ils vivaient dans une malouinière délabrée du Clos-Poulet, près de Cancale. Leur nom leur donnait tout de même le droit d'espérer un mariage décent pour leur fille. Mais un jour de foire, Diane fut enlevée par une sorte de chevalier d'industrie originaire du Piémont. »

Baptiste approuva énergiquement, heureux de voir confirmé ce qu'il savait déjà.

« Du jour où Diane perdit son honneur, ses parents la tinrent pour morte. L'auteur du rapt, un certain Antonio Salvati, la transbahuta aux quatre coins de l'Europe. Diane eut son heure de gloire dans les maisons de jeux de Baden et d'Aix-la-Chapelle. Abandonnée par son séducteur et ruinée, elle vint plaider sa cause à Escreuil, accompagnée de sa fille.

– Léonie, donc ?

– Parfaitement, Léonie. La baronne m'a souvent conté cette visite au château. Il lui en est resté la marque de sa première honte. Charles d'Escreuil, le père d'Armand, était connu dans toute la contrée pour ses débauches et sa cruauté. On lui attribuait la disparition de jeunes paysannes, des orphelines ou des vagabondes louant leurs bras dans les fermes environnantes. La rumeur voulait qu'il les enferme dans la tour médiévale d'Escreuil et les soumette à ses extravagants caprices. En découvrant Diane à ses genoux, il la menaça du fouet si elle ne délogeait pas séance tenante. Mais, quand il aperçut la ravissante fillette qui se tenait dans l'ombre de sa mère, il lui souleva le menton en lui demandant son âge.

– En l'occurrence ?

– Douze ou treize ans. Léonie lui cracha au visage, ce qui eut l'heur de plaire au vicieux baron. Il disparut et revint avec une bourse remplie d'or. Il en versa le contenu sur le perron du château et lui fit la proposition suivante : si elle attrapait ces louis avec la bouche, ils seraient à elle. Léonie cracha sur les pièces et prit la fuite, au grand dam de Diane.

– Et ensuite ?

– La mère et la fille s'installèrent dans une masure à l'entrée de Saint-Pair-sur-Mer pour faire honte à leur riche cousin. Leur voisine n'était autre que Marthe Dalbret, la mère de Simon.

– Votre autre grand-mère, donc ?

– Vous me suivez à merveille. Marthe Dalbret avait vécu au château d'Escreuil avec son mari, du temps qu'elle y occupait les fonctions de gouvernante et lui celles d'intendant. À la naissance d'Armand, on avait demandé à Marthe, qui venait d'accoucher de Simon, de nourrir également l'héritier présomptif. La femme de Charles d'Escreuil ayant la mamelle trop maigre pour allaiter, ce dernier avait imposé cet état de fait. Mon grand-père voyait cela d'un mauvais œil et se plaignit. Furieux, Charles d'Escreuil entreprit de le corriger. Mais il le frappa si cruellement que mon grand-père eut une commotion dont il mourut peu de jours après.

– Je comprends mieux pourquoi votre père, l'autre jour, me décrivait le vieux baron comme un monstre.

– Attendez la suite. Marthe ne quitta pas immédiatement ses fonctions de gouvernante. Mais ses rapports avec le baron s'altérèrent. Ce n'étaient que menaces et allusions malveillantes à sa responsabilité dans la mort de mon grand-père. Un jour, une remarque un peu plus amère que les autres mit le baron dans une telle rage qu'il donna son congé à la veuve. Il garda cependant Simon à Escreuil. Jusqu'alors, il lui avait fait bénéficier de la même éducation que celle de son frère de lait. Désormais, il voulait en faire le laquais de son héritier. Simon était encore trop jeune pour bien mesurer leurs différences de condition. Il avait d'excellents rapports avec Armand, qui était un garçon doux et affectueux. Mais bientôt, c'en fut fini de l'innocence. Devenue impotente, Marthe vivait des seuls gages de son fils, qui lui rendait visite dès qu'il pouvait s'échapper du château. Un jour, Marthe confia ses malheurs passés à sa nouvelle voisine, Diane de Selves, sans se défier de Léonie, qui faisait mine de jouer avec un chat. Elle n'en perdit pas une miette et rapporta à Simon ce qu'elle avait entendu. Simon ignorait les circonstances de la mort de son père. La haine fondit sur lui. Léonie l'exacerba en lui racontant l'humiliation qu'elle et sa mère avaient subie sur le perron du château ainsi que les rumeurs qui couraient au village sur les disparitions de paysannes. Les deux amoureux jurèrent de se venger.

– Ils s'aimaient ?

– Comme on s'aime à treize et quinze ans. Après six mois perdus à échafauder des plans pour rentrer dans les bonnes grâces du baron, Diane de Selves prit sa fille, ses hardes et la route de Paris. Les premiers mois furent affreux. Diane s'installa dans un tripot du faubourg Poissonnière. Elle en était réduite à payer son logis en se prostituant. Léonie refaisait les lits et vidait les pots de chambre. Parmi ses clients, Diane retrouva un joueur de cartes de Baden qui officiait à présent dans les cercles du Palais-Royal. Ayant besoin d'une comparse au pharaon, il lui proposa de s'associer à lui.

« Tout le pécule qu'elle amassa au jeu, Diane le mit au service de l'éducation de sa fille. Ce n'était pas qu'elle voulût la préserver du vice – elle savait qu'il n'est pas mille moyens de faire fortune quand on est belle mais pauvre –, mais elle se méfiait de ce qu'elle nommait son guignon et voulait, si elle venait à mourir, que Léonie soit à l'abri du besoin. Le meilleur parti était de lui assurer la protection d'un homme riche et puissant.

« Léonie apprit à se tenir avec grâce, à faire la révérence et les yeux doux. Elle passa des pompons à la couture, sut bientôt dessiner des modèles délicieux et, à seize ans, entra comme demoiselle de magasin chez Reine Chaland, célèbre couturière du faubourg Saint-Honoré. C'est là qu'elle rencontra Mlle Lenormand.

– Lenormand ? Celle qui tirait les cartes à Napoléon ?

– Celle-là même. »

Baptiste se redressa d'excitation. Son oncle lui avait souvent parlé de cette aventurière consultée par tous les ministres de l'Empire et qui avait la première prédit Waterloo.

« Au moment où Léonie fit sa connaissance, Marie-Anne Lenormand était une jeune femme obscure et exaltée à qui l'exercice de ses dons prophétiques avait valu un renvoi du couvent. À ses heures libres, elle apprenait à lire dans le marc de café, les foies de poulet et les blancs d'œufs plongés dans l'eau bouillante. Un jour qu'elle s'était mise en état d'atteindre une forme de transe, elle fit à Léonie une prédiction si étrange que celle-ci l'apprit par cœur.

« “*La lumière et l’ombre se partageront ta vie. Tu frôleras les sommets et sonderas les abîmes. La mort t’épargnera, non la douleur, et tu régneras longtemps au royaume des ombres pour expier l’amour dont la nature même t’aura fait un crime. Mais enfin tu trouveras la paix, la consolation, et tu mourras entourée de l’affection d’enfants jeunes et beaux.*”

– Ce sont les mots mêmes de la prophétie ?

– Oui. Elle me les a si souvent répétés que je les connais aussi bien qu’elle.

– Cela me paraît bien obscur. Et puis la baronne n’a pas d’enfants.

– Est-il dit qu’il s’agit des siens ? Léonie, en tout cas, fut très impressionnée par cette prédiction. Dans son enthousiasme, elle présenta sa nouvelle amie à sa mère. Celle-ci voulut absolument se faire tirer les cartes. Mais Mlle Lenormand, terrifiée par la figure du pendu qui se présentait obstinément, ne voulut rien lui apprendre. Deux jours plus tard, Diane fut retrouvée étranglée dans l’arrière-boutique d’un perruquier du Palais-Royal.

– Incroyable. Qui était l’auteur du crime ?

– On ne l’a jamais identifié. Son acolyte ? Un joueur plumé qui voulait se faire justice ? Vous savez, Baptiste, il est des mystères qu’il vaut mieux ne pas trop éclaircir. »

II

« Léonie n'eut pas beaucoup de chagrin. Sa mère ne l'avait guère protégée dans son enfance. Il semblerait même qu'elle lui ait fait subir toutes sortes d'avanies.

– Des coups ?

– Je ne peux vous en dire plus. La baronne n'en a jamais parlé qu'allusivement.

« Elle revint chez Reine Chaland pour un bref intermède. Mlle Lenormand avait quitté la modiste pour suivre une dame Gilbert qui voulait la perfectionner dans l'art de tirer les cartes. Bientôt Léonie en fit autant. Le duc d'Ardelles, vieil amateur de rubans et de jolies figures, fréquentait assidûment la boutique de Reine Chaland. Il avait remarqué Léonie. Après avoir dédommagé la marchande de modes, il la retira du monde et l'installa dans une petite maison qu'il avait à Auteuil. Il ne lui demanda rien que l'agrément de son visage et la fraîcheur de sa compagnie. Léonie gagnait au change. Le duc d'Ardelles était un esprit éclairé. Il initia son élève à l'art de la conversation, aux finesses de la politique et aux mystères de l'art dramatique. Fréquentant les théâtres, passionné par les actrices et connaissant tous leurs secrets, il rebattait les oreilles de Léonie de leur aura qui les mettait au-dessus du commun des mortels. Léonie rêvait à ces existences d'impératrice. Le duc d'Ardelles lui faisait lire Racine et Corneille, l'interrompant souvent pour souligner une intention finement rendue jadis par le génie d'une Lecouvreur ou d'une Dumesnil. Léonie apprenait vite. Douée d'une mémoire hors du commun et d'une compréhension innée des situations tragiques, elle sut bientôt une vingtaine de rôles.

« Poussée par son protecteur, elle eut l'idée de se présenter à la comédienne Mlle Raucourt. Celle-ci était alors au sommet de sa gloire. Son génie faisait supporter ses humeurs. La Raucourt était accusée de dénigrer par principe toute nouvelle recrue de la Maison de Molière. Ayant elle-même, à ses débuts, essuyé la haine de ses rivales plus âgées, elle s'était mis en tête de tordre le cou aux calomnies en dénichant celle qui aurait l'honneur de lui donner la réplique. Façon aussi de choisir celle qui lui succéderait. Depuis des mois, elle écumait les foires et les mauvais lieux pour trouver le diamant brut qu'elle se chargerait de tailler. C'est alors que le duc d'Ardelles lui amena Léonie.

« Elle fut frappée par sa beauté antique. En l'interrogeant sur sa vie, elle y trouva des ressemblances avec la sienne. Elle s'émut de la solitude où l'avaient laissée l'abandon d'un père violent et la mort d'une mère indigne. Elle voulut d'abord lui faire jouer Aricie mais trouva que, malgré sa jeunesse, Phèdre conviendrait mieux à la particularité de son timbre. D'abord intimidée, Léonie s'enhardit, portée par les encouragements de plus en plus marqués de la Raucourt. Dans le monologue du premier acte, elle trouva des accents si profonds, des intonations si senties, que l'aînée fut persuadée que la jeune femme avait déjà connu les tourments de la passion. Mlle Raucourt s'enticha jusqu'à la folie de sa protégée. Elle la fit travailler sans relâche et la présenta au Théâtre-Français où elle fut reçue à l'unanimité.

– Maître Bouchard m'a conté cela.

– C'est que c'est de l'Histoire. Les débuts de Léonie dans le rôle de Sabine furent aussi tonitruants que ceux de sa préceptrice vingt ans plus tôt. La Raucourt avait orchestré une véritable publicité autour du prodige. Deux heures avant la représentation, on se pressait aux barrières. Les billets surnuméraires se négociaient à prix d'or. À peine le rideau levé, des bravos frénétiques éclatèrent. Le parterre était électrisé par la beauté pompéienne de Léonie, la noblesse de sa diction, les mille nuances de son jeu, capable de passer par degrés d'une résignation mélancolique à un désespoir furieux. Je ne fais ici que reproduire les vieilles gazettes que la baronne me lit, aux heures où elle paraît regretter sa gloire passée.

– Je sais que vous n'exagérez pas, Séverine.

– La Raucourt tenait le rôle de Camille. En temps normal, sa susceptibilité aurait mal pris le succès de

Léonie. Mais comme elle l'avait formée, les hommages rendus à son élève montaient à ses narines comme un encens. Ce qui l'emportait, croyait-elle, c'était le jeu *à la Raucourt* : un jeu violent, fait d'éclairs dans les yeux et d'écume aux lèvres.

« Léonie s'était installée dans la loge de la Raucourt. Ce fut un défilé ininterrompu de visites. Les hommes venaient s'étourdir du parfum de la célébrité immédiate et incontestée. Les comédiennes du Français voulaient voir de près le phénomène.

– Il devait susciter leur envie ?

– Étonnamment non. Il paraît qu'elles s'accordèrent à le trouver trop singulier pour le prendre au sérieux. Mais le vieux duc d'Ardelles, assis dans un coin, souriait malicieusement, guettant les prétendants à sa succession dans le rôle de protecteur attitré.

« Dans les jours suivants, le tapage monta *crescendo*. Tout le monde voulait venir *claquer* la nouvelle reine des planches. Après chaque représentation, la loge de la Raucourt se remplissait jusqu'à l'asphyxie. Un jour, David arriva.

– Jacques-Louis David ? Le peintre ? »

Séverine acquiesça, amusée par l'exaltation de Baptiste. À chaque instant, ce dernier croyait se rapprocher de la solution d'une redoutable énigme.

« David voulait faire le portrait de Léonie. Il la pria de se présenter à son atelier. Après une séance de pose, elle osa lui montrer ses dessins. Il n'était pas question pour lui d'accepter une femme autrement que comme modèle. Mais l'insistance de Léonie et son indéniable talent la firent tolérer parmi ses élèves. On oublia son sexe. Léonie adopta le ton et le langage des ateliers, tant et si bien qu'elle fut admise par tous ces jeunes gens comme une camarade à part entière. Pour finir, elle donna à David l'idée d'ouvrir une classe réservée aux femmes.

– Magnifique, mais le théâtre ?

– Le théâtre, hélas, la sollicitait trop pour qu'elle puisse se consacrer au développement d'un autre don. Après Sabine, elle s'empara des rôles qui avaient fait la célébrité de la Raucourt : Didon, Jocaste, Hermione. Sa gloire ne semblait devoir connaître aucune borne. C'est alors que la Révolution éclata et redistribua toutes les cartes. »

Soudain, Séverine parut se réveiller d'un songe.

« Mon Dieu, Baptiste, quelle heure est-il ?

– Je n'en sais rien, je bois vos paroles. »

Elle se leva et s'approcha de la pendule. Il était près de minuit.

« Il faut que je retourne auprès de la baronne. Elle pourrait avoir besoin de moi.

– Ne me laissez pas au milieu de ce roman !

– Soyez raisonnable. Vous voyez que je n'ai qu'une parole. Cette histoire a une suite, et vous la connaîtrez. Mais il est affreusement tard. Et puis il faut dormir ! »

III

Le lendemain, pour tromper son ennui, Baptiste se plongea dans la collection de romans noirs qui garnissait une étagère de la bibliothèque. Mais ni *Le Damné volontaire* ni *L'Ermite de la roche noire*, ni même *Camille ou la tête de mort* ne lui parurent comparables en intensité et rebondissements à la vie de la baronne d'Escreuil. Il admirait les talents de conteuse de Séverine. Il en oubliait tout ce qui avait pu l'inquiéter au sujet de cette nouvelle Shéhérazade.

Mais, le soir venu, il l'attendit en vain. Son impatience l'aurait jeté hors de sa chambre s'il n'avait redouté de rencontrer Asmodée ou les dogues. Il rouvrit *Olivier*. Cet ouvrage eut la vertu de l'assommer de nouveau après trois pages. L'inconsistance geignarde du héros lui inspirait du dégoût. Comme son secret pesait peu comparativement à celui de la baronne !

Il s'éveilla ragaillardi après huit heures d'un bon sommeil. Avec un pincement au cœur, il se rappela Séverine, qui avait manqué à sa parole. Peut-être était-elle arrivée alors qu'il dormait déjà ? Mais quelque chose le troublait davantage. Son épaule le lançait encore et pourtant ce n'était rien comparé à une souffrance diffuse, plus morale que physique, qui se faisait sentir. Il éprouvait comme un manque indéfinissable. En faisant sa toilette, il eut soudain l'impression que cela lui venait d'un rêve qu'il avait fait peu avant le réveil. C'était comme s'il avait connu un grand bonheur et l'avait perdu. Il était incapable de se souvenir de ce songe si poignant. Il ne lui en restait que l'arrière-goût d'un amour inconnu jusque-là et qu'il ne connaîtrait peut-être plus jamais.

Il descendit déjeuner. Près de ses rôties et de son chocolat, il trouva une lettre de maître Bouchard.

« *Cher Baptiste,*

Je crains que votre imagination exaltée ne vous joue plus de tours que vos hôtes. Notre principal interlocuteur dans cette affaire est le sieur Langlois, en tant qu'intendant de la baronne d'Escreuil. S'il refuse de vous laisser voir cette dernière, forcez sa porte. Si la baronne est en danger, délogez au plus vite et prévenez la gendarmerie. Cependant, j'ai peine à croire qu'elle ou vous exposiez votre vie dans cette occurrence : nous ne sommes pas dans un de ces contes gothiques que vous avez la faiblesse d'affectionner.

Concernant les sympathies politiques d'Armand d'Escreuil, cessez de mettre dans le même sac tous ceux qui ont vu dans la Révolution une espérance pour le genre humain ! Voici les renseignements que je peux vous donner. Le jeune baron a accédé à la députation en 1791 – après avoir refusé de se présenter en 1789 en raison de sa jeunesse et de la mauvaise réputation de son père. C'était un philanthrope sincère. La publication d'une brochure contre le servage et l'esclavage lui avait valu une petite célébrité à Paris et une popularité réelle dans son fief. Deux ans plus tard, il rêvait toujours de voir Louis XVI prendre la proue de la Révolution. Ce n'est qu'à la suite de l'arrestation du roi à Varennes qu'il comprit l'inanité de son espoir. Comme il ne pouvait se résoudre à l'instauration d'une République, il choisit d'émigrer. Soyez donc persuadé que votre Adonis en bonnet rouge n'est pas le baron d'Escreuil, lequel n'aurait jamais adopté le costume des forcenés qui hantaient alors clubs et sections.

Quant à la baronne, il est vrai que les mémoires qui lui sont ridiculement attribués font d'elle une lécheuse de guillotine masquée. Mais cette histoire de vengeance ourdie avec un patriote de Saint-Pair-sur-Mer pour faire périr le baron et s'approprier son château n'a rien de vraisemblable. Avant d'émigrer, Léonie de Selves a partagé le sort des comédiens fidèles au roi. Elle a risqué sa tête en revenant sur le sol national. Comprenez qu'à cette époque où deux heures pouvaient séparer la comparution devant le Tribunal révolutionnaire de l'échafaud, on ne se laissait pas enfermer pour le plaisir de se faire peur.

Enfin, ce que vous me dites de Girodet est curieux, mais facile à interpréter. En 1789, le plus brillant élève de David était inconnu du grand public. En revanche, l'auteur des Vices comparés de l'esclavage et du servage *était recherché des cercles philanthropiques. Peut-être l'artiste a-t-il voulu remercier le baron Armand de lui avoir confié la réalisation de son portrait en lui offrant une étude de sa grande œuvre à venir ? Girodet venait de remporter le prix de Rome. Il a rejoint l'Académie de France l'année suivante. Cette circonstance écarte l'hypothèse d'une amitié autre qu'éphémère entre les deux hommes. Quand Girodet est rentré à Paris, le malheureux Armand avait déjà quitté la scène.*

En somme, mon cher Baptiste, ne vous laissez pas détourner de votre mission par tout ce qui pourrait attirer votre regard. Il s'agit certes d'observer les détails, mais aussi de conserver le sens des échelles. Ce que je vous dis là ne doit pas vous empêcher de continuer à m'envoyer vos croquis : je leur trouve une sûreté de trait admirable !

Je vous renouvelle ma confiance, et vous adresse tous mes vœux de succès.

Anatole Bouchard. »

★

L'après-midi, Baptiste le passa à inventorier le mobilier du rez-de-chaussée. Les meubles l'avaient toujours moins intéressé que les tableaux. Mais le travail lui sembla comparativement facile. Toutes les époques étaient représentées, depuis les coffres médiévaux en chêne sculpté jusqu'aux consoles retour d'Égypte en passant par les lugubres chaises Henri II, hautes et noires comme des instruments de torture, les fauteuils Louis XIII plus massifs que des diligences et les bergères dont les formes allaient s'épurant, après les surcharges florales de l'ère précédente, sous l'influence d'une Antiquité rêvée.

La plus belle pièce était le cabinet aux grotesques dont Langlois avait fait son bureau. Sur un enduit beurre frais, les extravagances végétales s'achevaient en trompettes, bouquets de plumes et têtes de singe. Le plafond mimait une treille chargée de fruits. Les paravents laqués prolongeaient l'illusion exotique en déployant une volière de flamants roses, perroquets vert émeraude et ibis rubis. Les commodes aux tiroirs ventrus et marquetés de citronnier supportaient des potiches profondes comme des jarres et garnies d'énormes chrysanthèmes.

Dans une armoire hollandaise aux incrustations de nacre, Baptiste fit une terrible trouvaille. C'était une boîte en pin, de la taille d'une petite malle. Un côté était formé par une vitre recouverte d'un rideau de feutrine. En le tirant, on découvrait une multitude de personnages en os sculptés qui entouraient une estrade. Celle-ci était surmontée d'une guillotine miniature, réalisée avec l'attention maniaque des accessoires de maison de poupée. Mais la profusion de détails – de la lame biseautée en acier aux montants peints en rouge en passant par le panier rempli de sciure et la bascule garnie de sangles minuscules – était moins adorable que révoltante. Une figurine aux mains nouées était engagée dans l'escalier. Le bourreau et son aide se tenaient de part et d'autre du sinistre quadrilatère, fermé à son sommet par le triangle d'acier. Au pied de l'estrade, des soldats portant tricorne à cocarde et baïonnette formaient un cordon entre les spectateurs et les condamnés descendus de la charrette. Un fond assez grossier représentait la place de la Révolution surmontée d'un ciel orageux, traversé de nuées rouges.

Baptiste ne tremblait pas seulement parce qu'il reconnaissait les composantes de son récent cauchemar. Il lui semblait du dernier mauvais goût que la baronne veuille conserver en effigie l'instrument qui avait supplicié son mari. Il ignorait la valeur marchande d'un joujou aussi macabre. Mais s'il n'avait tenu qu'à lui, cette maquette aurait fini dans un feu de joie.

Il songeait aux remontrances de maître Bouchard. Oui, son désintérêt pour la politique et sa crainte native du peuple lui représentaient la période révolutionnaire comme un bloc sanglant. Il méconnaissait les différences entre Girondins et Montagnards, indulgents et enragés. Mais l'homme le moins humain pouvait-il défendre une invention aussi monstrueuse ?

« Monsieur m'a sonnée ? »

Baptiste faillit lâcher la sinistre boîte. Raide et cireuse, Rose Langlois se tenait derrière lui. Elle avait dû glisser jusqu'à lui sur des patins.

« Je ne sais si mon mari aimerait vous voir fouiller son bureau. »

Cette fois, l'irritation de Baptiste l'emporta sur sa tendance à se justifier.

« Votre mari m'a lui-même invité, puisque les appartements de la baronne me sont interdits, à inventorier les meubles du rez-de-chaussée en son absence. J'estime donc ne pas avoir besoin de sa permission. Ni encore moins de la vôtre.

– Tant que vous ne touchez pas à ses papiers... »

Du menton, elle désignait le bureau dont le maroquin disparaissait sous les dossiers.

« Pour qui me prenez-vous ? Un voleur ?

– Je vous mets en garde. Cet homme a des colères terribles. »

Et elle se signa. Baptiste se radoucit. Il songeait à sa lettre destinée à maître Bouchard, toujours cachée sous le matelas. Pouvait-il compter sur cette gorgone pour l'expédier ? Il tentait de percer le mystère de ces petits yeux gris sans éclat, de ces lèvres serrées sous les joues molles et jaunies. Il n'aurait pas aimé être son mari et la trouvait au fond plus antipathique que Langlois lui-même. Pourtant, il devait savoir si c'était elle qui l'avait mis en garde.

« Et vous, dit-il d'un air entendu, avez-vous des raisons d'être en colère contre moi ?

– Pas que je sache.

– Je veux dire, *me voulez-vous du bien* ?

– Dieu me garde de vouloir le mal de mon prochain. »

Décidément, il n'y avait rien à tirer d'une créature aussi mal embouchée. Baptiste tira le rideau de feutrine, replaça la boîte dans l'armoire hollandaise et quitta la pièce.

Dans la soirée, alors qu'il tergiversait de nouveau sur l'intérêt d'une expédition immédiate dans les quartiers interdits du château, Séverine se présenta. Elle commença par s'excuser. Ces jours-ci, la baronne d'Escreuil était dans un état affreux, comme toujours à l'approche de la date anniversaire. Elle ne pouvait se passer de ses services.

« Quel anniversaire ?

– Celui de sa rencontre avec le baron. Mais j'y suis bientôt rendue. Laissez-moi remettre vos oreillers derrière votre tête. Là. Êtes-vous bien installé ? Puis-je reprendre mon récit ? »

Le regard de Baptiste valait toutes les autorisations du monde.

Dans une armoire hollandaise aux incrustations de nacre,
Baptiste fit une terrible trouvaille.

IV

« À l'été 1789, Léonie reçut une lettre de Simon Dalbret. Jusqu'à présent, il ne lui avait jamais écrit que pour sa fête patronale. Il savait que son ancienne compagne de jeux comptait désormais parmi les jeunes gloires du Théâtre-Français. En avait-elle oublié leurs serments ? Il avait attendu l'occasion de les lui rappeler, mais une circonstance venait de détruire cette commune espérance : le vieux baron était mort.

« Depuis l'hiver précédent, encouragé par son jeune maître, Simon avait travaillé à collecter les doléances des habitants de Saint-Pair-sur-Mer. Les cahiers qui les recueillaient devaient être portés au roi à l'occasion de la convocation des États Généraux. Simon avait versé dans le cœur de ces miséreux sa haine pour le vieux baron. Et lui avait retrempé la sienne dans les récits de tous les mauvais traitements que Charles d'Escreuil avait infligés.

« La vieille baronne s'était éteinte trois ans plus tôt, à peu près comme une bougie dans un placard.

Cette fin était trop fidèle à son existence pour que quiconque songe à la pleurer. Charles d'Escreuil, lui, jouissait toujours d'une santé insolente. Début juillet, un maraudeur du nom de Langlois le surprit dans un fourré avec une villageoise fraîchement mariée. »

L'émotion de Baptiste dut se peindre sur son visage.

« Non, Baptiste, ce n'est pas une coïncidence. Ce maraudeur était le grand-père de notre intendant. Mais laissez-moi finir, je vous prie. Furieux d'être ainsi découvert la culotte aux talons, le baron se jeta sur Langlois. Il avait sur lui un nerf de bœuf dont il ne se séparait que rarement, pour le cas où il aurait à distribuer des coups ou à épicer sa débauche. Ce cruel vieillard corrigea si bien le malheureux braconnier que celui-ci eut une commotion cérébrale – oui, je sais, comme mon grand-père. Il eut le temps de rentrer à sa masure et de donner l'alerte, mais aussitôt après il se coucha et mourut, lui aussi, d'un afflux de sang à la tête.

– Il y a beaucoup de morts dans votre histoire. »

Il ne pouvait s'empêcher de penser que ce nerf de bœuf était peut-être celui dont Simon s'était servi pour faire lâcher prise au dogue.

« Et ce n'est pas fini. Dans la soirée, l'époux de la villageoise déshonorée rassembla une cohorte de paysans. Munis de flambeaux, de fourches et de piques, ils montèrent à Escreuil et incendièrent l'aile du château qui venait d'être inaugurée.

– L'aile ouest ? Je croyais qu'on ne l'avait jamais achevée.

– La vérité est qu'elle n'a pas été reconstruite. Mais juste ciel, Baptiste, ne m'interrompez pas tout le temps ! Les tableaux qui y étaient exposés furent immédiatement mis à l'abri. Les gens d'Escreuil semblèrent plus préoccupés de leur sauvegarde que de celle du baron : quand le feu commença à gagner la tour médiévale où il logeait, inattention ou malveillance, ils laissèrent faire. Et on n'aurait retrouvé de lui que des restes calcinés si Armand d'Escreuil, en visite chez un voisin, n'était arrivé sur ces entrefaites.

– Une arrivée providentielle.

– Oui. Il se trouve que le jeune baron était aussi populaire que Simon. Davantage même. Il harangua la foule et la fit trembler sur les conséquences de ses actes. Les émeutiers travaillèrent tout le reste de la nuit à éteindre l'incendie qu'ils avaient provoqué. Armand d'Escreuil se rua chez son père pour l'éveiller alors que la fumée commençait à gagner ses appartements. Mais l'asphyxie n'était pas à craindre : le baron était mort, étranglé dans son lit.

– C'est une malédiction. Qui avait osé porter la main sur lui ?

– L'époux de la villageoise déshonorée, sans doute. Ou bien la veuve du maraudeur. Ce scélérat ne manquait pas d'ennemis.

– Là encore, personne n'a jamais été inquiété ?

– Personne.

– Et votre père ? Comment se comporta-t-il ?

– À ce qu'Armand a rapporté plus tard à Léonie, il

était comme frappé de stupeur. Se reprochait-il d'avoir monté les esprits contre le baron ? En tout cas, dans la lettre envoyée à Léonie à la suite de ces événements, il n'exprimait qu'une crainte : celle de s'être rendu indigne d'elle en ne la vengeant pas lui-même.

– Quelle idée ! Cette crainte était-elle fondée ?

– Non, mais sa lettre jeta ironiquement le trouble dans l'âme de Léonie. Le courage d'Armand d'Escreuil lui semblait seul digne d'admiration et de pitié. Elle redoutait que Simon ne dévoile à son maître les serments qui la liaient à lui. Se reniait-elle ? Elle avait accueilli la Révolution avec joie. Tout ce qui avait trait à l'émancipation du genre humain lui paraissait consolider ses propres chances de bonheur. Mais les premières effusions de sang l'avaient laissée songeuse. La brutalité lui faisait horreur. Pire, elle se reprochait superstitieusement la mort du vieux baron pour l'avoir trop ardemment désirée.

« Dans un moment d'abattement, elle rendit visite à Mlle Lenormand. La jeune femme reçut Léonie dans un entresol sinistre et lui tira les cartes. Toutes les combinaisons de lames associaient l'amour et la mort. Elle recommanda à Léonie de se méfier d'un homme dont l'amour pouvait tuer. Après plusieurs minutes d'hésitation, elle rectifia sa prophétie : c'était d'elle-même, croyait-elle, de l'influence fatale de son regard, qu'elle devait se méfier. Ce qui apparaissait certain, c'était que le plus grand bonheur côtoyait l'abîme le plus noir et que la fortune ne s'acquerrait qu'au prix du sang. Léonie s'en revint plus tourmentée que jamais.

– Ces prophéties ont ceci de trompeur qu'elles peuvent vouloir tout dire.

– Vous avez raison, Baptiste, et voilà une remarque utile, mais laissez-moi poursuivre ou nous y serons encore dans un mois. Dans la troupe des Comédiens du Roi, Léonie s'était prise d'amitié pour une de ses plus prometteuses recrues, la célèbre Julie Candeille. »

Baptiste se mordit les lèvres. Il était persuadé d'avoir entendu ce nom dans la bouche de maître Bouchard, qui plus est à propos de Girodet. Séverine fit semblant de ne pas s'apercevoir de son agitation et haussa seulement le ton pour prévenir toute dissipation.

« Julie Candeille était fort liée à Olympe de Gouges. Elle triomphait alors dans le rôle de Mirza, l'esclave noire imaginée par cette femme généreuse. Le salon de Julie était l'asile des beaux esprits et des idoles politiques du jour. Un soir, Olympe de Gouges y vanta les mérites d'un opuscule anti-esclavagiste dont l'auteur était un jeune noble normand.

– Laissez-moi deviner : Armand d'Escreuil ?

– Lui-même. Comme il était à Paris pour parlementer avec des hommes favorables à cette cause, elle voulut l'amener. Léonie souhaitait à tout prix éviter la rencontre. Elle craignait qu'Armand ne fasse le rapprochement entre la nouvelle gloire du Théâtre-Français et la misérable venue avec sa mère mendier du secours au château. Elle s'absenta quelques jours dans une fermette qu'elle avait achetée à Saint-Cloud. Julie Candeille lui rapporta qu'Armand d'Escreuil n'avait pu cacher sa déception de ne pas voir celle dont bruissait le Tout-Paris. Girodet lui avait montré un portrait de Léonie. Il prétendait ne pas avoir su capturer le feu sombre de son regard, mais la tentative avait suffisamment ébloui le jeune homme. Au prétexte de faire réaliser son portrait, il était revenu chez Girodet dans l'espoir de la croiser.

« Léonie était effrayée. D'une façon générale, elle évitait les hommages. En dehors de la Raucourt et du vieux duc d'Ardelles qui continuait à lui verser une pension, on ne lui connaissait aucun protecteur. Les soupirants, nombreux dans les premiers temps à faire le siège de sa loge, avaient été découragés par la mélancolie dont elle ne se départait pas.

« Un soir, alors qu'elle s'apprêtait à monter en scène, elle apprit qu'Armand était dans la salle. Elle se fit remplacer et demanda qu'on la prévienne systématiquement de sa venue. Elle exigea une doublure. Ce caprice aurait pu lui coûter une rupture de contrat. Mais Léonie semblait de moins en moins préoccupée par sa carrière de comédienne. Elle songeait à revenir à la peinture. Elle alla demander conseil à Anne-Louis Girodet, dont elle appréciait l'honnêteté un peu brutale. Il était en train de finir le portrait d'Armand.

– Celui que nous avons admiré ensemble ?

– Précisément. Léonie ne put cacher son émotion. Girodet lui demanda pourquoi, puisqu'elle plaisait au modèle et qu'il ne lui semblait pas indifférent, elle refusait toujours de le rencontrer. Elle crut que Girodet s'était chargé d'une ambassade et ne revint pas. Peu de temps après, le peintre gagna l'Italie et Armand revint à Escreuil.

« C'est alors que Léonie se trouva au cœur de la guerre qui déchirait la troupe des Comédiens du Roi. Tout avait commencé avec la pièce de Marie-Joseph Chénier, *Charles IX*. Sous les dehors d'un drame historique, c'était une attaque en règle de la monarchie. La censure en avait longtemps empêché la représentation. À la fin de 1789, le climat politique y étant plus favorable, l'interdit fut levé. Pourtant, aucune des têtes d'affiche n'eut le courage d'apprendre le rôle-titre. Le jeune Joseph Talma, qui était entré dans la troupe à la même époque que Léonie, se fit un plaisir de relever le gant. Il persuada Léonie d'incarner Catherine de Médicis à cause de son type méridional. Elle n'osa pas refuser. Mais la Raucourt, qui clamait haut et fort sa fidélité au roi, traita sa protégée d'ingrate.

« Les tensions s'exacerbèrent au sein de la troupe, mais aussi entre cette dernière et le public. On sommait les comédiens de donner des pièces patriotiques, de prendre parti pour la Constitution civile du clergé, de boire à la santé de la Nation. L'esprit de surveillance gagnait.

« En 1791, la troupe finit par se scinder en deux. Jusqu'à la dernière minute, Léonie ne sut si elle devait suivre le républicain Talma rue de Richelieu ou rester fidèle à la Raucourt. Julie Candeille eut beau la supplier de l'accompagner là où se jouait, selon elle, l'avenir du théâtre et de la Révolution, elle ne put finalement se résoudre à abandonner sa protectrice.

« Au fond d'elle-même, Léonie songeait sérieusement à se retirer de la scène. Elle avait appris l'élection d'Armand à l'Assemblée législative. Le savoir à Paris renforçait son désir d'exil. Ses craintes étaient excessives car, pendant le bref intervalle de sa députation, il ne vint pas une fois au théâtre. Cependant une autre surprise l'attendait. Quelques semaines après l'instauration de la République, de retour dans sa loge après une représentation d'*Horace*, elle prit peur en trouvant parmi ses perruques et ses costumes de scène un homme en carmagnole et bonnet phrygien. Il était grand, blond, herculéen. Il la regarda droit dans les yeux. Elle reconnut Simon.

– Il faut que je vous montre quelque chose ! interrompit Baptiste, comme pris d'une soudaine illumination. Pourriez-vous me dire… cet homme… ne serait-il pas… votre père ? »

Il avait saisi sur la table de chevet son carnet de croquis et le brandissait, ouvert à une certaine page. C'était une copie de l'adonis en bonnet rouge, identique à celle qu'il avait envoyée à maître Bouchard. Après une hésitation, Séverine admit la ressemblance.

« J'en étais sûr ! »

Baptiste s'était levé et faisait des allées et venues dans l'intervalle entre le lit et la commode. Séverine en profita pour se servir de la tisane qu'elle avait apportée au convalescent. Elle but longuement et s'essuya les lèvres d'un revers de main.

« Recouchez-vous, Baptiste ! Vous êtes complètement fou.

– Dépêchez-vous, par pitié ! J'attends la suite !

– Vous me faites perdre la tête avec votre frénésie. Où en étais-je ?

– Mais ici même ! Simon ! En tenue de sans-culotte.

– Ah oui, Simon. La grande scène des retrouvailles. »

V

« Simon commença par s'excuser d'avoir pris la liberté de s'introduire dans la loge de Léonie. Il tremblait et cherchait ses mots. Restée dans l'ombre d'un paravent, elle le contemplait. Elle était étonnée de le trouver si semblable à lui-même et cependant si différent. L'enfant timide avait migré dans un corps trop grand pour lui. Il y avait toujours quelque chose de séraphique dans ses yeux d'azur et ses boucles d'or, mais le chérubin s'était assombri. Ses joues s'étaient creusées. Des cernes mauves attestaient un grand manque de sommeil.

« Après mille circonvolutions, Simon lui apprit qu'Armand s'était embarqué sur une goélette jusqu'à Portsmouth, renonçant par cette fuite à ses droits sur Escreuil. Désormais, il était l'ennemi de la France, puisque la France était en guerre contre les Anglais. Simon lui annonça son intention de racheter le domaine, qui allait être mis en vente comme bien national. À la mort de sa mère, il avait hérité d'un petit pécule. Il l'avait gonflé de tout ce qu'il avait pu épargner sur ses gages au fil des ans. Son idée, c'était de faire du château une maison communale. Il y aurait un atelier de ravaudage pour les filets de pêche, une infirmerie pour les miséreux, une école et un théâtre où l'on apprendrait les principes de la République, les droits de l'homme et le culte de la Raison. Personne à Saint-Pair n'aurait plus ni froid ni faim. On vivrait dans l'égalité, la fraternité et la prospérité. Le maire de Coutances, un chaud patriote, était tout disposé à lui faciliter l'acquisition du château.

« Perplexe, Léonie lui demanda en quoi ce projet la regardait. Alors Simon lui dit qu'il avait l'idée de lui laisser la direction du théâtre et l'organisation des fêtes civiques, tandis qu'il inculquerait aux enfants le calcul et l'orthographe. Comme elle déclarait ne pas voir où il voulait en venir, il se jeta à ses genoux et lui demanda sa main. Elle lui ordonna de se relever.

« Quelque chose en elle se révoltait. Ce rachat à bas prix lui semblait un vol. Elle pouvait comprendre que Simon n'ait pas voulu suivre son maître sur les routes de l'émigration. Non qu'il veuille s'emparer de la place encore chaude et devenir le nouveau seigneur d'Escreuil.

« Simon protesta. Léonie n'avait donc pas compris que les ordres étaient abolis ? Il ne s'agissait que de rendre à chacun les biens spoliés par dix siècles de féodalité. Elle lui demanda pourquoi lui seul se portait acquéreur du domaine. Comme il s'embrouillait dans ses réponses, elle plaida la cause d'Armand. N'avait-il pas été un bon maître et homme de progrès ? N'eût-il pas été juste de lui confier la direction de cette entreprise philanthropique s'il revenait, au lieu de se venger sur sa personne des crimes de son père ?

« Pour Simon, Léonie péchait par excès de naïveté. Armand était un homme bon, sans doute, mais il appartenait à un monde révolu. Comme les Barnave et les La Fayette, il avait fait joujou avec la Révolution au berceau, mais pris peur dès qu'elle avait atteint l'âge de raison. Il avait abandonné ses privilèges, mais croyait qu'on peut aimer la liberté tout en faisant du roi son maître. Rien pourtant n'arrêterait plus la volonté du peuple souverain. Les chaînes étaient brisées. Louis allait être jugé et avec lui la royauté entière. Armand ne reviendrait pas. Et s'il revenait, tant pis pour lui ! L'heure de la revanche des damnés avait sonné.

– Des menaces ! s'écria Baptiste, qui se rappelait la diatribe de la vieille Marie.

– Léonie fut effrayée. Elle avait l'idée la plus élevée de la dignité et de la liberté humaines. Elle avait connu elle-même la misère et la honte. Mais les violences populaires lui faisaient horreur. Elle ne croyait pas qu'on puisse rebâtir une civilisation sur les décombres d'une autre, ni que des siècles de crimes justifient une seule goutte de sang versé. Et puis elle avait la piété naïve des femmes de pêcheurs italiens ou des prostituées parmi lesquelles sa mère l'avait élevée. Au fond, elle craignait Dieu autant que le roi.

« Pressée de se débarrasser de Simon, elle promit de réfléchir. Mais, une fois seule, l'angoisse s'empara d'elle. Simon avait pour lui la beauté des archanges, l'ardeur des prophètes, la force pure des amours d'enfance. Qui sait si ce n'était pas pour se garder pour lui qu'elle avait refusé la protection de tant d'hommes ? Il lui proposait la retraite à laquelle elle aspirait, dans les lieux mêmes où elle avait été humiliée avec sa mère. Ce ne serait pas vraiment une thébaïde. Mais être utile, soulager la misère des plus démunis ne représentait-il pas une justification de sa présence sur terre ? Cependant, les prophéties de Mlle Lenormand ne cessaient de lui revenir à l'esprit. La fortune au prix du sang. La nécessité de l'expiation. Elle se sentait coupable avant d'avoir commis le moindre crime.

« Elle lui écrivit pour lui demander du temps. C'était une denrée rare à une époque où tout courait à l'abîme. Il eût presque fallu s'interdire de penser.

« Le procès du roi l'épouvanta. Elle avait le sentiment que c'était Simon lui-même qui le condamnait à mort. Lui répondre favorablement, dans ces circonstances, lui semblait passible d'un éternel purgatoire. Au lieu de prendre une décision, elle se retira à Saint-Cloud.

« À son retour, la situation s'était encore altérée. La trahison du général Dumouriez laissait craindre une invasion de la France et un égorgement généralisé des patriotes.

« Un soir, Léonie se laissa persuader par Julie Candeille d'accepter une invitation chez leur ami le comédien Talma. Julie souhaitait lui présenter son amant, Pierre Vergniaud, l'un des plus brillants orateurs de la Gironde. La soirée commença gaiement. On fit un concours de charades. Léonie récita la déclaration de Phèdre à Hippolyte. Talma lui donna la réplique. Julie chanta des romances de sa composition. Soudain le journaliste Marat, celui qui se faisait appeler *l'Ami du peuple*, fit irruption. Il traita Talma de traître et ses hôtes d'ennemis de la Nation. Le lendemain, il les dénonça dans son journal comme *complices de Dumouriez bons pour le rasoir national.* À la fin du mois de mai, le peuple envahit la Convention pour réclamer la mort des prétendus conspirateurs. Vergniaud fut arrêté avec tous les Girondins qui n'avaient pu prendre la fuite. Ces républicains de la première heure furent guillotinés quelques mois plus tard. Entre-temps, Charlotte Corday les avait vengés en poignardant l'Ami du peuple.

– Dans sa baignoire. La chose est connue.

– Oui. Léonie fut d'autant plus troublée par l'événement que Mlle Lenormand, qui se prétendait la cousine de Charlotte Corday, le lui avait annoncé d'avance. Léonie était retournée la consulter pour dissiper ses doutes au sujet de Simon. Rendue célèbre par des prédictions étonnantes – elle avait anticipé la mort du roi et la trahison du général Dumouriez –, Mlle Lenormand s'était installée rue de Tournon, dans un superbe hôtel particulier. Coiffée d'un turban à l'orientale, elle recevait les hommes célèbres du moment dans un salon décoré de colonnettes dorées et de bustes de Jupiter, Saturne et Mercure.

« Au lieu de répondre à la question que Léonie lui avait posée, Mlle Lenormand était entrée en transe et avait prophétisé un grand malheur, pour elle et plusieurs de ses amis. La catastrophe annoncée devait prendre les traits d'une femme très belle mais plus dangereuse qu'un serpent. À peine rentrée au théâtre de la Nation, Léonie se heurta dans un couloir à Mlle Lange. Aussitôt, elle se persuada que c'était d'elle qu'il lui fallait se méfier.

– Mlle Lange ? Celle que Girodet fit poser toute nue ?

– N'allez pas plus vite que la musique ! À l'époque, la future reine du Directoire débutait à peine. Elle avait des yeux de jais, des dents de perle et des cuisses comme des colonnes d'albâtre. Léonie l'aurait chérie comme une sœur si elle avait eu le cœur aussi généreux que le derrière. Elle l'aurait crainte comme une rivale si elle lui avait trouvé du talent. Mais Élisa Lange était aussi sotte que vaniteuse. Elle n'avait suivi Talma rue de Richelieu que par opportunisme. Humiliée de ne se voir proposer que des rôles de figurante au théâtre de la République, elle décida de revenir rive gauche. Ce fut la gloire, dans *Pamela ou la vertu récompensée*. À en croire la baronne, on applaudit moins le talent de Mlle Lange, aussi inconsistant que son patriotisme, que son chapeau de paille. Elle le portait si adorablement qu'il fut adopté par toutes les Parisiennes en mal de verts pâturages.

« Malheureusement, l'auteur de la pièce y avait glissé des allusions contre-révolutionnaires. Tel fut du moins l'avis de deux membres de la police jacobine attirés par la rumeur du succès de Mlle Lange et dissimulés dans le public. Ils firent un rapport au Comité de sûreté générale, et c'est ainsi que toute la troupe fut jetée en prison. »

Soudain, la pendule sonna minuit.

Séverine se leva d'un bond.

« La baronne ! Elle va se demander où je suis.

– Elle dort sûrement.

– Jamais sans sa tisane.

– Eh bien, portez-la-lui, mais revenez !

– Pas ce soir, Baptiste, il est trop tard. Demain, je vous le promets. »

VI

Cette nuit-là, Baptiste rêva de nouveau d'un bonheur vague et incandescent. C'était comme une masse brûlante qui l'écrasait de tout son poids. En l'immobilisant, elle chassait la moindre parcelle de peur. Au réveil, il ne lui resta de nouveau qu'une impression de manque.

Il se prit à songer à Sophie. Que faisait-elle à cette minute ? Il l'imagina, levée de bonne heure, sa toilette faite, ses mains fraîches posées sur le registre des commandes en attendant l'arrivée des clients. Chère Sophie ! Que n'aurait-il donné pour être avec elle à présent !

Dans la journée, il traîna dans la bibliothèque et tailla des plumes au lieu de reprendre l'inventaire. Le château paraissait plus silencieux qu'un sépulcre. Parfois, il croyait entendre des coups très lointains, comme une pulsation partie du sommet de la tour médiévale. Mais ce n'était que son cœur qui battait à coups sourds dans sa cage thoracique.

Vers seize heures, Rose vint lui porter son chocolat. La mauvaise humeur envahit Baptiste dès qu'il l'aperçut sur le seuil. Ses petits yeux gris, ses bandeaux couleur foin, ses joues mates et cireuses lui faisaient horreur. Il se reprocha de ne pas réussir à être plus aimable avec elle.

Il remonta dans sa chambre et s'étendit sur le flanc. Comme une mouche qui se cogne absurdement contre une vitre, il butait contre l'énigme de son spleen. Il allait s'assoupir quand un souvenir vieux de dix ans remonta à sa mémoire. Baptiste était à l'office, chez son oncle. Il avait ôté sa chemise pour frotter des taches, après une cueillette de mûres. Un commis de la fabrique qui cherchait son oncle pour lui faire signer une lettre était entré. En levant la tête, Baptiste l'avait découvert les yeux braqués sur lui. Il n'y avait pas eu un mot, pas un geste inconvenant. Baptiste avait seulement pris plaisir à être admiré. Pendant six mois, il s'était arrangé pour se trouver dès que possible sur le passage du commis. Tout lui était prétexte, un message à porter à la fabrique, une commission en ville nécessitant son aide, une sortie dans le jardin tandis que l'autre y fumait sa pipe d'un air absorbé. Jamais ils n'avaient échangé plus de trois mots. Et puis, un jour, le commis avait disparu. Baptiste n'avait même pas osé demander à son oncle la raison de son départ. Il en avait éprouvé un inexplicable dépit. Puis, la vie reprenant ses droits, il avait cessé d'y penser. Mais voilà qu'il y pensait de nouveau. Le dépit ancien l'envahissait comme un poison. Quand Séverine frappa à la porte, il eut l'impression d'être délivré d'un mauvais sort.

« Pourquoi cet air maussade ?

– Je n'ai rien fait de bon de ma journée.

– Préférez-vous que je vous laisse ?

– Surtout pas. La solitude ne me vaudrait rien ce soir.

– Êtes-vous prêt à me suivre jusqu'en prison ?

– J'y serai toujours plus libre que dans mon propre crâne.

– Cessez vos complaintes. Vous ne savez pas ce que c'est que la privation de liberté. Je parie qu'en écoutant la suite de cette histoire, vous ne ferez plus grand cas de vos malheurs. »

⋆

« Sainte-Pélagie était sous l'Ancien Régime une prison pour femmes de mauvaise vie. Sous la Révolution, on y plaça les femmes qui osaient se mêler de politique. On disait que c'était l'antichambre de la Conciergerie, tout comme la Conciergerie était celle de la guillotine. Malgré tout, la cour de la prison était un lieu de promenade assez libre. On pouvait y recevoir des secours de l'extérieur et des vivres plus substantiels que le brouet servi deux fois par jour – si, bien sûr, on avait de quoi les monnayer. Les prisonnières trompaient la peur de la mort en jouant aux cartes, en colportant des rumeurs et en médisant les unes sur les autres.

« Léonie se trouvait assez malheureuse dans cette promiscuité. Elle haïssait Mlle Lange. Cette dernière tentait depuis le début de la supplanter auprès de Fanny Raucourt. Elle cherchait à obtenir des geôliers des faveurs qu'elle se gardait de partager avec les comédiennes qui lui devaient leur emprisonnement. Ce qui ne l'empêchait pas de se vanter de les sauver toutes ! Léonie n'accordait aucune foi à ces promesses. Un jour, à l'heure de la promenade, elle déclara que les grues ne prennent leur envol que pour sauver leurs plumes. Mlle Lange se jeta sur elle. Léonie la renversa au sol et la serra à la gorge. Imaginez-vous le spectacle de ces deux beautés aux formes de statue grecque, luttant dans la poussière d'une prison après avoir rivalisé sur les planches ? Terrassée par la force peu commune de Léonie, Mlle Lange comprit qu'elles ne pouvaient être deux dauphines dans la même cour. Elle se releva, le cœur plein de rage, mais salua son adversaire pour lui signifier qu'elle avait reconnu en elle sa maîtresse.

« À quelque temps de là, grâce à l'appui d'un de ses amants, Mlle Lange obtint de se faire transférer à la pension que tenait Jacques Belhomme dans le village de Charonne. On y envoyait des prisonniers nécessitant des *soins particuliers*. À la pension Belhomme, la captivité prenait des airs de villégiature. Tout faisait l'objet d'une transaction exorbitante : linge, nourriture, visites médicales, faux certificats de maladie ou de grossesse. Au moindre défaut de paiement, c'était le retour assuré à Sainte-Pélagie, aux Carmes ou pire, à la Conciergerie.

« Mlle Lange s'y installa avec femme de chambre et cuisinier et y mena grand train. Ses admirateurs lui rendaient visite et le trottoir était encombré de voitures, tandis qu'on servait du punch et qu'on jouait clandestinement au pharaon, comme au temps béni des privilèges. Mais cette folle euphorie, comme vous le verrez, ne devait pas durer.

« Débarrassée de sa rivale, Léonie put de nouveau régner en maîtresse sur le cœur de la Raucourt. Comme cette dernière souffrait d'une angine, elle la soigna, obtint pour elle la visite d'un médecin et le rapatriement d'une couverture en damas laissée dans sa loge.

« Vers la mi-novembre, Léonie reçut un sauf-conduit pour quitter Paris, accompagné d'une lettre anonyme lui enjoignant de se rendre dans sa fermette de Saint-Cloud où elle recevrait des instructions. Quel mystérieux protecteur avait eu le bras assez long pour la tirer de cette basse-fosse ? Pas le duc d'Ardelles, hélas : à près de quatre-vingts ans, l'ancien protecteur de Léonie venait d'être guillotiné. Elle n'avait pas oublié qu'elle lui devait ses débuts sur scène. Son amertume s'en était accrue d'un degré.

« Les adieux avec la Raucourt furent déchirants. Celle-ci lui ordonna de profiter de ce moyen de salut. Pour sa part, elle avait vu trop d'horreurs pour ne pas prendre la vie en dégoût.

« Une voiture stationnait devant les grilles. À peine montée, Léonie tomba d'épuisement. Quand elle s'éveilla, elle eut la surprise de se trouver devant chez elle. Sylvestre Grosbois, l'ami d'enfance de mon père, l'attendait pour la conduire à Escreuil.

– Grosbois ? Ce vieillard qui vit encore à Saint-Pair ?

– Le patriarche du bourg, oui. Et sa mémoire vive.

– Je l'ai vu à *L'Amarre* où j'allais poster mes lettres.

– Grosbois est l'un des clients de la Marie.

– Je ne savais pas qu'il était aussi l'intime de votre père.

– Il ne l'est plus depuis cette époque tragique. Mais si vous êtes capable de retenir encore votre curiosité, je promets de vous éclairer sur ce point. Sylvestre Grosbois n'était en réalité que le messager et l'admirateur fervent de Simon. En tant que président du club des Amis de la Constitution de Saint-Pair-sur-Mer et nouveau propriétaire d'Escreuil, Simon jouissait à présent d'une réputation considérable dans le bourg. Même si certains, bien sûr, raillaient l'abandon de ses belles promesses au sujet du château… Il était en correspondance avec les Jacobins. Cette société de surveillance avait de puissants relais à la Convention et aux Comités de sûreté générale et de salut public. Alerté de la situation des ci-devant Comédiens du Roi, Simon avait mis ses batteries au service de la libération de Léonie. Son espoir secret était de faire d'elle sa femme et la maîtresse de la maison municipale d'Escreuil.

« Léonie n'était que modérément empressée de retrouver son sauveur. On dit souvent que l'on hait ceux à qui l'on est redevable. En vérité, elle était impressionnée par les prophéties de la Lenormand. Elle craignait que cette union ne provoque la colère du ciel. Son arrivée à Escreuil ne fit qu'aggraver ce sentiment et la persuada de s'échapper au plus vite.

« Simon avait pris ses quartiers dans l'aile Louis XIII, où vivent maintenant les Langlois. Il installa Léonie dans la chambre où nous nous trouvons, laissée vacante par Armand.

– J'ignorais que la baronne y avait dormi.

– Si nous avions connaissance de tous les hôtes qui nous ont précédés dans nos lits, nous ne fermerions plus l'œil. Ne pensez pas à cela.

– J'essaierai.

– Léonie s'aperçut que Simon se comportait à Escreuil comme un propriétaire incertain de ses droits. Il donnait à manger aux poules, s'occupait des chevaux, arpentait à pied les hectares du domaine. Habitué à tout faire lui-même, il n'avait qu'un domestique à son service. Depuis un an, il attendait la réponse de Léonie sur l'avenir d'Escreuil : préférait-elle conserver le caractère privé du château ou en faire un hospice ? Sentant l'étau se resserrer, Léonie prétexta la fatigue de la prison et du voyage pour ajourner sa réponse. Le lendemain, elle ne trouva rien de mieux pour échapper aux questions de son sauveur que de se rendre au bourg.

« Saint-Pair-sur-Mer avait été rebaptisé Pair-Libre. Cette nouveauté en annonçait d'autres. Un arbre de la liberté tout tordu avait été planté sur la place de l'église. On avait transformé cette dernière en grange, après avoir martelé sa façade et décapité ses saints. Les habitants arboraient la cocarde, se tutoyaient et se donnaient du *citoyen*. En dehors de cela, c'était toujours la même indigence et la même saleté, seulement assaisonnées par une suspicion générale. Léonie sentit qu'on la regardait de travers. Pour beaucoup, elle n'était que la fille de Diane, cette aventurière dont la triste fin, quand la rumeur s'en était diffusée, avait été interprétée comme un effet de la Providence. En bref, on croyait que Léonie était marquée du sceau du malheur et portait le mauvais œil à tous ceux qui croisaient sa route.

« Après quinze jours, la coupe fut pleine. Révoltée par la tournure que prenait la Révolution, aimantée peut-être par sa destinée, elle décida de gagner l'Angleterre.

« Elle avait fait de Sylvestre Grosbois son confident. Celui-ci profitait souvent des longues nuits d'hiver pour aller jeter ses filets dans les eaux anglaises. Elle lui demanda de la prévenir de sa prochaine expédition et de l'emmener avec lui. Il tenta de la dissuader, la supplia du moins de le laisser prévenir Simon, mais elle ne céda pas et lui intima le silence. Son emprise sur lui, comme sur beaucoup d'autres, était absolue. Un seul de ses regards était capable – et l'est encore, à la vérité – de vous aspirer comme une bouche d'ombre.

« Léonie se rendait chaque jour à Saint-Pair, dans sa mante noire bordée de loutre. Elle faisait les cent pas sur la jetée ou s'asseyait sur une borne et fixait l'horizon. Quand Sylvestre était à quai, elle faisait mine de lui acheter du poisson. Furtivement, ils fixaient les détails de la fuite.

« Dans les premiers jours de décembre, il lui annonça que les vents étaient favorables et le ciel assez encombré pour déjouer la vigilance des gardes-côtes. Il viendrait la prendre à dix heures après avoir amarré son cotre au débarcadère situé sous le kiosque du parc. Il annoncerait sa venue vingt minutes auparavant en faisant clignoter son fanal à trois reprises. Cet intervalle devait permettre à Léonie de quitter le château et de traverser le jardin. Il faudrait ramer pour sortir de la passe sans être remarqué. La durée de la traversée jusqu'à Portsmouth dépendrait de la constance des vents et de la violence des courants.

« Après le souper, Léonie prétexta une migraine et se retira. Elle empaqueta ses rares effets ainsi que les bijoux que le duc d'Ardelles lui avait offerts et qu'elle avait retrouvés dans leur cachette à Saint-Cloud. Puis elle se mit à la fenêtre pour guetter le signal. Soudain, elle entendit toquer à la porte. C'était Simon. Elle feignit d'être trop faible pour lui ouvrir. Il lui souhaita la bonne nuit et redescendit.

« Cette diversion faillit lui faire manquer le signal convenu : elle ne vit que le troisième clignotement du fanal. Dix minutes plus tard, elle s'installait dans la partie non pontée de la grosse barque avec son unique bagage. La mer était grosse comme du goudron en fusion. Léonie scrutait dans l'obscurité les contours de sa vie future de l'autre côté de la Manche.

« Vous avez l'air épuisé, Baptiste. Ne faudrait-il pas que je vous laisse dormir ?

– Je vous écouterais toute la nuit mais je m'inquiète pour vous. La baronne ne risque-t-elle pas de s'interroger sur votre absence ?

– Rien à craindre ce soir. Je lui ai administré un narcotique.

– Vous êtes sûre qu'elle dort ?

– Comme un nourrisson après la tétée.

– Alors continuez, je vous en conjure ! »

Léonie scrutait dans l'obscurité les contours de sa vie future de l'autre côté de la Manche.

VII

« À Portsmouth, Léonie attendit sur le quai que le jour se lève. Pendant la traversée, le vent avait forci et des paquets d'écume l'avaient trempée jusqu'aux os. Malgré la demi-fiasque de rhum que Sylvestre lui avait fait boire, elle était transie. Hagarde, elle observait les bricks sur le point de lever l'ancre et les équipages chargeant des ballots de marchandises. Enfin elle se secoua. Elle alla réserver une place dans la diligence pour Londres, puis tenta de se réchauffer en déjeunant dans une auberge d'une assiette de porridge et d'un pot de thé noir.

« À son arrivée, elle grelottait de fièvre. Ne sachant à qui s'adresser dans cette ville immense et craignant de passer pour une espionne, elle résolut de vendre ses bijoux. Elle comptait s'installer dans une auberge en attendant d'être en état d'entreprendre des démarches. C'est alors qu'elle s'aperçut qu'on l'avait volée dans la diligence. Il ne lui restait qu'un paquet d'assignats trempés, encore plus dépourvus de valeur de ce côté-ci de la Manche que de l'autre.

« Réduite à laisser en dépôt les boucles d'argent et l'amulette que sa mère lui avait léguées et qu'elle portait toujours sur elle, elle s'installa dans un galetas sur les bords de la Tamise. Southbank était en 1793 le quartier de Londres où la partie la plus pauvre de la noblesse émigrée avait élu domicile. Jamais elle ne se crut si près de la mort. La proximité du fleuve boueux jetait une réverbération glauque dans sa mansarde. Un froid pénétrant engluait ses draps. Dépourvue de vivres, incapable d'ailleurs de rien avaler, elle devait se contenter, pour calmer la fièvre et la soif, de tremper du linge dans l'eau d'une cuvette et de le porter à sa bouche. La fièvre finit par tomber, mais elle était trop faible pour se lever. Seule la crainte qu'on ne retrouve son cadavre couvert de vermine lui donna l'énergie de quêter du secours.

– Séverine, j'ai un peu froid. Pourriez-vous me verser de la tisane ?

– Volontiers, mais c'est une suggestion de votre esprit. Le seul nom de Londres m'a toujours donné envie de m'envelopper dans une pelisse.

– C'est bien vrai. Et pourtant rien n'est agréable comme cette sensation !

– C'est parce que nous n'y sommes pas vraiment. Mais écoutez la suite.

« Une fin d'après-midi que Léonie errait du côté des halles de Covent Garden dans l'espoir d'y ramasser une croûte de fromage ou un fruit blet, elle fut arrêtée par une dame qui sortait de l'Opéra. La comtesse d'Aubazine appartenait à la meilleure noblesse du faubourg Saint-Germain. Amie du duc d'Ardelles, elle avait rencontré Léonie chez lui autrefois puis applaudi à ses premiers pas sur scène. Elle la reconnut, s'indigna de son sort, la prit chez elle et promit de plaider sa cause à la Cour. C'est ainsi que, huit jours plus tard, remise grâce aux bons soins de sa nouvelle protectrice, Léonie donnait sa première représentation à Buckingham Palace devant Sa Majesté George III. À la deuxième, elle faisait la connaissance de mes grands-parents. Vous avez appris la suite de ma bouche. Mais il me faut ici revenir sur certains détails.

« Armand d'Escreuil se présenta chez la duchesse d'Aubazine dès le lendemain de sa rencontre avec Léonie. Il lui déclara sa flamme. Craignant de lui porter malheur, elle repoussa ses avances. Il crut qu'elle s'indignait d'être traitée en courtisane. Lui était en proie à la passion la plus tyrannique. Comme aucun parent ne pouvait plus le mettre en garde contre cette alliance, il lui demanda sa main. Léonie demanda à réfléchir. Elle s'ouvrit de ses doutes à la duchesse d'Aubazine. Celle-ci ne pouvait approuver l'union du rejeton d'une des plus vieilles familles de la noblesse française avec une comédienne, même apparentée par sa mère à une souche commune. Cependant, la situation préoccupante de l'ancienne protégée du duc d'Ardelles la fit changer d'avis. Les Salter joignirent leurs efforts aux siens pour persuader Léonie.

« Celle-ci avait le sentiment qu'on en voulait à sa liberté. Elle venait à peine d'échapper aux avances de Simon, et voilà qu'elle se trouvait acculée à une demande similaire ! La différence était qu'Armand lui avait inspiré de l'amour au premier regard. Girodet avait à peine idéalisé le baron dans le portrait qu'elle avait vu chez lui.

– Il était donc aussi beau dans la vraie vie ?

– Plus encore, à en croire la baronne. En comparaison, Simon paraissait bien fruste.

– Parce que le sentiment de son infériorité ne le quittait pas ?

– Exactement. Armand, c'était la noblesse native redoublée par la noblesse de cœur. Léonie ne voyait pas que la seconde, bien souvent, est comme le privilège de la première. Elle était elle-même aveuglée par des préjugés de caste.

– C'est bien le comble, pour une bâtarde !

– Au contraire, c'est fréquent. La fille de Diane de Selves et du forain Antonio Salvati reconnaissait en Armand d'Escreuil l'homme qui aurait seul pu effacer l'inconduite de sa mère. Tout ce qui la retenait d'accepter, c'était la prédiction de Mlle Lenormand. Mais elle se sentait de plus en plus faible face à la tentation du bonheur. Pire, elle se disait que si son destin était de provoquer la mort autour d'elle, rien ne pourrait l'en faire y échapper.

« Elle finit donc par accepter l'offre d'Armand en y mettant deux conditions : d'abord que le mariage se fasse sans éclat et dans la plus stricte intimité. Ensuite qu'il lui soit permis d'accomplir une mission de la plus haute importance à ses yeux. Sur cette dernière, elle fit jurer à Armand de ne pas chercher à en savoir plus.

« Dès qu'elle eut pris la résolution d'épouser Armand, Léonie écrivit à Simon. Elle souhaitait lui délivrer avec le plus de ménagements possible une nouvelle qui ruinait ses espoirs. Il répondit qu'il s'inclinait devant le destin mais que rester à Escreuil n'avait plus aucun sens pour lui si la propriété ne pouvait accueillir celle à qui il avait confié le bonheur de ses jours. Il comptait donc se débarrasser du château au plus vite. C'est alors que, dans un moment de folie, Léonie lui offrit de le lui racheter au prix fort. Elle n'imaginait pas que des années s'écouleraient avant que les émigrés soient autorisés à regagner le sol national. Simon lui écrivit qu'il acceptait l'arrangement. Il y mettait pour seule condition la visite de Léonie à Escreuil. Cela représentait un risque énorme. Léonie ne pouvait pas ne pas le savoir. Mais elle s'était mis en tête que le seul moyen d'apaiser la Providence était de rapporter à son mari la propriété dont il avait été spolié. Pour dissiper ses craintes, Simon offrit de lui envoyer Sylvestre Grosbois. La disparition de Léonie avait provoqué une violente dispute entre les deux amis. Plein de regrets, Sylvestre avait proposé à Simon de retourner la chercher lui-même à Londres.

« Quand les détails de cette négociation furent fixés, Léonie autorisa Armand à publier les bans. Comme elle n'avait aucun acte de naissance à produire, on fit fabriquer un faux chez un avoué complaisant. Les noces eurent lieu dans les derniers jours de février 1794, dans une petite église de Greenwich. Les témoins étaient lord et lady Salter ainsi que la duchesse d'Aubazine. Un simple *lunch* suivit dans le salon privé d'un *public house*.

« À quatre heures, alors qu'un brouillard épais accélérait la tombée de la nuit, Léonie prétexta une indisposition pour se retirer. Une diligence tirée à quatre chevaux attendait dans une rue adjacente. Sylvestre la fit monter et ils galopèrent jusqu'à Portsmouth. À peu de distance du port, amarré aux rochers d'une crique, le cotre attendait ses voyageurs.

« Poussés par le nordet, ils naviguèrent sans autre difficulté qu'un froid cruel. En vue des côtes françaises, ils amenèrent les voiles. Ils terminèrent la traversée à la rame jusqu'à la cale d'Escreuil. Simon les attendait, drapé dans une grande cape et coiffé d'un tricorne à cocarde. Dès qu'elle l'aperçut, Léonie eut la certitude d'avoir commis une erreur.

« Elle tint à signer les papiers tout de suite et déclara vouloir repartir au plus tard le surlendemain. L'arrangement était d'une simplicité enfantine. Le domaine devait revenir à Armand, sa femme et leurs descendants dès que la situation politique le permettrait et moyennant le versement d'une rente à vie à Simon Dalbret. En attendant, celui-ci serait usufruitier. En cas de mort sans descendants ou d'impossibilité pour le baron et la baronne de revenir, le domaine appartiendrait à Simon et à sa progéniture.

– Vous, en l'occurrence ? »

Séverine opina.

« Léonie signa et demanda à se retirer. Elle avait hâte de retrouver sa chambre. Jusqu'à une date récente, son occupant était l'homme qui était désormais son époux devant Dieu. S'y reposer, c'était effacer la distance qui la séparait de lui. Simon la prévint qu'elle ne le verrait pas le lendemain. Il devait aller à Coutances y déposer l'acte et prévoyait d'y passer la nuit.

– C'est le grand-oncle de mon maître qui a enregistré l'acte. La famille d'Escreuil faisait partie de sa clientèle attitrée. La baronne n'a pas voulu être infidèle à son successeur.

– D'où votre présence ici, renchérit Séverine. Léonie voulait repartir dès le lendemain soir. Simon la supplia de différer pour qu'il puisse lui faire ses adieux. Mais le destin en décida autrement. Elle dormait quand des coups résonnèrent à la porte du château : alertés par une dénonciation anonyme, les sans-culottes de Granville venaient l'arrêter. »

VIII

« Léonie fut aussitôt conduite au Mont Saint-Michel, alors transformé en prison.

– Je sais cela. Ces barbares l'avaient même rebaptisé Mont-Michel !

– Les noms de saints, d'évêques et de rois rappelaient trop l'ancien temps. Mais ce qui n'avait pas changé, c'était l'extrême isolement du lieu. Depuis sa cellule au sommet de l'abbaye, Léonie n'avait aucune communication avec le monde extérieur. À perte de vue, rien que du sable et de l'eau !

– Il y a des vues plus désagréables.

– Pas quand le désespoir vous donne envie de vous jeter dans le vide. La certitude d'avoir été trahie par Simon déchirait Léonie. Sans parler des tourments endurés par Armand. Si elle avait su qu'il risquait sa vie à cette heure pour venir la sauver, elle serait devenue folle.

« Après quinze jours, on la transféra en voiture fermée jusqu'à Sainte-Pélagie. Son seul réconfort, en repassant le porche de cette prison honnie, ce fut de retrouver la Raucourt. Hélas, elle découvrit qu'elle avait été remplacée dans les bonnes grâces de son ancienne protectrice. La Raucourt n'avait plus d'yeux que pour une certaine Mme de Ponty. Mme de Ponty était la fille d'une dame d'atour de Marie-Antoinette. Elle avait été jetée là après la prise des Tuileries et les autorités révolutionnaires l'y avaient oubliée. C'était une femme minuscule et insignifiante en apparence, mais d'une volonté de fer. Elle s'était rendue indispensable à la comédienne en lui rendant toutes sortes de soins. Léonie comprit qu'il ne servait à rien de lui déclarer la guerre et que le règne de Mme de Ponty serait sans partage.

– Voilà bien de l'ingratitude de la Raucourt.

– Songez qu'elle n'était pas censée revoir Léonie. Mais une autre déconvenue attendait la baronne. Le tapage de la pension Belhomme avait fini par attirer l'attention de Fouquier-Tinville, l'accusateur public du Tribunal révolutionnaire. Il avait diligenté une enquête et procédé à la fermeture de l'établissement. Résultat, Mlle Lange était de retour à Sainte-Pélagie.

– Fâcheuses retrouvailles !

– Vous ne croyez pas si bien dire. Dès qu'elle aperçut Léonie, l'hypocrite déclara vouloir faire table rase du passé et se vouer entièrement à leur salut. Son moyen ? Un certain Charles Labussière, ancienne utilité du théâtre des Variétés, qu'elle prétendait avoir rendu fou d'amour. Sous la Terreur, ce Labussière était devenu copiste au bureau des détenus du Comité de salut public. Il risquait sa tête en faisant disparaître un à un les dossiers des Comédiens du Roi. Malgré ses soupçons, Fouquier-Tinville ne réussit jamais à le prendre la main dans le sac. Mlle Lange croyait savoir que Labussière avait réussi à faire disparaître son dossier et promit, moyennant de menus services, d'obtenir qu'il en fasse autant pour Léonie. Comme Léonie n'avait rien à lui offrir, cela ne l'avançait guère. Un jour, un greffier du Tribunal les aperçut se promenant dans la cour de la prison au bras l'une de l'autre. Il leur promit de les faire évader si elles lui accordaient une nuit d'amour *ensemble* dans le parloir. Léonie se considérait comme une femme mariée. Elle refusa net. L'autre la traita de mijaurée et de baronne postiche. Elles en vinrent de nouveau aux mains.

– Il ne fallait pas les laisser à portée l'une de l'autre !

– C'est ce que durent se dire les gardiens. Ils prirent prétexte de rumeurs au sujet d'une conspiration des prisons pour transférer Léonie aux Carmes.

« Les murs de l'ancien couvent étaient encore maculés du sang qui y avait été versé pendant les massacres de septembre. Léonie rejoignit le lugubre quartier des femmes. Elles y couchaient par dix-huit dans l'ancien dortoir des moines. Le soir, elles prenaient leurs repas à la suite des hommes, afin de ne pas les croiser. Cependant, la complaisance intéressée des gardiens autorisait certaines entorses au règlement. Malgré son abattement, Léonie avait remarqué que deux couples se rendaient en alternance dans un cabinet isolé. Le premier était formé par la belle Delphine de Custine, bru du célèbre général guillotiné l'été précédent, et Alexandre de Beauharnais. Le second par la femme de ce dernier, née Rose Tascher de La Pagerie, et l'une des jeunes gloires de l'armée républicaine, Lazare Hoche.

– Le héros des armées républicaines et la future impératrice ?

– Oui. Au grand étonnement de Léonie, ces amours adultérines s'étaient nouées avec l'assentiment de tous. Le ménage Beauharnais vivait depuis de longues années dans la mésentente. Et l'ombre de la guillotine, loin d'affaiblir le besoin d'aimer, le rendait plus pressant. On s'accommodait donc sans mal des petits désagréments d'une telle promiscuité. Le spectacle de cette passion fit soupirer la baronne. Elle pensait sans cesse à Armand, à la fatalité qui lui avait retiré jusqu'à la consolation de souvenirs tendres.

« Un matin, tandis qu'elle brossait machinalement sa chevelure aux barreaux de la fenêtre, elle remarqua un homme en costume de voyage qui faisait les cent pas dans la rue. Son cœur faillit éclater en reconnaissant Armand. Elle agita son mouchoir. Il souleva son chapeau et la fixa avec une intensité douloureuse. Il revint tous les jours à la même heure. Le cœur battant, elle guettait sa silhouette par la porte cochère de la prison. Au moyen d'un alphabet improvisé, elle parvint à lui exprimer les raisons de sa fuite et à lui en demander pardon. Par le même procédé, il répondit qu'il ne doutait pas de son amour et qu'ils seraient bientôt réunis.

« Souvent, Armand s'entretenait avec le fils du portier, grand échalas que les coups répétés de son père avaient rendu sournois. Pleine d'angoisse, elle les observait deviser sans parvenir à lire sur leurs lèvres. Un jour, Armand ne vint pas. Elle crut à un empêchement sans gravité. Mais, le lendemain, elle l'attendit de nouveau. En proie au doute, elle héla le fils du portier et lui demanda ce qu'était devenu l'homme en tenue de voyageur qui lui rendait quotidiennement visite. Ce coquin se vanta d'avoir dénoncé un ci-devant aristocrate, un émigré portant de l'or anglais sur lui et qui avait cherché à le corrompre.

« Léonie se retint de lui sauter à la gorge. Il lui fallait une confirmation de ce qui pouvait n'être qu'une fanfaronnade. Elle amadoua un gardien et obtint de lui les renseignements qu'elle redoutait le plus. Le soir de sa dernière visite, alors qu'il mettait la dernière main à un plan d'évasion, Armand avait été arrêté dans sa cachette, armes à la main. Il avait été écroué à Saint-Lazare, puis transféré sans délai à la Conciergerie pour y être jugé.

« Deux heures plus tard, il avait cessé de vivre. »

IX

« Pendant trois semaines, Léonie fut entre la vie et la mort. À la nouvelle de l'exécution d'Armand, elle avait eu une commotion cérébrale. Son salut, elle ne le dut qu'aux soins constants d'une codétenue inexplicablement dévouée : Delphine de Custine. Léonie commença par maudire la jeune femme qui la ramenait par force à une vie prise en horreur. Sans doute aurait-elle cherché à attenter à ses jours ou à précipiter sa propre condamnation si elle n'avait fini par être touchée par l'exemple que lui offrait cette garde-malade providentielle.

« Delphine avait perdu sur l'échafaud son beau-père et son mari. Ses démarches pour faire évader ce dernier lui avaient valu d'être incarcérée à son tour. D'une beauté d'ange, elle se montrait stoïque à la perspective de sa propre mort. Il faut dire qu'elle était soutenue dans l'épreuve par sa folle passion pour Alexandre de Beauharnais. Sa seule crainte concernait Astolphe, son fils de trois ans, de santé fragile et abandonné aux soins d'une nourrice. Léonie se promit de ne pas être plus faible que Delphine et de supporter son sort avec fermeté.

« Après l'exécution de Danton et de ses amis qui en appelaient à la clémence, tout espoir d'une réouverture des prisons s'envola. Le Tribunal jugeait les prisonniers par fournées de cinquante. Les condamnations à mort étaient prononcées collectivement, après dix minutes de procès. À l'annonce de la sentence, des cris de bête ou des rires déments fusaient. Dans les gradins, les évanouissements se succédaient sans que l'on sache si c'était de désespoir ou de chaud. L'abrutissement était général. On avait cessé de parier sur les acquittements. Les exécutions se faisaient à la chaîne, de la fin de l'après-midi jusqu'au soir, dans une fournaise sanglante.

« Dans les derniers jours de juillet, Alexandre de Beauharnais fut transféré à la Conciergerie avec une quarantaine d'autres détenus accusés d'avoir fomenté une évasion. Les adieux furent déchirants. Sa maîtresse, Delphine, jurait de le suivre dans la mort. Mais la vraie madame de Beauharnais, celle qui se faisait déjà appeler Joséphine, était viscéralement attachée à la vie et elle reprochait à Delphine d'attirer le malheur sur elles. Il en résultait des disputes atroces.

« Le 26 du même mois, Léonie fut à son tour transférée à la Conciergerie avec plusieurs détenus des Carmes. Malgré les promesses de Mlle Lange, l'acte d'accusation n'avait pas été détruit : rien ne pouvait plus la prémunir d'un procès. Les conditions de détention étaient pires à la Conciergerie que toutes celles que Léonie avait connues. La surpopulation passait toute mesure. On avait coupé la salle des gardes en deux dans le sens de la hauteur pour construire des cellules nouvelles. Sous les ogives logeaient les prisonniers les plus fortunés. Les autres s'entassaient dans la paille pourrie, parmi les rats et les déjections. L'odeur était si pestilentielle qu'on avait fini par laisser les détenus déambuler dans les couloirs à leur aise. Les risques d'évasion étaient nuls et il n'était guère de sortie qu'à bord des charrettes fatales.

« Avec la chaleur, les femmes vivaient pour ainsi dire dehors. Leur cour présentait l'avantage d'une fontaine centrale. Les détenues s'y pressaient pour rafraîchir leur visage ou leurs effets. L'art de plaire n'avait pas disparu. L'imminence de la mort en abrégeait seulement les étapes. En échange de quelques sols, on obtenait l'ouverture de l'enclos triangulaire qui fermait la cour des femmes. On s'y étreignait furtivement, à l'endroit même où, quelques heures plus tôt ou plus tard, on faisait ses adieux à ses proches.

– On avait donc perdu toute décence ?

– On n'avait pas de temps à perdre, Baptiste ! Le lendemain de son arrivée, Léonie se tenait prostrée dans un coin de la cour des femmes quand on la tira par la manche. Quelle ne fut pas sa surprise en reconnaissant Mlle Lenormand !

– Arrêtée, elle aussi ?

– Elle avait eu le mauvais goût de prophétiser la mort de Robespierre. Léonie lui conta ses malheurs. Mlle Lenormand hochait la tête comme si chaque mot la confortait dans ses prédictions. Son calme finit par interloquer Léonie. Avec une solennité mystique, Lenormand lui annonça qu'elles étaient au bout de leurs peines car la chute du tyran était imminente.

– Une perspective pareille ferait croire aux prophéties les plus folles !

– Mais Léonie avait des raisons de douter. La peur de la mort ne causait-elle pas dans l'esprit de Mlle Lenormand une confusion du désir et de la réalité ? D'ailleurs, même si ses dons médiumniques ne la trompaient pas, il importait surtout de savoir quand se réaliserait l'oracle. Le Tribunal, pressentant peut-être sa fin prochaine, s'emballait. À la cadence d'un métronome, le couperet expédiait les condamnés dans l'heure qui suivait la sentence.

« Léonie se signa quand les condamnés du jour vinrent faire leurs adieux dans le triangle réservé à cet effet. Convaincue que son tour ne tarderait pas, elle voulut couper ses cheveux elle-même. Mais Mlle Lenormand la supplia de rester confiante dans leur bonne étoile et de ne pas sacrifier cette toison fameuse que les épreuves n'avaient pu blanchir.

« Le lendemain, la rumeur se répandit qu'à la suite d'une séance mémorable à la Convention, Robespierre et les siens avaient été guillotinés sans autre forme de procès. Bientôt, des témoins confirmèrent l'événement. La vie de Léonie était sauve. Pas sa raison, hélas. Les épreuves, les remords, la certitude de mourir et la surprise brutale du salut l'avaient violemment ébranlée. Elle était comme stupide d'horreur et de chagrin.

– C'est à cette époque qu'elle a perdu la tête…

– Elle n'est pas folle, Baptiste, combien de fois me faudra-t-il vous le répéter ? Une semaine plus tard, elle fut libérée avec les autres Comédiens-Français. Après une année de prison, ils brûlaient tous de remonter sur les planches. Tous sauf Léonie. Depuis la mort d'Armand, le moindre divertissement lui semblait obscène. Elle se jura solennellement de ne plus jamais jouer pour le public. »

X

« À Saint-Cloud où elle s'était retirée, Léonie trouva une lettre de Simon.

« Il lui jurait que, si les apparences étaient contre lui, il n'avait rien à voir avec son arrestation ni celle d'Armand. Il avait tenté des démarches fort imprudentes pour obtenir leur élargissement, il en tenait les preuves à la disposition de Léonie. Mais si la mort d'Armand représentait une épreuve cruelle, il n'était pas raisonnable de souhaiter finir sa vie sous les décombres de l'ancien monde. Léonie ne pouvait-elle revenir à ses côtés à Escreuil ?

« Indignée par la légèreté avec laquelle il lui parlait de son veuvage, Léonie répondit qu'elle ne voulait jamais le revoir. Il l'inonda de nouvelles protestations d'innocence. Ses accents sincères finirent par la faire douter mais rien n'entama sa résolution de quitter la France.

« Julie Candeille lui rendit visite au nom de toute la troupe des Comédiens-Français pour la persuader de remonter sur les planches. Quant à Delphine de Custine, elle lui offrit de se retirer avec elle et son fils Astolphe dans son château de Fervaques. Rien n'eut d'effet sur Léonie. Elle les autorisa seulement à lui écrire et promit d'en faire autant.

« Sa fermette vendue, elle se lança seule par les routes. La traversée des Alpes fut une épreuve. Au col du Grand-Saint-Bernard, le passage se faisait à dos d'âne ou sur les épaules de rudes montagnards. Léonie voulut aller à pied, seulement accompagnée d'un guide, et faillit à plusieurs reprises glisser dans d'affreux précipices. À peine arrivée à Turin, elle fut terrassée par les fièvres. C'est uniquement aux bons soins du docteur Ignazio Pollastro, un Napolitain qui officiait alors dans cette ville, qu'elle dut la vie. Il la saigna, soigna les engelures de ses mains et de ses pieds, lui fit observer un régime destiné à fortifier ses membres. Mais la maladie avait ravivé les séquelles morales et physiques de la prison. Elle demeura l'ombre d'elle-même.

« Sa retraite dura vingt ans. Depuis le *casino* où elle avait pris ses quartiers dans la campagne piémontaise, Léonie assista comme dans un songe à l'instauration du Directoire, du Consulat puis de l'Empire. Elle ne se mêla pas aux troupes françaises quand elles occupèrent la région à deux reprises. Elle ne chercha pas à revenir quand elle fut radiée de la liste des émigrés et que Joséphine de Beauharnais, elle-même, entre-temps devenue l'épouse du Premier consul Bonaparte, lui écrivit pour l'en prier.

« Léonie ne s'émut pas non plus lorsqu'une âme charitable lui envoya des mémoires calomnieux signés de son nom et dans lesquels on lui prêtait l'assassinat prémédité de sa mère et de son époux. Elle y vit la main de Mlle Lange, qu'elle savait vindicative et à qui elle avait eu la faiblesse de confier certaines circonstances de sa vie.

« Girodet la vengea sans le savoir de l'outrecuidance de cette femme. Devenue l'une des reines du Directoire, Mlle Lange avait commandé au peintre un portrait d'elle en Vénus. Mais elle jugea le résultat indigne de sa beauté et interdit à Girodet d'exposer la toile. Fou de rage, il la lui renvoya lacérée et s'empressa d'en réaliser une nouvelle. Mlle Lange y était représentée en Danaé fécondée par une pluie d'écus – autant dire en prostituée.

– C'est de ce tableau que je vous parlais ! Indécent, il faut dire !

– Et surtout truffé de symboles cruels. Pour moquer sa vanité, Girodet lui avait planté des plumes de paon dans les cheveux. Pire, son mari y était peint sous les traits d'un dindon.

– Je me souviens des plumes mais pas du dindon.

– Mlle Lange a dû s'en souvenir longtemps, elle. Quand le tableau fut exposé au Salon, il y eut un tel scandale qu'elle se retira tout bonnement de la scène.

– Apparemment, ce n'était pas une grande perte pour le théâtre ?

– Et ce n'était que justice. La baronne jubila quand elle apprit la nouvelle.

– Est-ce Girodet qui eut la malice de la lui apprendre ?

– Non, mais Julie Candeille. Elle était furieuse contre Girodet. Figurez-vous qu'elle venait d'épouser un riche Bruxellois qui n'était autre que le père du mari de Mlle Lange.

– Le père du mari de Mlle Lange ? Vous voulez dire…

– Que, par un caprice de fortune, Julie Candeille était devenue la belle-mère de son ancienne comparse. Mais le tempérament des deux femmes était trop opposé pour qu'elles vivent longtemps en bonne intelligence. Et voici le plus incroyable. Quelques années plus tard, Julie Candeille rencontra Anne-Louis Girodet dans un salon chez des amis communs. Elle aurait dû voir en lui un ennemi mortel. Mais, incapable de résister à la supériorité de l'intelligence, de la beauté et du talent, elle tomba à l'instant folle amoureuse de lui. »

Baptiste la regardait avec stupéfaction.

« Je vous jure que je n'invente rien. C'est de notoriété publique.

– Je vous crois… Remarquez, on peut la comprendre. Le génie fait tout pardonner.

– Julie fit plus que lui pardonner. Elle devint l'âme sœur d'Anne-Louis. Elle renonça au théâtre pour se consacrer à lui. Elle administra sa carrière, se servit de ses relations pour le pousser, enfin vécut avec lui jusqu'à ce que la mort le lui enlève.

– Ces dévouements ont quelque chose de sublime.

– Sans doute... Léonie en ressentait un pincement au cœur. Elle-même n'avait pas été insensible au charme ténébreux d'Anne-Louis Girodet. Il lui arrivait de croire qu'il avait eu des sentiments pour elle. Mais comment oublier que c'était chez lui que son destin avec Armand s'était noué ? N'était-ce pas lui qui avait mis l'étincelle aux poudres en réalisant le portrait de ces deux êtres voués à se rencontrer ? Protester contre les décrets de la Providence était vain. Léonie devait se contenter de vivre par procuration ce à quoi elle avait renoncé. Et d'assister en spectatrice lointaine et incrédule aux métamorphoses de la société.

– Cette maudite Révolution avait tout mis sens dessus dessous.

– Et occasionné d'improbables rapprochements. Que Delphine de Custine soit devenue l'amie intime de Chateaubriand, c'est tout naturel puisque leurs deux familles avaient été décimées sous la Terreur. Mais qu'elle se soit prise de tendresse pour Fouché ? Le conventionnel régicide ? Le bourreau de la Nièvre ? Le chef de la police napoléonienne ?

– Cela laisse rêveur.

– Et devinez avec qui Fouché était aussi en relations ! Mlle Lenormand ! La pythonisse de la rue de Tournon espionnait pour son compte. En échange,

Fouché lui donnait les renseignements nécessaires à la vraisemblance de ses prédictions. Mlle Lenormand était consultée par tout ce que Paris comptait de brillant, à commencer par Joséphine. Celle qui était désormais l'impératrice des Français peinait toujours à croire à sa bonne étoile ! Elle ne pouvait se passer de la Lenormand et lui livrait étourdiment des secrets d'État.

– La petite histoire m'a toujours paru plus fantastique qu'un roman. Au fond, il n'était besoin que d'avoir sauvé sa tête et tout devenait possible... N'est-ce pas sous l'Empire que la Raucourt connut l'apothéose de sa carrière ?

– C'est exact. Elle ne tira sa révérence que peu avant Waterloo. Et les funérailles de la reine de la tragédie furent l'occasion du plus retentissant scandale de toute sa carrière ! Comme le curé de Saint-Roch lui refusait la sépulture religieuse, la foule força les portes de l'église et menaça de tout briser si on n'administrait pas les derniers sacrements à son idole. Le curé fut obligé d'accepter l'inhumation en terre sainte de la plus effrontée comédienne de tous les temps.

– Je ne sais s'il faut se réjouir d'un tel sacrilège. En tout cas l'histoire est plaisante. Mais vous me faites languir, Séverine. Que devint Léonie elle-même ?

– Elle versa des larmes amères en apprenant la mort de celle à qui elle devait tant. Mais un rêve d'avenir la retenait sur la pente du désespoir. Depuis vingt ans, Simon lui écrivait toutes les semaines. Il répétait inlassablement qu'il n'aspirait qu'au bonheur de la servir.

Cette fidélité chevaleresque s'était insensiblement frayé un chemin jusqu'à son cœur. Elle lui procurait des émotions si douces que Léonie caressait le désir de lui offrir davantage. Le retour définitif des Bourbons lui ôta tout prétexte pour différer plus longtemps le sien.

« Elle repassa les Alpes accompagnée du docteur Pollastro, désormais tout entier à son service, et de Kate, ma mère. Cela faisait dix ans que Kate, en tant que lectrice et dame de compagnie, partageait la retraite de la baronne. Léonie la chérissait comme sa propre fille. Cette amitié et l'espérance amoureuse qui l'habitait lui firent supporter les fatigues du voyage.

« Hélas ! En découvrant Simon sur le perron d'Escreuil, l'irréversible écoulement du temps la frappa au cœur. L'adonis révolutionnaire s'était mué en un paysan d'âge mûr, brûlé par les travaux et les veilles. Faisant retour sur elle, Léonie fut obligée de reconnaître ce qu'elle s'efforçait depuis longtemps d'ignorer : sa propre beauté n'était plus qu'un souvenir. Elle prit la décision de ne jamais ôter son voile en sa présence. Après avoir déclaré qu'elle ne pourrait pas trouver le sommeil dans la chambre rouge, elle prit ses quartiers dans la tour médiévale et ne la quitta plus. Simon dut se contenter de rendre un culte lointain à sa déesse.

« Me voici enfin rendue à mon épilogue, Baptiste, et je le ferai aussi bref que possible.

« Ma mère était encore jeune et d'une beauté de madone. Quoique blanchi, mon père avait toujours ce corps de titan et ces mains veinées qui font rêver les honnêtes femmes. Vous savez la suite. Ces deux animaux blessés par la vie s'apprivoisèrent. L'amour couva entre eux quelque temps avant de prendre comme un feu de forêt.

« Quand Simon apprit que Kate était enceinte, il lui recommanda de ne rien dire à Léonie. Il voulait le lui annoncer lui-même, en même temps que son intention de l'épouser. Il lui fallait d'abord mettre de l'ordre dans ses affaires. Elles avaient été si mal administrées depuis vingt ans qu'une grande partie du domaine était sous hypothèque. Un procès concernant une ferme l'obligea à séjourner à Granville. Durant son absence, Kate eut de fréquents malaises. La baronne la questionna. Incapable de résister à son regard, elle lui avoua la vérité. Quand Simon revint, Léonie était déjà revenue de sa colère et se reprochait le renvoi de sa dame de compagnie Ils entreprirent des recherches dans toute la région. Des mois passèrent. Un matin, ils trouvèrent devant la porte un bébé dans un berceau. Une lettre indiquait qu'il s'agissait de l'enfant de Kate Salter, morte en couches dans une masure de Trans-la-Forêt. Avant d'expirer, elle avait chargé la femme qui l'avait assistée de rapporter le bébé à Escreuil.

« C'est ainsi que j'ai été élevée par ce couple désuni. Ou plutôt cimenté par le ressentiment, l'absence de deux êtres chers et les serments d'amour tournés en promesses de haine éternelle. Et pourtant, je n'ai pas manqué d'affection. Simon s'est empressé de me reconnaître. La baronne m'a porté sur les fonts baptismaux. Lui m'a enseigné l'histoire, la botanique, le calcul. Elle m'a transmis son amour des livres, du théâtre et des belles toilettes. J'étais l'unique objet de leurs rares entretiens, le seul lien qui perdurait entre eux, à la vérité. Ma santé était l'objet constant de leur sollicitude, tout comme le développement de mon esprit. Malgré tout, ma position restait ambiguë. Les sentiments de la baronne pour moi étaient changeants. Tantôt j'étais sa chère enfant, le sosie de ma mère si profondément regrettée, la confidente chérie de ses malheurs. Tantôt je n'étais plus que sa camériste incapable, la servante insuffisamment zélée du culte de sa personne et le témoin odieux de sa vieillesse.

« La question de mon avenir ne tarda pas à se poser. La baronne était redevenue l'unique propriétaire d'Escreuil. La rente qu'elle devait verser à mon père sur les fermages ayant été absorbée par l'hypothèque d'une grande partie des terres, il devait se contenter du gîte et du couvert. Il les gagnait d'ailleurs à la sueur de son front. Mais, conformément à leur accord passé, Escreuil devait revenir à Simon s'il lui survivait.

« C'est alors que Langlois est arrivé à Escreuil, quand la baronne l'a pris à son service. C'était il y a dix ans. Elle s'est entichée de lui et a menacé de déshériter mon père à son profit. Heureusement, il semblerait que nous l'ayons fait revenir à la raison et à l'humanité. Dans la dernière version de son testament, nous croyons savoir qu'il n'est plus question de Langlois. C'est celle-ci qu'il vous convient d'enregistrer, mon cher Baptiste. J'ai bien conscience que ce n'est pas une mince requête que je vous adresse là, mais vous m'avez dit être mon ami, alors pensez-vous… pensez-vous que nous puissions compter sur vous ? »

Elle voulut aller à pied et faillit à plusieurs reprises glisser dans d'affreux précipices.

TROISIÈME PARTIE

RÉVÉLATION(S)

« Il n'a plus le droit de se confier à aucun instinct, à aucun libre coup d'aile, mais se fige en permanence en une attitude défensive, armé contre lui-même, l'œil acéré et méfiant, éternel gardien de son château, en lequel il s'est lui-même transformé. »

Nietzsche, *Le Gai Savoir*

I

La brutalité de cette chute arracha Baptiste à sa rêverie. Il s'aperçut qu'il faisait jour. Il n'avait pas fermé les volets. La résille formée par l'ombre des branches se promenait au gré du vent sur l'édredon. Elle remuait des pensées désagréables.

« Qu'attendez-vous de moi, Séverine ?

– Dormez. Nous reparlerons de tout cela plus tard.

– Vous m'en avez trop dit. Que craignez-vous des Langlois ?

– Mon Dieu, quel entêtement ! Vous êtes insupportable !

– Vous ne pouvez me laisser ainsi avec des soupçons.

– Tentative de captation d'héritage. Est-ce assez clair ? »

Baptiste eut un mouvement de recul.

« Mais que sont les Langlois à la baronne exactement ? »

Les lèvres de Séverine s'étaient asséchées à force de parler. Elle se servit de la tisane.

« Elle, rien du tout. Quant à lui… Son dernier amour ? En tout bien tout honneur, s'entend. La baronne cherchait un intendant pour remplacer mon père, incapable à ses yeux d'administrer ce qui restait du domaine. Je vous l'ai dit, Langlois était le petit-fils de ce braconnier jadis battu à mort par Charles d'Escreuil. Il était à la recherche d'une occasion. Il s'est présenté au château avec sa femme et sa belle figure pour toute fortune. Elle l'était assez pour que la baronne en devienne folle. Elle en a fait son chevalier servant. Lui en a surtout profité pour prendre un ascendant absolu sur elle et diriger ses affaires.

– Mal ?

– Plutôt bien, pour ce qui est du rétablissement des finances. En pillant les méthodes des physiocrates, il a obtenu un meilleur rendement des terres. Il a aussi remplacé plusieurs fermiers par des hommes acquis à ses principes. Mais mon père et moi le soupçonnons de s'être grassement payé sur les économies qu'il fait faire à la baronne.

– Ne s'est-elle jamais doutée de rien ?

– Elle est bien trop aveuglée par ses sentiments.

– Et Rose ? Comment vit-elle cette situation ?

– Même si elle avait son mot à dire, elle sait bien qu'il n'y a rien à craindre de ce côté-là. Sa nouvelle maîtresse n'a jamais exigé de Langlois qu'un simulacre de passion. »

Baptiste parut circonspect.

« À vous croire, la baronne n'a jamais connu que des amours *en tout bien tout honneur.* On a peine à le concevoir, si elle était la beauté que vous m'avez décrite.

– La baronne n'a jamais été la femme que d'un seul homme.

– Mais l'a-t-elle été même pour lui ? N'a-t-elle pas pris la fuite avant leur nuit de noces ?

– C'est vrai. Mais il n'est point toujours besoin d'attendre une occasion si solennelle.

– Vous en savez quelque chose. »

Séverine rougit jusqu'aux yeux.

« Pardon, je ne voulais pas vous offenser.

– Est-ce le spectacle que je vous ai offert qui vous en donne le droit ?

– Vous allez me reprocher de ne pas me mêler de mes affaires, mais si vous aimez l'assistant du docteur Pollastro, pourquoi ne pas l'épouser ?

– C'est bien ce qui est convenu entre nous. Hélas, Benoît est pauvre. Simon ne lui accordera ma main que lorsqu'il sera en mesure de s'établir à son compte. C'est-à-dire jamais, faute de fonds. Notre seule espérance, c'est la dot que la baronne m'a promise.

– Pourquoi ne pas rappeler tout simplement sa promesse à la baronne ?

– Elle n'est pas en état d'entendre quoi que ce soit. D'après Pollastro, elle est à l'article de la mort. »

Toute la méfiance de Baptiste lui revint.

« Si c'est le cas, je m'étonne que vous ne soyez pas auprès d'elle à cet instant.

– Baptiste, c'est pour vous complaire que je n'y suis pas !

– Mais je ne vous ai pas demandé de la laisser sans soins.

– Le narcotique que je lui ai administré a dû la calmer et m'a laissé ces heures de répit. À présent, elle ne va pas tarder à s'éveiller.

– Alors dépêchez-vous. Je m'en voudrais d'être cause qu'elle ne reçoive pas les traitements nécessaires à l'amélioration de son état. Je tiens à la voir vivante !

– Je ne sais si vous le pourrez. Mais regardez-moi, Baptiste. Vous connaissez son histoire. Vous savez ce que je lui suis. Trouveriez-vous juste qu'un parfait étranger à la famille, un intrigant mal famé, lèse les héritiers légitimes de leur succession ? »

★

Une excitation mauvaise empêchait Baptiste de trouver le sommeil. Il était hanté par le roman de Léonie de Selves. Ses figures hautes en couleur, de la Raucourt à Mlle Lange, de Mlle Lenormand à Delphine de Custine, de Girodet à Julie Candeille, lui semblaient plus réelles que toutes ses connaissances réunies. Qu'elles aient passé par les geôles mythiques de la Terreur, traversé tant d'époques et de régimes, qu'elles n'aient trépassé que dans la maturité, voire l'extrémité de l'âge, *alors qu'il était déjà vivant, lui*, lui paraissait proprement fabuleux. C'était le gage d'un caractère invincible, d'une surabondance d'énergie. Ces êtres appartenaient à la légende, quelle qu'ait été leur médiocrité individuelle, du seul fait d'avoir survécu à la frénésie révolutionnaire. En comparaison, les victimes effectives de la Terreur semblaient dénuées de consistance. De ces montagnes de cadavres recouverts de chaux et jetés en vrac au Petit-Picpus, il ne restait qu'une exhalaison lointaine de charnier, la conscience refoulée d'un cauchemar.

Maintenant que Séverine était partie, les questions surgissaient dans l'esprit de Baptiste comme des insectes attirés par une lampe. Qui avait étranglé Charles d'Escreuil ? N'était-ce pas celui-là même qui avait dénoncé la présence de Léonie puis d'Armand sur le sol français quatre ans plus tard ? Tout ne désignait-il pas Simon Dalbret ? Les mobiles ne manquaient pas à l'ancien sans-culotte. Il avait voulu venger les mauvais traitements reçus par son père, puis se débarrasser d'un maître et d'un rival dans l'espoir de devenir le nouveau châtelain d'Escreuil. Et si Simon était un meurtrier, n'y avait-il pas fort à parier que sa *gueuse de fille* était à présent sa complice ? Que, prêts à tout pour s'arroger les titres de propriété d'Escreuil, ils préméditaient l'assassinat de la baronne ? Peut-être même étaient-ils déjà passés à l'acte, après avoir lui avoir extorqué un testament en leur faveur. En ce cas, le récit de Séverine avait d'abord eu pour but de lui faire prendre fait et cause pour eux.

Cependant, Baptiste était sûr que le soir où il avait exploré l'aile médiévale et écouté à la porte, l'homme qui parlait n'était ni Simon ni l'assistant du docteur Pollastro, mais Langlois. Et quoique animée, la conversation laissait deviner une intimité, une complicité même.

Il revit le galbe du mollet de l'intendant sous la porte. L'ossature épaisse de sa cheville. Un bouquet de poils noirs où s'accrochait le bouton de nacre de sa culotte. Oui, c'était vraiment un bel homme. À la place de Séverine, il n'aurait pas résisté. Mais elle semblait haïr Langlois, comme tout le monde ici. Et cet acharnement, à force, lui paraissait injuste. L'intendant avait beau lui faire peur, il aurait juré qu'il n'était pas dépourvu d'humanité.

« Ne nous égarons pas. Qui était avec lui ce soir-là ? »

Si ce n'était pas Séverine, ce ne pouvait être que la baronne. Ce qui signifiait qu'elle était alors encore en vie. L'était-elle toujours ? Il fallait en avoir le cœur net.

*

Quand Baptiste s'éveilla, il crut qu'il faisait jour à cause de la pleine lune. Le noroît gonflait les rideaux et chassait les nuages. D'énormes têtes bouclées masquaient par intervalles le disque phosphorescent. Il était près de minuit. Son épaule le lançait. La sueur perlait en têtes d'épingle à son front. Il se leva et s'approcha de la fenêtre.

Pas une lumière dans la tour médiévale. La baronne y était-elle ? Il enfila sa robe de chambre et descendit.

Depuis le pavillon Renaissance, il scruta longuement le jardin. Personne. Il sortit pour s'assurer que le logis des Langlois était plongé dans le noir aussi bien que celui du vieux Simon, de l'autre côté de la terrasse. Bouchée par un appentis, l'aile moderne offrait le spectacle d'un éboulement sinistre. L'herbe argentée était jonchée d'anciens moellons noircis par les flammes.

Il revint sur ses pas. La lune entrait à flots par les croisées de la galerie. Elle bleuissait le damier du carrelage, effleurait les arêtes des armures et le tranchant de l'épée rouillée clouée à la muraille. Il s'engouffra dans la tour carrée, guettant la moindre lueur, le moindre craquement. Où était Séverine à cette heure ? Dans quelque fossé avec Benoît ? Il était décidé, s'il la trouvait sur son passage, à ne pas se laisser intimider.

Arrivé au troisième étage, il poussa la porte de l'antichambre. L'absence de fenêtre rendait cette dernière plus sombre qu'une cave. L'idée d'être secrètement observé par la galerie de portraits le fit frissonner. Il glissa sur le plancher, bras tendus comme un spectre afin d'anticiper tout contact imprévu. Il rencontra enfin la porte et tourna la poignée, qui n'offrit aucune résistance. Un courant frais lui caressa le visage.

La fenêtre était grande ouverte. Ici aussi la lune se déversait, donnant à deviner les proportions majestueuses de la pièce. Sur la gauche, Baptiste discerna l'ombre géante du clavecin. Au fond, un lit à baldaquin surmonté d'énormes plumes d'autruche occupait une alcôve. Il progressa jusqu'au lit. Celui-ci lui parut d'abord vide. Mais, à mesure que ses yeux s'habituaient à l'obscurité, il discerna une masse sombre et triangulaire au centre du matelas. Vers son sommet, deux fentes rougeoyantes s'ouvrirent. Asmodée, encore. Baptiste s'efforça de ne pas ciller. Au moindre geste, le félin pouvait lui sauter à la gorge. Mais Sa Majesté paraissait indifférente à sa présence. L'ayant toisé, elle battit des paupières avant de se renfoncer dans son rêve inaccessible aux humains.

Soudain, Baptiste sentit une autre présence dans son dos. Il se retourna. Et là, dans l'angle opposé de la pièce, il la vit. Elle gisait, à demi allongée sur une méridienne. Les pans de sa robe pourpre balayaient le parquet, parallèlement à des guirlandes de cheveux ébène soulevées par le vent. Il s'approcha pour mieux la voir. Seule la tête, en appui sur l'avant-bras droit, était éclairée. Les colonnettes des tendons encadraient la pomme d'Adam. Les pommettes saillaient, de même que l'arête fine du nez. La bouche formait une entaille carmin. L'arc des sourcils surligné de khôl descendait jusqu'à l'extrémité des cils épais et veloutés comme la frange d'un rideau. Les paupières fermées, délimitées par ce pourtour duveteux, s'allongeaient en amandes mauves. Sous une couche épaisse de blanc de plomb, la peau jetait des rayons olivâtres.

La baronne avait l'impassibilité d'un gisant. Soudain, Baptiste eut la certitude qu'elle était morte. Il se pencha, espérant distinguer un frémissement de narines. À cet instant, un nuage cacha la lune. Il entendit un sifflement rauque. Le nuage glissa et le rayon donna de nouveau en plein sur le visage de la baronne. Ses yeux profonds comme des soupiraux étaient fixés sur lui.

Se retenant de hurler, Baptiste recula jusqu'à l'angle le plus obscur de la chambre. Il tourna les talons, glissa jusqu'à la porte et dévala l'escalier. Mais, arrivé sur le palier du deuxième étage, il dut s'arrêter, le cœur dans la gorge, les sens en alerte. Un claquement de fouet avait retenti et les dogues aboyaient dans la cour. Il se pencha à la fenêtre, juste à temps pour apercevoir la meute se presser autour d'un carrosse et en fêter l'occupant. La portière s'ouvrit. Debout sur le marchepied, enroulé dans une grande cape noire, le voyageur s'adressait familièrement à la meute, distribuant de rudes caresses. Il ôta son chapeau et leva la tête en direction de la tour médiévale. Glacé d'horreur, Baptiste reconnut Langlois.

Soudain, Baptiste sentit une autre présence dans son dos.

II

Par quel miracle Baptiste était-il de nouveau dans son lit ? Il avait refait le chemin jusqu'à sa chambre dans un état second, traversant les pièces comme dans un songe. Les dogues, occupés à fêter le retour du voyageur, n'avaient pas détecté sa présence quand il avait remonté la galerie. Mais, à tout instant, l'alarme pouvait être donnée par la baronne. Si c'était bien elle qu'il avait vue. Ses orbites sans fond imprimées dans sa rétine s'étaient inversées en disques lumineux. Des yeux sans regard. Ne lui avait-on pas substitué une figure de cire pour le duper ?

Des pas retentirent dans la cage d'escalier. Baptiste était persuadé que Langlois ne l'avait pas vu quand il avait levé la tête dans la direction de la tour médiévale. À la vitesse de l'éclair, il passa en revue l'enchaînement de ses actions. Avait-il de nouveau laissé chez la baronne une trace de son passage ? Au moment où le pas s'immobilisa devant le seuil de sa chambre, il se rappela avoir oublié de fermer sa porte à clef.

En chien de fusil, le dos tourné à la porte, il tâchait de se donner la rigidité d'un cadavre mais son tremblement le trahissait. La porte grinça sur ses gonds. La lueur d'une chandelle se répandit dans la chambre. Le visiteur semblait hésiter. Baptiste eut la certitude atroce qu'il se penchait sur lui. Puis il sentit le poids d'un corps à ses côtés. Il creusa encore davantage l'échine. Une main se posa sur son épaule. Il tourna la tête.

Allongé à ses côtés, Langlois le fixait, un sourire énigmatique aux lèvres.

« Bonsoir, Baptiste. Pardonnez-moi de vous avoir réveillé. »

Sa voix était grave et douce.

« Monsieur Langlois ?

– Vous pourriez m'appeler par mon prénom.

– Mais… je ne le connais pas.

– Étienne. Voulez-vous m'appeler Étienne ? »

Baptiste opina docilement. De façon imprévue, ce prénom humanisait l'intendant. Mieux, il s'harmonisait avec ses prunelles noires et son teint brûlé. Une odeur de châtaignes cuites montait de son col ouvert. Baptiste ferma les yeux.

« Votre feu est éteint. Vous n'avez pas froid ?

– J'étouffe.

– Et pourtant vous claquez des dents. Seriez-vous malade ?

– J'ai été souffrant, mais je vais mieux. »

Langlois remarqua le renflement du pansement sous la chemise de nuit.

« Vous vous êtes blessé ? »

Baptiste se sentait incapable de mentir. Il raconta l'épisode du retour de Saint-Pair en minimisant les causes de sa fugue. Contre toute attente, Langlois semblait ne pas se préoccuper de cette escapade. En revanche, il voulait voir la blessure. Baptiste ôta sa chemise. Quand Langlois lui toucha l'épaule pour défaire le bandage, il se contracta. Son épaule était affreuse. Des croûtes de pus s'étaient formées entre les fils.

« C'est ce damné Napolitain qui vous a recousu ? »

Baptiste acquiesça, piteux.

« Encore du travail de cochon ! »

Baptiste le regardait sans comprendre. Langlois se lança dans une diatribe contre Pollastro. Pas un véritable médecin, disait-il. Un vulgaire chirurgien. Ses diplômes étaient faux. Il prétendait avoir travaillé pour le compte du royaume des Deux-Siciles, dans une officine aussi prestigieuse que secrète. Il ajoutait qu'il en était parti de son plein gré, mais Langlois le soupçonnait d'avoir pris la fuite pour échapper à la police.

« La baronne est trop bonne. Il a beaucoup contribué à la détérioration de son état de santé. Si ça ne tenait qu'à moi, elle serait depuis longtemps débarrassée de ce charlatan. »

Le doigt qu'il promenait sur son épaule le brûlait.

« Un nettoyage s'impose. »

Et avant que Baptiste ait eu le temps de protester, il se débarrassa de sa chemise et déchira une bande dans la manche. Il saisit sur la commode un flacon d'esprit-de-vin, en imbiba le tissu et se mit à frotter doucement la plaie. Baptiste serra les dents. Il n'aurait pu dire si l'alcool le consumait davantage que les doigts de l'intendant. En se détournant, son regard se cogna au poitrail boucané de Langlois. Là où il n'était pas recouvert d'un poil sombre à reflets roux, il luisait comme une poterie vernissée. Baptiste ferma les yeux.

« Simon ne sait pas tenir les chiens, observa Langlois. Ce sont de bonnes bêtes, mais j'ai remarqué qu'avec lui elles se transforment. Elles doivent sentir qu'il est méchant. »

Baptiste était dubitatif. Ces dogues lui semblaient mauvais, quel qu'en soit le maître.

« Vous savez, les chiens le sentent, quand on les craint, ajouta Langlois comme s'il lisait dans ses pensées.

– La peur n'est pas volontaire.

– Sans doute, mais elle se contrôle.

– Comment ?

– En apprenant à mieux se disposer face au péril. Tenez. Je sais que je vous terrorise. Je le sens. Alors tentons quelque chose. Essayez de soutenir mon regard. Là. Vous trouvez-vous en danger ? Êtes-vous plus exposé parce que vous me regardez droit dans les yeux ? Vous avez peur, toujours. Mais quelque chose me dit que votre sentiment se dissipe. Vous commencez même à avoir confiance en moi. Est-ce que je me trompe ?

– Non, monsieur, reconnut Baptiste.

– *Monsieur* ? N'avons-nous pas un accord ?

– Étienne, pardonnez-moi.

– Voilà qui est mieux. Voulez-vous être mon ami ?

– Et pourquoi non ?

– Parfait. C'est ce qu'on appelle *s'apprivoiser*. Moi-même, quand je vous ai rencontré, je ne savais pas si je pouvais avoir confiance en vous. Je vous redoutais.

– Que pouviez-vous craindre de moi ?

– Ma foi, beaucoup de choses. Que vous vous mêliez de ce qui ne vous regarde pas. Que vous jugiez nos arrangements et nos façons de vivre. Et, plus encore, que vous vous laissiez influencer par des personnes qui ont intérêt à me porter préjudice. »

Baptiste baissa la tête.

« Quelqu'un m'a-t-il fait du tort dans votre esprit ? s'alarma Langlois. Avouez-le, Baptiste ! Je le sais bien, au fond. Le vieux Simon et son enjôleuse de fille me soupçonnent d'avoir dicté à la baronne un testament en ma faveur, n'est-ce pas ? »

Le silence de Baptiste le fit éclater.

« Mais enfin m'expliquerez-vous quels droits ils ont sur sa fortune ? Ont-ils leur mot à dire si elle préfère en faire bénéficier celui qui l'assiste sans relâche depuis dix ans ? »

Sous l'effet de la colère, son regard était de nouveau effrayant.

« Pour savoir à quoi m'en tenir sur les droits de chacun, observa Baptiste, il faudrait que je m'entretienne avec la principale intéressée. Vous ne croyez pas qu'il serait temps ?

– Je voulais savoir ce que vous aviez dans le ventre, dit Langlois en posant sa main sur son abdomen. Maintenant, j'en suis sûr. Si la baronne est rétablie, vous la verrez. »

La main de l'intendant n'avait pas bougé. Baptiste sentit qu'il ne pourrait pas cacher longtemps son trouble.

« Votre femme ne va-t-elle pas s'inquiéter de ne pas vous voir revenir ? »

Langlois se raidit.

« Ma femme ? Qu'a-t-elle à faire ici ? Est-ce que je ne suis pas libre ? »

Baptiste bredouilla des excuses, mais c'était trop tard. Langlois s'était levé d'un bond en jurant. Sur le seuil, il se retourna. Dans ses yeux de goudron fumant, il y avait de la rage, mais aussi de la tristesse. Il poussa un soupir à s'arracher la poitrine.

« Sacredieu, Baptiste ! Vous avez un don pour briser le charme ! »

III

*« Comment, mon neveu ? Vous n'avez pas percé le secret d'*Olivier *? Eh bien, je vais vous conter l'histoire de ce livre qui semble vous tirer des bâillements.*

*Il y a de cela vingt ans, la duchesse de Duras songeait à marier sa fille avec Astolphe de Custine. Astolphe était le fils unique de Delphine, vieille amie de la duchesse avec qui elle communiait dans le spectre de la Terreur et le culte de Chateaubriand. Trois jours avant la signature du contrat, le prétendant rompit son engagement sans autre forme de procès. Furieuse, la duchesse de Duras tâcha de lui arracher les raisons de ce revirement. Suspectant quelque motif honteux, elle en fit un récit qu'elle soumit au jugement de ses intimes. Ils la dissuadèrent de le publier : l'intéressé risquait de se reconnaître. Même si la duchesse était persuadée qu'à force de voiles, le secret d'*Olivier *était incompréhensible, tous ceux qui connaissaient son modèle savaient à quoi s'en tenir. Elle renferma le manuscrit dans un tiroir.*

Quelques années plus tard, un récit du même nom circula sous le manteau. Il se faisait passer pour l'authentique *roman de Mme de Duras, dont toute la bonne société connaissait l'existence. Il avait sans doute été composé à partir de souvenirs des lectures que la duchesse avait données. Bien sûr, elle le désavoua. On avança que Stendhal, qui fréquentait le salon de la duchesse, y avait mis la main. Ce qui est certain, c'est que l'année suivante, le même Stendhal fit paraître un roman dont le sujet ressemblait furieusement à celui d'*Olivier. *Le livre que vous avez entre les mains ne peut donc être qu'un exemplaire de ce faux anonyme. À moins qu'il ne s'agisse d'un original de la duchesse imprimé en nombre limité. Il faudrait, pour en avoir le cœur net, que je l'examine. Quoi qu'il en soit, sa rareté suffirait, aux yeux du bibliophile que je suis, à compenser son manque de valeur littéraire.*

À présent, j'imagine que vous désirez tout de même connaître le secret que renferme le livre. Puisque vous ne voulez pas lire son histoire jusqu'au bout – et la fin ne vous éclairera pas davantage si vous ne l'êtes pas déjà –, voici le mot de l'énigme : babilanisme. *Le babilanisme est la maladie de ceux qui parlent trop et n'agissent pas assez. Soit qu'ils ne le veulent, soit qu'ils ne le peuvent pas. Vous me suivez ? Je ne saurais trop vous mettre en garde contre ce travers partagé par nombre d'amateurs de belles phrases. Ne faites pas comme votre oncle. Préférez toujours la réalité tangible à ses simulacres livresques !*

Surtout, défiez-vous des solutions trop simples. Une vérité en cache toujours une autre, qui en cache souvent elle-même une troisième. Dans ce puits de ténèbres, il importe de ne pas s'arrêter aux conclusions provisoires. Cependant, à trop vouloir s'enfoncer, on pourrait à son tour glisser dans un gouffre sans fond. À vous de voir où vous souhaitez vous arrêter : préférez-vous être une dupe éternelle ou vous briser les reins ?

Je vous embrasse, mon neveu.

Pierre-Marie Rivière »

★

Depuis l'arrivée de Baptiste au château, les émotions s'écrasaient en lui comme des vagues par gros temps. Il avait à peine le temps de reprendre sa respiration. Le nom d'Astolphe de Custine, en le ramenant au récit de Séverine, aiguisait son désir d'interroger la baronne. La révélation du *babilanisme* d'Olivier jetait une lumière nouvelle sur les pages déjà lues. En les reparcourant, il eut le sentiment qu'une cohérence les animait : le personnage semblait en effet plus bavard que résolu. Mais ce mot étrange de *babilanisme* n'était-il pas lui-même le masque d'une vérité plus cachée, comme son oncle tendait à le lui faire comprendre ?

La scène de la veille revint le hanter. La vénalité expliquait-elle à elle seule le revirement de Langlois ? Il était persuadé qu'il y avait dans cette chaleur autre chose qu'une tentative de manipulation. C'était de la sollicitude. De la curiosité malicieuse mais dépourvue de cruauté. Ce que Baptiste peinait à comprendre, c'était que cette façon de se préoccuper de son bien-être, de l'appeler par son prénom, d'exiger d'être appelé par le sien, loin de dissiper la terreur qu'il lui avait inspirée à son arrivée à Escreuil, l'augmentait. Il le répétait, ce prénom, dans la solitude de sa chambre. Il lui trouvait une douceur imprévue. Et aussitôt, il était saisi par le sentiment d'une faute d'autant plus incompréhensible qu'il savait n'en avoir commis aucune. Il revoyait la colère de l'intendant quand il avait eu le malheur de lui rappeler l'existence de sa femme. La transformation brutale de sa physionomie. La seule chose que Baptiste percevait, c'était que ces accès terrifiants représentaient l'envers de ses protestations d'amitié. C'était comme si Langlois, déçu dans les espoirs qu'il avait placés en un disciple prometteur, le désavouait. Et ce que Baptiste redoutait par-dessus tout, c'était de dire ou faire quelque chose qui provoquerait de nouveau cette fureur.

Ce qui était également certain, c'était que le testament était au cœur du problème. Sur ce point, il avait la conviction que Séverine ne lui avait pas tout dit. Pour clarifier ses idées, il disposa dans un cahier les deux versions possibles de l'histoire.

Dans celle que Séverine lui avait racontée, Léonie avait été sincèrement et exclusivement éprise d'Armand d'Escreuil. Un amour d'enfance l'avait liée à Simon ainsi qu'un rêve commun de vengeance. Mais la rencontre tardive d'Armand l'avait bouleversée. Et ce d'autant plus que Simon révélait à la même époque une part d'ombre qui la rebutait. Léonie avait cherché à faire mentir les prédictions funestes de Mlle Lenormand en négociant secrètement le rachat d'Escreuil. Après la catastrophe, détruite par la culpabilité et atteinte dans sa raison, elle s'était éclipsée. Mais pourquoi, une fois rentrée à Escreuil, avait-elle vécu sous le même toit que celui qu'elle soupçonnait d'avoir dénoncé Armand ? S'agissait-il d'un réveil de ses premières amours, d'une expiation superstitieuse ou d'une vengeance à feu doux – le retour forcé de Simon à la condition domestique, l'élévation humiliante de Langlois, l'incertitude concernant les bénéficiaires de l'héritage ? Et que s'agissait-il de venger ? La mort d'Armand ? La liaison de Simon avec Kate Salter ?

Ces questions sans réponse obligeaient Baptiste à reconsidérer la version calomnieuse de l'affaire. Une version démoniaque, absurde selon maître Bouchard, mais qui offrait du moins le mérite de la cohérence : Léonie et Simon, animés par une haine inaltérable, étaient restés fidèles à leur pacte de sang. Léonie avait étranglé sa mère, Simon étouffé son père. Plus tard, la rencontre avec Armand avait été soigneusement préméditée et préparée à coups de dérobades et objets romanesques – les portraits de David et de Girodet.

Léonie avait pris la fuite sitôt mariée pour éviter d'avoir à consommer une union qui lui faisait horreur et attirer l'objet de sa haine dans la gueule du loup. Une fois débarrassée de ce dernier, il avait fallu donner le change. Elle avait tenté de se faire oublier sans jamais cesser de correspondre avec Simon, attendant le moment propice pour regagner Escreuil et vivre avec lui maritalement dans le plus grand secret. Mais la conscience d'un cadavre entre les deux complices ou plus simplement l'écoulement du temps avaient ruiné ce dénouement heureux. Pourquoi la baronne avait-elle attendu près de quinze ans, après la promulgation de la loi sur l'amnistie des émigrés, pour rentrer en France ? Sans surprise, Simon avait préféré une inconnue, plus jeune, à la créature altérée par les épreuves qui lui rappelait leurs crimes passés. Après la disparition de Kate Salter, la nécessité d'élever Séverine puis, dix ans plus tard, l'arrivée de Langlois, avaient mis du baume sur les plaies de la baronne. Mais ses intérêts s'étaient ainsi trouvés partagés entre deux héritiers possibles. Et l'on pouvait raisonnablement considérer que la raison de la convocation de Baptiste au château était liée à ce dilemme : l'inventaire ne devait-il pas servir à constituer des lots équitables ?

Bien sûr, les héritiers putatifs espéraient chacun récupérer la totalité du legs, même amputé par la gestion désastreuse du domaine. Cherchant à tour de rôle à rallier Baptiste à leur cause, ils l'avaient empêché de forger sa propre conviction. De quel côté la baronne penchait-elle ? Si c'était bien elle qui parlait avec Langlois le premier soir, il ne faisait pas de doute qu'elle désirait le favoriser lui. Simon et Séverine, peut-être assistés par le docteur Pollastro, auraient-ils été jusqu'à empoisonner la baronne et substituer au testament une version plus favorable à leurs intérêts ?

Baptiste n'était pas mécontent d'avoir jeté ces idées sur le papier. Elles lui permettaient d'éliminer les hypothèses les plus extravagantes, statues de cire et fantômes chargés de chaînes. Mais quelque chose résistait. Il ouvrit la fenêtre. La tiédeur perdurait, anormalement tardive. Sur la terrasse, Asmodée étalait sa pelure grasse. Baptiste se dit que la terreur qu'il lui inspirait était risible. Son regard se dirigea vers les confins du parc. Au loin, la mer étincelait comme une casserole de cuivre. Tout était étrangement calme. Lentement, une certitude l'envahit. La vérité ne pouvait se faire jour ici. Elle devait lui venir d'ailleurs. Et celui qui pouvait, celui qui *devait* l'éclairer, il en avait l'intime et impérieuse conviction, c'était Sylvestre Grosbois. Baptiste n'oubliait pas que le vieux marin était l'ami d'enfance de Simon et l'ancien confident de Léonie. N'y avait-il pas tout à parier qu'il en savait plus que ce qu'il prétendait ?

Il s'assura que personne ne rôdait dans le jardin, que les chiens étaient enfermés et la voie libre. Une minute plus tard, il avait rejoint le chemin des douaniers.

IV

« On ne l'a pas vu, répétait la vieille. Vous perdez votre temps.

– Où est-il ? En mer ?

– Chez lui. Mais il n'y est pour personne. Fichez-lui la paix.

– Est-ce qu'il est malade ?

– Ça, vous autres ! On dirait que vous ne savez pas que la vie dure fatigue. »

En serrant les mâchoires, la Marie faisait saillir les nerfs de son cou. La pitié aurait touché Baptiste s'il l'avait sentie moins haineuse. Mais c'était plus que de la haine. C'était le ressentiment tourné à l'obsession. Une rancune contre les puissants dégénérée en manie.

« Pouvez-vous m'indiquer sa demeure ? Je voudrais lui laisser un message.

– Sa *demeure* ? l'imita-t-elle, main sur la taille et bouche pincée. Demandez plutôt le palais des courants d'air. Vous ne serez pas déçu, venant d'où vous venez. »

Et promenant sa lavette gluante sur le comptoir, elle cessa de lui prêter attention. La colère vibrionna dans la poitrine de Baptiste.

« Vous savez, moi aussi je suis du peuple. Mon père était fils de métayer. Ma mère était anglaise. Elle a souffert toutes les avanies que ses compatriotes subissaient sur le sol français. Ils sont morts quand je n'avais pas trois ans. Est-ce que ça m'a empêché de faire ma place ? de m'élever ? Non, mais j'ai travaillé, au lieu de rejeter la faute sur la terre entière. Vous connaissez la morale de la fable ? Aide-toi, le ciel t'aidera ! »

La vieille s'étrangla dans un rire cassé.

« Mais qui vous a élevé, mon beau monsieur ? Étiez-vous seul au monde ? Avez-vous manqué de pain ? de feu ? Tenez, mettez vos menottes sur le comptoir. »

Le ton était si autoritaire que Baptiste s'exécuta. Il était fier de ses mains roses et soignées. Les ongles s'allongeaient en coquillages ovales au bout des doigts. De part et d'autre, la vieille posa ses vieux battoirs noueux. La peau en était grise, les phalanges déformées par les nodosités, les ongles durs comme de la corne. Il frémit.

« Dites-moi. Qui de nous deux possède des mains de travailleur ? »

Baptiste fit la moue.

« À présent, osez me dire qu'il suffit de le vouloir pour s'élever. Nous avons eu des vies d'esclaves. Vous m'entendez ? Et le nouveau régime n'a pas plus fait pour nous que l'Ancien. Alors, mon petit monsieur, cessez de nous faire la morale et de nous regarder de haut. Si la Révolution a servi à une chose, c'est à rappeler que nous ne valons pas moins que vous autres. »

Baptiste sentit le rouge de la honte lui cuire le haut des oreilles. Le reproche de Séverine lui revenait à la mémoire.

« Je ne voulais pas vous offenser. »

La Marie haussa les épaules et continua à promener son torchon visqueux.

« Allons, vous vous plaignez, mais vous ne manquez pas de clients à ce que je vois ?

– Oui-da ! Quand tout le monde consomme à crédit, on ne s'enrichit guère, tenez. »

Découragé par ces rebuffades, Baptiste se retourna et interpella la clientèle.

« L'un d'entre vous pourrait-il m'indiquer le logis de Sylvestre Grosbois ? »

Un homme entre deux âges, vêtu d'une peau de mouton et coiffé d'un bonnet de loutre, lui fit signe de le suivre. Au moment où il allait partir, la Marie le rattrapa par le bras.

« Pas de bêtises, hein ? N'allez pas épuiser ce pauvre homme avec vos questions. S'il a encore des secrets, comptez sur lui pour les emporter dans la tombe. »

*

Resté seul devant l'ouverture, Baptiste hésita. On n'aurait jamais pu croire que ce trou pratiqué dans un tas de goémons était l'entrée d'un logis. Il baissa la tête et s'avança dans un corridor creusé à même la terre. Bientôt, il lui fallut se mettre à quatre pattes. Après dix mètres, c'était le vide. Une échelle de corde était attachée à deux piolets. Comment le vieillard avait-il la force de grimper à ce bastingage de fortune ? Baptiste se pencha au-dessus de la cavité. Elle était éclairée par un feu de tourbe. Une table rectangulaire flanquée de deux bancs l'occupait. Des filets de pêche séchaient, immenses toiles d'araignées jetant des ombres lugubres. Une odeur de varech et de linge pourri le prit à la gorge. Il demeura silencieux, le temps de laisser ses yeux s'habituer à l'obscurité. À une ombre plus dense, il devina une sorte d'alcôve. Il héla doucement Sylvestre. Un remuement d'étoffes lui répondit.

« Vous m'entendez, père Grosbois ?

– Qui va là ?

– Baptiste Rivière, clerc de notaire à Coutances. Vous souvenez-vous de moi ?

– Descendez, monsieur Rivière. Mais attention à ne pas vous rompre le cou. »

De mauvais gré, Baptiste s'exécuta. Le filet balançait furieusement sous son poids. Ses pieds s'entortillaient dans les nœuds et ses paumes s'échauffaient au contact rêche et graisseux des cordages. Il finit par tout lâcher. Un épais tapis de varech amortit sa chute.

« Vous vous êtes fait mal ?

– Non. Mais je ne sais pas comment je remonterai.

– Navré de ne pouvoir vous aider. Je suis moi-même trop faible pour regagner la surface.

– Comment vous nourrissez-vous ?

– Un garçon du village est chargé de veiller sur moi. Il me jette des châtaignes, des galettes ou du poisson séché. Ici, on ne laisse personne mourir de faim. »

À tâtons, Baptiste se dirigea vers le renfoncement, occupé par un lit clos. La tête de Sylvestre Grosbois dépassait du rideau en lin plissé, tendue anxieusement vers l'intrus.

« Pardonnez-moi de déranger votre solitude. La situation au château est alarmante.

– Vous n'avez toujours pas vu la baronne ?

– Entraperçue, si. Mais elle m'a paru pour ainsi dire inanimée.

– La baronne a toujours ressemblé à un spectre, opina le vieillard, pensif.

– Vous me comprenez mal. J'ai la conviction qu'on cherche à attenter à sa vie. Peut-être même n'est-elle plus de ce monde à la minute où je vous parle. »

Grosbois frotta nerveusement ses paumes.

« Et qui soupçonnez-vous ? »

Après une hésitation, Baptiste désigna Simon.

« Je n'en crois rien. Simon vit dans le culte de la baronne. Il mourrait pour elle. Le jour où elle ne sera plus de ce monde, je ne donne pas cher de sa peau. »

Baptiste lui rapporta ce qu'il avait appris au sujet de la mort d'Armand d'Escreuil. Que la baronne ait été sincèrement éprise d'Armand ou complice d'un plan machiavélique, que Simon ait été sincère ou manipulateur dans sa négociation avec elle, le résultat était le même : c'était d'abord à lui qu'avait profité le crime. C'était à lui encore – et à sa descendante, Séverine – que profiterait le décès de la baronne si Étienne Langlois ne parvenait pas à faire valoir ses droits.

« En quoi puis-je vous aider si votre opinion est faite ?

– J'ai besoin de savoir si les calomnies qui ont circulé au sujet de la baronne et de Simon ont un fondement de vérité. Selon vous, aurait-il pu être l'auteur de la dénonciation qui a coûté la vie au baron ? Si c'est le cas, il n'y a rien dont je ne l'estime capable.

– Vous devriez écrire des romans, répondit Grosbois dans un soupir. La vérité est plus triviale. Armand d'Escreuil a abandonné son domaine en prenant le chemin de l'émigration. Quant à sa tête, c'est pour avoir commis l'erreur de rentrer en France qu'il l'a perdue.

– N'est-ce pas vous qui l'avez attiré dans ce piège ? J'ai cru comprendre que vous aviez été spécialement missionné par Simon pour ramener Léonie en France. »

À la lueur du feu, les globes oculaires couverts d'un film chassieux luisaient faiblement.

« Voilà ce qui se passe quand on cherche à réparer ses erreurs. J'ai cru bien faire, et je n'ai fait qu'aggraver les choses. C'est moi qui avais conduit Léonie à Portsmouth, l'hiver précédent. À la demande de cette dernière, comprenez bien. Je savais que je trahissais Simon. Mais on ne pouvait rien refuser à Léonie. Après ça, il m'a menacé des pires représailles.

– C'est-à-dire ?

– Me dénoncer aux autorités révolutionnaires pour complicité avec les Anglais.

– Vous reconnaissez qu'il avait la dénonciation facile.

– Dans ce temps-là, tout le monde l'avait. Mais ce n'est pas lui qui a signalé le retour de Léonie. Même s'il avait voulu se débarrasser d'un rival, il n'aurait pas pris le risque de faire arrêter l'amour de sa vie. Et puis Armand d'Escreuil n'était pas n'importe qui. Simon n'aurait jamais consenti à une ignominie pareille.

– Parce qu'il le respectait pour ses idées progressistes ? Mais Simon était un niveleur et un fomenteur de troubles ! Tout porte à croire qu'il a lui-même étranglé Charles d'Escreuil.

– Vous faites fausse route, monsieur Rivière. Simon était peut-être brutal dans ses façons, mais il n'aurait jamais fait de mal à une mouche.

– Ne voulait-il pas se venger des sévices subis par ses parents ? C'est pourtant bien ce que vous m'avez raconté vous-même.

– Je vous ai rapporté ce qu'on disait au village. Pour ma part, je ne l'ai jamais cru capable de passer à l'acte. Avec les meilleures raisons du monde, avec toute la justice des misérables pour lui, il n'aurait pas pu surmonter…

– Quoi donc ? Le désaveu de Léonie ? »

Une lueur amusée passa dans le regard trouble de Sylvestre Grosbois.

« C'est drôle, on vous dirait vif d'esprit, mais vous manquez de pénétration. Vous n'avez pas compris que Charles d'Escreuil était le géniteur de Simon ? »

Baptiste le regardait, béant.

« Allons, croyez-moi, jeune homme ! Simon n'était pas Œdipe. Ni encore moins Caïn. Il n'aurait jamais voulu la fortune au prix du sang. »

V

« Dépêchez-vous. On vous attend. »

Baptiste avait fait le tour par les terres pour éviter les chiens. Bouleversé par les révélations du père Grosbois, il cherchait à en mesurer les conséquences lorsqu'il aperçut la silhouette de l'intendant au fond de l'allée d'ormes. Les battements de son cœur s'accélérèrent. À mesure qu'il s'approchait, il avait la sensation cuisante d'être examiné des pieds à la tête. Mais le visage de Langlois, il s'en rendit compte quand il fut assez près, n'exprimait plus rien de l'affectueuse désinvolture de la veille, non plus d'ailleurs que du mécontentement qu'il avait manifesté en quittant sa chambre. L'intendant paraissait seulement soucieux.

« La baronne a eu une crise terrible. Elle vous réclame depuis deux heures. »

Baptiste le suivit du mieux qu'il put, trottant par intervalles pour rattraper son retard. Le feu aux joues, il gardait les yeux fixés sur la foulée égale et musculeuse de l'intendant. Était-il permis de marcher si vite sans s'essouffler ? À quelques pas du château, Étienne lui fit signe de poursuivre seul.

« Ai-je fait quelque chose de mal ? demanda Baptiste, cherchant à nouer la conversation.

– Que vous dit votre conscience ? répondit Étienne d'un air sarcastique.

– Que ce n'est pas le cas.

– Alors vous voyez bien, vous voilà pur comme un ange.

– Ne vous moquez pas. Je sens que vous m'en voulez.

– Et de quoi vous en voudrais-je ?

– Je ne sais. Vous ne voulez plus être mon ami ?

– Ne dites pas de sottises. Mais le moment est mal choisi pour avoir cette conversation.

– Quand ce moment viendra-t-il ?

– Bien assez tôt, j'en suis certain. Mais hâtez-vous, la baronne n'aime pas attendre. Et tâchez d'être à la hauteur de ce qu'on attend de vous. »

Près des buis taillés qui encadraient l'entrée, Baptiste reconnut Simon : le jardinier le dévisageait d'un air mauvais, comme s'il cherchait à l'hypnotiser. Il passa outre, raidi. Il traversa la salle des gardes et grimpa l'escalier de la tour médiévale. Dans l'antichambre, Séverine l'attendait. Ses yeux étaient gonflés comme un livre abandonné sous l'averse.

« Qu'est-il arrivé ? »

Elle mit un doigt sur ses lèvres, frappa à la porte de la chambre et s'introduisit un instant.

« On vous appellera, dit-elle en revenant. Veuillez patienter ici.

– N'avez-vous rien à me dire ?

– Rien de plus que ce que je vous ai déjà appris, Baptiste. Ne me décevez pas. »

De nouveau seul, Baptiste sentit la panique le gagner. Il attendait ce moment depuis des semaines. Et voici qu'il allait enfin s'entretenir avec celle qu'il avait crue cent fois morte. Sa présence hantait chaque pièce du château, chaque hectare du parc et désormais chacun de ses rêves. Depuis que Séverine lui avait raconté sa vie, la baronne lui paraissait plus vivante que quiconque dans son entourage. Qu'allait-il éprouver, face à elle ? À quelle déflagration s'attendre quand se rencontreraient deux mondes, deux époques que tout opposait, l'une aussi intense qu'impalpable, l'autre grise et flasque comme un après-midi de novembre ? Il se rappelait le regard plein de nuit de la baronne. Se souvenait-elle de lui ? L'avait-elle d'ailleurs vraiment vu ? Et si oui, sous quelle forme était-il entré dans son champ de conscience ? Celle d'un spectre ? d'un Céladon lui rappelant sa jeunesse ? d'un laquais à mater ?

Baptiste faisait les cent pas dans l'antichambre. Sur le mur de gauche, les portraits de famille éclairés par un candélabre semblaient le narguer. Il revint aux trois derniers. La mère d'Armand, avec sa figure antédiluvienne et amphibie. Le père, rubicond baigneur aux yeux cruels et aux mouches assassines. Comment avaient-ils pu donner naissance à un homme aussi beau, aussi sain et vigoureux qu'Armand d'Escreuil ? Baptiste se perdit dans le regard bleu de Prusse de ce dernier. Il glissa sur l'arête pure du nez, rebondit sur l'ourlet velouté de la lèvre supérieure, dévala le creux bleuté qui menait à la colline décidée du menton. Avec mélancolie, il descendit vers le col blanc et ferme comme une livre de beurre frais, celui-là même qui avait été tranché par le fil du bourreau. Il remonta au front légèrement bombé, riche de promesses et de projets généreux. La ressemblance avec l'homme en bonnet phrygien le frappait désormais comme une évidence. Comment n'avait-il pas réussi à tirer lui-même les déductions qui s'imposaient ? Il comprenait que Léonie ait pu être ébranlée par cette quasi-gémellité en rencontrant Armand. Et qu'elle ait préféré au farouche justicier qu'était Simon son double paisible. Simon lui avait-il avoué la vérité au sujet de son ascendance ? La connaissait-il d'ailleurs lui-même ? Avait-il cherché à faire valoir ses droits sur Escreuil comme fils naturel du défunt baron ?

Escreuil ! Baptiste aurait rêvé d'être le propriétaire d'un tel domaine. Depuis l'enfance, il rêvait à la vie de château. Bien sûr, il hériterait un jour de son oncle et de la charge de maître Bouchard. Mais il fallait tout attendre d'événements que sa tendresse et sa bonne éducation lui interdisaient de désirer. D'ici là, l'usure et l'aigreur lui auraient fait perdre ses cheveux. Et pourtant, il le savait, il menait une vie de cocagne en comparaison de celle de tant de misérables.

Comment peut-on croupir dans un terrier comme le père Grosbois ? N'est-il pas criminel qu'une poignée de pachas se vautrent dans les dorures quand la foule innombrable rampe sous terre, privée de toute dignité, de toute reconnaissance pour son travail d'esclave ?

Les accents séditieux de sa rêverie l'étonnèrent. Pour un peu, il eût défendu la Révolution. Mais ce mot faisait toujours jaillir dans son esprit des images de violence et de destruction. Et puis il savait qu'il était indécrottablement du côté des bourgeois. La suspicion haineuse de la Marie le lui avait assez rappelé. Il ravala sa mauvaise conscience.

« Un ordre injuste n'est-il pas préférable à l'anarchie ? Maître Bouchard m'a toujours dit qu'il en allait de la prospérité des affaires comme du développement des arts. »

Se saisissant du flambeau, Baptiste se tourna de l'autre côté. Elles étaient bien là, les œuvres du catalogue ! Il reconnut la fête galante de Lancret, la noce villageoise de Greuze et les portraits d'apparat de Largillière. D'autres merveilles se pressaient, étagées en colonnes polychromes jusqu'au plafond : bouquet de tulipes découpé sur un fond noir et vernissé, port de Marseille de l'école de Vernet, chiens de chasse de Jean-Baptiste Oudry – à l'évidence plus débonnaires que les dogues d'Escreuil –, grande tartine mythologique de Boucher – satyres à la pelisse veloutée, Silène obèse et vermillonné, nymphes au teint de confiture s'ébattant dans une cascade moussue. Enfin, des ruines, des vanités, des polissonneries, des scènes de genre. Les cadres à eux seuls, baroques et coruscants, valaient une fortune.

Il allait reposer le flambeau quand, au-dessus de la porte par laquelle il était entré, un portrait l'arrêta. Du chapeau à larges bords s'échappaient des boucles brunes couvrant en partie le front. Les paupières, rapprochées en demi-globes, ne laissaient voir des yeux qu'un fin losange anthracite. Le nez aquilin, la lèvre inférieure proéminente et la pointe du menton au-dessus d'une écharpe haute exprimaient une condescendance lasse, vaguement ironique. Il avait déjà vu ce visage glabre et émacié. Mais où ?

« N'allez pas me dire comme tout le monde que c'est là le portrait de Saint-Just. »

Baptiste se retourna instantanément. Drapée dans son costume de scène, le dépassant d'une bonne tête, la baronne d'Escreuil le toisait.

« Qui est-ce ? fit-il, les mots passant à peine l'ouverture de ses lèvres.

– Je sais que j'ai changé, mais tout de même ! Vous ne me reconnaissez pas ? »

★

Quand Léonie avait tenu le rôle de Chérubin dans *Le Mariage de Figaro*, David était venu la voir et en avait été bouleversé. Peu après, il lui avait demandé de poser pour lui. Troublé par son apparence androgyne, il l'avait priée de prendre des vêtements d'homme. C'est pour répondre à ce caprice qu'elle avait pris ce costume de voyageur anglais. Mais David s'était montré mécontent du résultat. Il disait avoir manqué les yeux. Deux ans plus tard, rencontrant Saint-Just dans le sillage de Robespierre, il avait été frappé par sa ressemblance avec Léonie. Le jeune député venait d'accéder à la célébrité en prononçant à la Convention un discours impitoyable qui avait accéléré la condamnation de Louis XVI. David lui avait demandé de poser pour lui. Le souvenir de Léonie venant s'interposer, il avait raté ce nouveau portrait.

Girodet avait rapporté à l'actrice les mots de David, quelques années plus tard. Saint-Just était un feu follet, avait expliqué le peintre, encore dépité par cet échec. Il y avait quelque chose de si fascinant dans sa physionomie qu'on ne savait plus, quand on l'avait quitté, s'il était grand ou petit, blond ou brun, beau ou laid. Le plus grand portraitiste de son temps avait ainsi reconnu les limites de son art pour capturer l'âme de cet être singulier. Il aurait fallu peindre avec de la vapeur ou du mercure ! Tenté par un tel défi, Girodet n'avait pas eu le temps de le relever : à son retour en France, Saint-Just était mort depuis longtemps. Mais la baronne était persuadée que lui seul aurait trouvé la délicatesse et la passion nécessaires.

« L'avez-vous rencontré vous-même ? demanda Baptiste.

– Qui donc ?
– Saint-Just.
– Bonté divine, jamais ! »

Baptiste se tenait face à elle, assis dans une bergère qu'elle lui avait nonchalamment désignée en entrant dans sa chambre. Ayant de son côté pris place dans la méridienne où Baptiste l'avait vue endormie deux jours plus tôt, la baronne s'y tenait calée contre d'énormes coussins brodés, les pans de sa robe pourpre déployés comme les ailes d'un éventail. Sans la respiration qui soulevait sa poitrine, il aurait pu la croire embaumée. Mais, sous la chevelure teinte au brou de noix, un cerveau s'activait, stratifié en couches temporelles. Sous la soie et le velours mille fois raccommodés, sous l'épiderme gras de *cold cream* et empoussiéré de fards, un cœur battait. Elle était malade, mourante peut-être. Mais en cette minute elle vivait.

Passé le premier effroi, l'enthousiasme avait saisi Baptiste. Il avait beau enfoncer les ongles dans ses paumes pour s'assurer qu'il ne rêvait pas, Léonie de Selves, dernière baronne d'Escreuil, se tenait sous ses yeux. Elle était là, la protégée de Fanny Raucourt, le modèle de David et de Girodet, l'amie de Julie Candeille et de Mlle Lenormand, d'autant plus mythique que recluse depuis vingt ans dans une forteresse impénétrable comme un sarcophage.

Sans se faire prier, la baronne s'était lancée dans un monologue. Sa voix granuleuse, sertie d'éraillements poitrinaires, était bien celle qu'il avait entendue la première nuit et, plus tard, sous la porte de cette même chambre. Par bribes, mais précise comme ceux qui vivent toujours de plain-pied avec les temps révolus, la baronne avait égrené quelques souvenirs de l'Ancien Régime et de la Révolution, confirmant le récit de Séverine, l'enrichissant de teintes nouvelles. Soudain, elle s'interrompit, cracha dans son mouchoir et désigna à Baptiste une carafe d'eau et un verre. Après avoir bu, elle l'interrogea sur ses impressions au sujet des habitants d'Escreuil. Baptiste y vit l'occasion tant attendue de lui faire exposer ses intentions.

« Mes héritiers se déchirent, vous avez dû vous en rendre compte. Moi, je ne veux léser personne. Mon rêve serait de mourir ici, entourée de mes chers enfants. Je les voudrais réconciliés, prêts à s'entendre, du moins pour épargner Escreuil.

– Qui appelez-vous vos enfants ?

– Séverine et Étienne, voyons. Ils ne s'apprécient guère, vous avez dû vous en rendre compte, mais ils auraient fait un joli ménage, non ?

– J'ai cru comprendre que Séverine était fiancée.

– Oui. Benoît est un garçon honnête qui lui donnera de solides enfants. Moins beaux que ceux que Langlois lui eût faits, mais on ne peut forcer les gens à tomber amoureux.

– Et puis Langlois est marié.

– Si vous êtes un tant soit peu observateur, vous avez dû vous apercevoir que lui et Rose étaient aussi peu mari et femme qu'on peut l'être. »

Baptiste se sentit chatouillé par une joie mauvaise.

« Sauf dispense papale, le mariage ne peut être annulé, observa-t-il hypocritement.

– Voilà qui est malheureux. Il ne faudrait jamais contrer la loi du désir.

– La loi de Dieu et celle des hommes ne sont-elles pas toujours les plus fortes ?

– Va pour Dieu, puisqu'il faut le craindre. Mais je doute qu'il désapprouve le divorce quand celui-ci met fin à un intolérable malheur.

– Pardonnez mon indiscrétion, madame. Je suis surpris de vous voir défendre le divorce, vous qui, à ce qu'on m'a rapporté, n'avez jamais voulu vous remarier.

– Quel rapport ? L'Église autorise le remariage des veufs. Quant au divorce, ce rare bienfait de la Révolution, on aurait dû l'inscrire dans la Charte au lieu de le supprimer. Reste à espérer que la maladie de langueur dont souffre Rose en débarrassera ce cher Étienne.

– Madame, il ne faut pas souhaiter la mort des gens ! »

Un sourire narquois lui répondit. Rouge de honte, Baptiste revint aux dispositions de la baronne. Elle projetait de faire trois parts : la première constituée du château et du parc, la deuxième des collections – meubles, livres et tableaux, lesquels pourraient au besoin constituer des lots plus modestes. La dernière devait consister dans les terres non hypothéquées. Les deux premières parts iraient aux héritiers, la troisième aux indigents. Depuis que Langlois administrait le domaine, le produit des fermages avait quadruplé, s'élevant à près de trente mille livres de rente. La vente des collections financerait la dot de Séverine. Mais si les héritiers parvenaient à s'entendre, elles ne seraient pas dispersées. Langlois partagerait la rente avec Séverine. Ils continueraient à vivre à Escreuil, le domaine étant assez vaste pour que chacun y soit indépendant. Benoît et Pollastro travailleraient dans un dispensaire qu'on prévoyait d'ériger. La tour médiévale serait transformée en galerie ouverte aux visiteurs de la région. Enfin on laisserait Simon réaliser son rêve en installant dans le parc un hospice pour les marins. Si Langlois souhaitait s'établir ailleurs, il vendrait la ferme des Aigrettes, qu'il avait sauvée de la ruine, ainsi qu'une partie des collections. En somme, tout dépendait de la bonne volonté des héritiers.

Surpris par la clarté des explications de la baronne, Baptiste s'efforça de l'égaler dans ses réponses. L'inventaire de la bibliothèque était terminé. Il comptait en délivrer une copie à son oncle, très au fait des prix qui se pratiquaient sur ce marché. Pour les toiles de maître et les meubles, il souhaitait faire valider son estimation par maître Bouchard. La collection s'élevait, selon lui, à plusieurs centaines de milliers de livres. Le notaire de Coutances pourrait au besoin mettre les héritiers en rapport avec une riche clientèle qui en paierait les joyaux sans barguigner.

« Il me reste à terminer l'inventaire des meubles. Je tire d'ailleurs profit de cet entretien pour évoquer avec vous une pièce étrange. J'ignore quel type d'amateurs elle pourrait intéresser mais je doute qu'elle ait une valeur, disons… autre que documentaire. »

Comme elle le fixait toujours, il évoqua la maquette trouvée dans le cabinet de laque.

« Vous vous demandez comment j'ai pu vouloir me procurer l'une de ces sinistres répliques ? Figurez-vous qu'elles faisaient fureur, à Turin. C'est le docteur Pollastro qui m'a fait voir l'objet chez un marchand. Je n'avais jamais vu de guillotine. Dans l'incapacité de me représenter les derniers instants de mon époux, j'ai souhaité l'acquérir. Je l'ai enfermée dans ce cabinet de laque pour ne plus jamais la revoir. Mais je sais qu'elle est là, aussi présente que la culpabilité au fond de mon cœur. Elle hante mes nuits.

– Pourquoi ne la détruisez-vous pas ?

– Cette guillotine est un peu ma croix, monsieur Rivière. Je la porterai jusqu'à ma mort. Après cela, bien sûr, j'exigerai qu'on la réduise en cendres. »

La baronne exprima soudain le désir de se reposer. Comme il allait sortir, elle le rappela.

« Je voudrais vous offrir quelque chose pour vous remercier. Rien de tout cela, j'imagine, n'a été facile pour vous. Mais vous me paraissez aussi compétent que sympathique. Sans compter que la nature ne vous a pas négligé. Non, vous ne m'avez pas déçue. »

Baptiste inclina la tête.

« Vous avez une prédilection, je crois, pour l'étude d'Endymion qui traîne dans les cartons de la bibliothèque. Est-ce que je me trompe ?

– Comment le savez-vous ?

– Mlle Lenormand était persuadée que j'avais un don pour lire dans les âmes, moi aussi. Cette étude n'est pas signée. Mais je vous donne ma parole qu'elle est d'Anne-Louis Girodet. Si vous la voulez, pas besoin d'un codicille à nos dispositions. Vous partirez avec elle.

– Je ne sais pas comment vous remercier.

– En obtenant de mes héritiers qu'ils acceptent de se partager équitablement mes biens ?

– J'en fais mon affaire, à condition bien entendu qu'il n'existe aucun document qui avantage l'une des parties au détriment de l'autre.

– Je vous fais le serment qu'il n'est plus nul testament que celui dont je vous ai dicté les grandes lignes. À vous de faire en sorte qu'il soit inattaquable. »

Baptiste fit une révérence et gagna la porte. Au moment de sortir, sa curiosité l'emporta.

« Madame la baronne, puis-je vous demander comment cette ébauche s'est trouvée en votre possession ? Je croyais que Girodet s'était attaqué à cette œuvre à Rome.

– Il y travaillait avant son départ. Sa quête d'un visage *à l'antique* tournait à l'obsession. Il passait en revue tous les modèles disponibles, des comédiens de tréteaux aux casseurs de pierre cherchant un complément de revenu.

– C'est l'un d'eux qui a offert son visage à Endymion ? »

L'hilarité projeta la baronne en avant. Il reconnut les notes désaccordées qui l'avaient réveillé au soir de son arrivée à Escreuil.

« Décidément, vous n'êtes pas physionomiste. Ce visage aussi, c'est le mien ! »

VI

Au bout d'un long couloir, le rectangle jaune d'une porte fermée. Il marchait dans sa direction, ralenti par d'invisibles obstacles. Comme il l'atteignait enfin et s'y appuyait de toutes ses forces, une lumière crue se déversait sur lui. Mais à peine avait-il franchi le seuil qu'il tombait dans un trou noir. Une sorte de matelas amortissait sa chute. L'air picotait ses muqueuses nasales. Était-il dehors ? Dedans ? L'odeur était celle des sous-bois en automne, feuilles en décomposition, fongosités, humus lourd et chargé de vers.

Soudain, une certitude le saisissait : il était dans une crypte. Ses mains glissaient sur la surface gluante de pierres tombales. Sous le couvercle d'un cercueil entrouvert, une tiédeur molle l'invitait à se blottir. Il en rêvait : s'allonger dans ce parfum de résine chaude et dormir d'un sommeil sans rêves. Il s'étendit. Aussitôt le couvercle se referma sur lui. Ses poings, sans force, renoncèrent à le soulever. Il entendit distinctement Séverine qui l'appelait. Une rage monta dans sa gorge, mais il ne pouvait proférer aucun son. Une odeur nouvelle parvint à ses narines. C'était celle, poisseuse et écœurante, des feux de jardin. Ses yeux brûlaient. Alors que l'air commençait à manquer, il fut certain de reconnaître la voix d'Étienne Langlois répétant son prénom. Venait-il à son secours ? Alors l'éructation qu'il gardait dans son larynx remonta en roulant dans sa gorge, caverna contre son palais et franchit ses lèvres :

« Escrocs ! »

Immédiatement, une nappe de fraîcheur lui caressa le visage.

« Baptiste ! »

Il ouvrit les yeux. Étienne Langlois était penché sur lui et, de ses deux mains, lui frictionnait la poitrine. L'intendant avait ouvert la fenêtre pour laisser sortir la fumée. Derrière sa tête, les rares feuilles des ormes allumés par la lune formaient une auréole de feu rose. L'air de la nuit était si vif qu'une nouvelle quinte de toux déchira la poitrine de Baptiste.

« Il faut vomir. »

Langlois le redressa brutalement et il sentit un flot acide remonter le long de sa trachée. Il n'eut pas le temps d'approcher la cuvette. Avec honte, il contemplait les vomissures qui maculaient sa chemise. Des larmes roulèrent sur ses joues. La chambre était tout enfumée.

« Vous étiez à deux doigts de l'asphyxie. »

Baptiste se rappela la voix de Séverine, dans son rêve.

« On a cherché à m'assassiner ?

– C'est sans doute un oiseau mort dans le conduit de cheminée. Ôtez donc votre chemise. »

Langlois lui fit boire un verre d'eau puis sortit avec le linge souillé. Baptiste se mit à grelotter. Après dix minutes, l'intendant était de retour, chargé de flacons et de couvertures. Il le fit sortir de son lit pour retendre les draps. Ensuite, il lui baigna le visage et le frictionna. Comme Baptiste frissonnait toujours, il finit par le prendre dans ses bras. Le tremblement cessa instantanément.

« Vous ne pouvez pas rester ici cette nuit ? demanda Baptiste. Cela me rassurerait.

– Dois-je en déduire que vous avez toujours peur, mais plus de moi ? »

Comme Baptiste acquiesçait timidement, Langlois bondit de joie. Pour le rassurer tout à fait, il fit mine de prendre les craintes de Baptiste au sérieux et de chercher un meurtrier sous les meubles. Il inspecta la cheminée avec une attention scrupuleuse. Le tisonnier en ramena une pelote noire et compacte.

« Qu'est-ce que je vous disais ? Un bouchon de feuilles mortes.

– Vous croyez qu'on l'a introduit intentionnellement ?

– Qui soupçonnez-vous ?

– Simon Dalbret. Je vous rappelle qu'il m'a déjà jeté ses dogues à la figure.

– Allons, allons. Personne ici ne veut vous voir mourir.

– Vous en êtes sûr ?

– Oui. Et puis celui qui vous souhaiterait du mal devrait d'abord me passer sur le corps. »

Langlois remonta l'édredon jusqu'aux oreilles de Baptiste, poussa un fauteuil à son chevet et s'y installa. Baptiste se rendormit aussitôt.

★

Vers quatre heures, comme le froid engourdissait Étienne, il s'allongea sur le lit. Puis, précautionneusement, il se glissa sous les draps et demeura cloué à l'extrémité du lit. Une heure plus tard, changeant de position, Baptiste le rencontra, brûlant. Il recula, comme frappé par la foudre et s'accrocha à son tour au rebord sculpté. Mais quelques instants plus tard, l'autre se rapprocha du centre du matelas. Comme ce dernier était fort mou et qu'Étienne pesait de tout son poids, il se forma comme une cuvette. Dans un état semi-conscient, Baptiste sentit qu'il lâchait le bois du lit et se laissait hypocritement rouler au centre.

Leurs membres se mêlèrent, comme à l'insu de leur volonté. Une sorte de détermination les animait, d'autant plus farouche qu'elle semblait autonome. La joute se mua en irritant ballet. Les bouches s'écrasèrent. Les doigts s'aventurèrent. Les dermes mouillés de sueur et rêches de poils s'égratignaient à force de frottements. Cela n'a rien à avoir avec les descriptions de Sade, songea vaguement Baptiste.

Tout était plus maladroit, plus avide et d'une merveilleuse et imprévisible intensité. Après un long corps-à-corps, Baptiste s'offrit sans l'admettre, tête enfouie dans l'oreiller, ombre creusée des reins pour toute invite, acquiescement bref pour tout encouragement. Langlois introduisit avec précaution son sexe enduit de salive. Il demeura longtemps sans bouger, attentif au moindre cri de protestation. Il ponctuait chaque avancée de questions inquiètes. En guise de réponse, Baptiste reculait dans sa direction. Étienne s'enhardit, engagea un mouvement lent d'abord, puis plus rapide. La jouissance montait trop vite et il ne parvenait pas à la retenir. Après un cri, il s'écroula. Piteux, il revint aussitôt coller son ventre au dos de Baptiste et lui caressa les épaules tendrement. Incertain de lui avoir donné plus de plaisir que de douleur, il le questionna. Comme Baptiste ne répondait pas, il le fit rouler sur lui et releva lentement les cuisses en plantant ses yeux dans les siens. Tout à la surprise de triompher à son tour, Baptiste jouit très vite. Dans un étourdissement, il sentit que ce plaisir engageait dans son être une rupture irréversible. Ils s'assoupirent. Quand Baptiste rouvrit l'œil, Étienne s'habillait. Il ne put s'empêcher de lui demander s'il partait retrouver sa femme.

« Rendors-toi ! Nous parlerons ce soir. »

*

Jusqu'à onze heures, ses pensées s'entortillèrent comme les draps autour de ses cuisses. Il songeait aux révélations du père Grosbois. À son entretien avec la baronne. À ce corps-à-corps avec Étienne Langlois dont il revivait la dramaturgie confuse et passionnée avec un mélange de plaisir et de honte. Par intervalles revenait la certitude d'être victime d'une escroquerie. Mais qui l'avait manipulé et à quelle fin ? Les hypothèses qu'il avait forgées s'étaient avérées plus suspectes que les apparences. Ni Langlois, ni Séverine, ni même Simon n'étaient des assassins. Si quelque chose l'avait abusé, c'était cette imagination fatale contre laquelle maître Bouchard n'avait eu de cesse de le mettre en garde. Sans doute n'y avait-il dans cette histoire qu'une banale querelle entre héritiers, à laquelle un testament en bonne et due forme mettrait fin bientôt.

Pourtant, si la présence de la baronne dans les lieux était bien le fruit d'une usurpation vieille de plusieurs décennies ; si elle s'était accordée jadis avec Simon Dalbret pour se débarrasser des propriétaires légitimes ; si la présence de Baptiste à Escreuil n'avait pour but que d'assurer des droits mal assurés à des héritiers douteux – une vague fille adoptive, un soupirant fomenteur d'intrigues –, alors il était lui-même l'instrument consentant d'un crime.

Quand il ouvrit la fenêtre sur un ciel tout bleu, les dernières feuilles rissolaient au soleil. En contrebas, sur la dalle, Asmodée chauffait sa fourrure. La joie de Baptiste l'emporta sur toutes ses appréhensions. Il était jeune, dans la pleine possession de ses forces physiques et mentales. Il était temps de tordre le cou à la peur. Sur la commode, il trouva un plateau garni. Il mangea de bon appétit. En se regardant dans le miroir, il se demanda si quelque chose avait changé dans sa physionomie. Que dirait Sophie si elle apprenait les actes répréhensibles auxquels il s'était livré cette nuit ? Il chassa cette idée et se mit à la rédaction du testament.

Au bout d'une heure, Rose Langlois vint chercher le plateau. Incapable de soutenir son regard, il feignit d'être absorbé dans le travail. Mais elle se tenait à côté de lui, droite comme la justice. L'éclat du soleil sur sa croix lui blessait le coin de l'œil. Il leva la tête.

« On a apporté ceci pour vous, dit-elle en lui tendant une enveloppe.

– Qui donc ?

– Timothée, qui fait les commissions pour le sieur Grosbois. »

Baptiste tâcha de conserver une mine impassible. Il glissa l'enveloppe dans sa robe de chambre et se remit à écrire. Mais Rose ne partait pas. Ostensiblement, elle se signa.

« Autre chose, madame Langlois ?

– Le diable a dormi ici, n'est-ce pas ?

– Le diable ? Qu'allez-vous imaginer ?

– Par tous les saints du ciel, inutile de nier. J'ai trop senti l'odeur du bouc pour ne pas la reconnaître. Est-ce que je ne vous avais pas dit de vous méfier ? »

La rage gagna Baptiste.

« Je n'ai jamais sollicité vos conseils, il me semble.
– Et la clef de votre chambre, que vous m'avez réclamée ? »

C'était donc bien elle qui avait laissé le billet sur le banc du kiosque puis glissé la clef dans la poche de sa redingote. Mais les motivations de Rose Langlois restaient obscures. Était-ce le délire superstitieux ou la jalousie de la femme trompée qui parlait ?

« Pardonnez-moi, je ne comprends rien à votre langage. »

Elle recula vers la porte, l'air égaré, les yeux injectés de larmes, une main au ciel, l'autre serrée sur sa croix.

« Cette maison est damnée, monsieur Rivière. Ne le comprenez-vous pas ? Partez ! Partez avant de devenir le suppôt du démon ! »

VII

« *Monsieur,*

L'ombre de la camarde rôde autour de moi : il est temps de me délester d'un secret qui m'a coûté assez de remords pour me faire croire que l'enfer, s'il existe, ne se trouve pas sous nos pieds mais au niveau de la mer. Je ne veux ni l'emporter dans la tombe, ni l'abandonner à la curiosité malveillante d'une soutane. Je vous le confie à vous parce que je le crois de nature à dissiper vos doutes au sujet de la probité de la baronne et de Simon Dalbret. Vous me pardonnerez les fautes – ma pauvre mère, fille d'un tabellion comme vous, m'a répété jusqu'à son dernier jour que j'étais l'homme le plus instruit de Saint-Pair et que si j'avais eu son orthographe, j'aurais pu être écrivain public plutôt que d'aller pêcher la morue à Terre-Neuve. Si je passe par-dessus la honte d'être lu par un homme aussi instruit que vous, c'est pour vous permettre de terminer votre travail sans mettre votre conscience à la gêne.

Voilà la chose. C'est la Marie, en 1793, qui a dénoncé le retour de la baronne. Elle avait dix ans, moi vingt-cinq, et j'avais une tendresse de grand frère pour cette orpheline. Elle venait souvent chez nous mendier un reste de fricot pour tromper sa faim, qui était comme un puits sans fond. Vous n'avez jamais connu ça, monsieur, et je m'en réjouis pour vous. Mais croyez-moi, les gens qui ont eu faim un jour ont faim toute leur vie. La Marie n'était jamais rassasiée, et c'est bien pour ça que plus tard, quand elle a épousé le propriétaire de L'Amarre, *c'était moins pour l'amour et l'eau fraîche que pour l'assurance d'avoir toujours un fond de plat à nettoyer.*

Elle me suivait comme un chien quand j'armais mon cotre ou débitais mon poisson, prête à ramasser n'importe quoi, cuit ou cru, pourvu que ça se mange. Tout en remplissant son panier, elle me faisait ses petites confidences. C'est comme ça que j'ai su qu'elle était amoureuse du Simon, en qui elle voyait le prince des Contes de ma mère l'Oye. *Il faut dire qu'il était beau comme Apollon et sage comme Diogène. Et puis la petiote s'était mis en tête que ce patriote de la première heure allait la sortir de sa misère et l'installer au château avec tous les gueux de Saint-Pair pour lui faire une jolie cour d'amour. Il n'y aurait plus jamais de gens sans pain. On ferait l'égalité pour de vrai, pas seulement dans la Déclaration des droits. Les aristocrates qui trouveraient à y redire n'auraient qu'à en causer à la lanterne. Que voulez-vous qu'un homme comme moi comprenne aux imaginations d'une fillette ? Je ne faisais même pas semblant de la prendre au sérieux. De son côté, elle me plaisantait avec hargne au sujet de mon soi-disant amour pour la baronne. À plus soif, elle la traitait de gueuse et de sorcière. La vérité, c'est qu'elle avait deviné les sentiments de Simon et que, du haut de ses dix ans, elle la considérait sérieusement comme sa rivale.*

La veille du jour où je devais partir reprendre la baronne aux Anglais sur l'ordre de Simon, elle a réussi à me tirer les vers du nez. Des témoins m'ont raconté l'avoir vue sortir de la mairie de Granville le lendemain, accompagnée du municipal chargé de la correspondance avec la Convention. Elle rongeait des os de poulet et affichait un drôle de sourire.

Le matin de l'arrestation, Simon n'était pas au château mais aux Aigrettes, auprès d'un fermier qui souffrait d'une mauvaise fièvre. C'est sans doute ce qui lui a évité des ennuis pour avoir hébergé une ci-devant. C'est aussi ce qui a fait dire qu'il avait piégé la baronne et débarrassé le terrain pour laisser la sans-culotterie agir. Après ça, il n'a plus jamais eu la réputation d'être le premier patriote de Saint-Pair. La Marie se jetait sur son chemin pour lui rappeler ses promesses. Il lui montrait le poing et lui interdisait de lui adresser la parole – comme à moi, d'ailleurs, car il m'a toujours cru de mèche avec elle. Des années plus tard, quand la baronne est revenue au château, Marie m'a dit entre ses dents que si elle n'avait pas raté son coup, ce n'est pas le jeune baron qui aurait éternué dans le sac. C'est la seule fois qu'elle a mentionné son rôle dans cette affaire. Je n'ai pas d'autre preuve de ce que j'avance. Juste des présomptions, ou pour mieux dire des certitudes. Et pourtant il faut bien que la paix se fasse, même si c'est souvent au détriment de la justice.

À vous, sincèrement,

Sylvestre Grosbois.

Post-scriptum : je vous demande de brûler cette lettre quand vous l'aurez lue. Je ne veux pas qu'elle cause des tourments à une malheureuse que les duretés du sort ont aigrie mais qui n'aurait jamais tué, nonobstant sa haine déclarée des nantis. Quant au vieux baron, que vous importe que ce soit Paul ou Jacques qui lui ait mis l'oreiller sur la tête ? Ce que je crois, c'est que c'est le peuple qui lui a fait son compte. Et mon seul regret, si l'enfer n'existe pas, c'est qu'un monstre pareil ne soit pas en train d'y rôtir. »

★

Il n'y avait pas une minute à perdre. Grosbois savait sûrement quelque chose de plus au sujet de la mort de Charles d'Escreuil. Mais, au moment où Baptiste regagnait le chemin des douaniers, Séverine, depuis le kiosque du belvédère, le héla. Les soupçons du jeune homme revinrent au galop.

« Vous me fuyez ? » demanda-t-elle en faisant la moue.

Du bout du pied, elle repoussait les feuilles amoncelées au pied du banc.

« Au contraire. Je suis content de vous voir car j'ai besoin que vous dissipiez mes doutes. Êtes-vous entrée chez moi la nuit dernière ?

– Un peu avant minuit, oui. Vous dormiez déjà.

– Puis-je savoir ce que vous me vouliez ?

– J'avais une communication à vous faire.

– Vous n'avez rien remarqué d'étrange ? »

Séverine le regardait sans comprendre.

« Je vous ai entendue m'appeler, mais je ne pouvais pas bouger ni répondre. Plus tard, Langlois m'a trouvé inanimé. Un bouchon de feuilles mortes obstruait l'âtre. S'il n'avait pas fait irruption, je serais mort d'asphyxie. Me jurez-vous que vous n'y êtes pour rien ?

– Juste ciel, Baptiste ! Comment pouvez-vous me soupçonner d'une chose pareille ? Ne nous sommes-nous pas juré une amitié sincère ? »

Baptiste fixait la nappe de brouillard qui recouvrait la mer.

« Et Langlois ? reprit Séverine. N'auriez-vous pas de bonnes raisons de le suspecter ? Que faisait-il dans votre chambre à cette heure ? »

Au moment où elle formulait cette question, Séverine crut entrevoir la vérité. Elle saisit le bras de Baptiste. Il grelottait, mais son visage restait impénétrable.

« Ce qu'on raconte à son sujet est donc vrai, dit-elle en lâchant son bras.

– Et que raconte-t-on ?

– Qu'il n'est pas porté sur le beau sexe. »

Baptiste ne répondit rien. L'angoisse lui étreignait le cœur.

« J'aurais dû m'en douter. Je n'ai jamais pu lui arracher un regard.

– Vous avez tenté d'exercer vos charmes sur lui ?

– Jusqu'à l'arrivée de Benoît, je ne voyais aucun autre homme que lui au château. La vie n'était pas drôle, tenez ! Et sa femme ne me semblait pas une rivale bien dangereuse. Mais j'en ai été pour mes frais. Il m'a toujours marqué de l'antipathie.

– Peut-être juge-t-il mal de vous parce que vous jugez mal de lui. Je peux vous assurer qu'il vaut mille fois mieux que ce que vous imaginez.

– Avec quelle chaleur vous prenez sa défense ! Vous l'aimez donc beaucoup.

– J'essaie de comprendre pourquoi vous refusez de faire la paix. Vous savez à quel point la baronne souffre de votre mésentente.

– Vous ne m'ôterez pas de la tête que Langlois n'a aucun droit sur l'héritage.

– La baronne n'est-elle pas libre de disposer de ses biens comme elle le souhaite ? De récompenser un homme qui lui a été d'un grand secours pendant dix ans ?

– En lui faisant croire qu'il l'aimait ?

– En rattrapant des années de mauvaise administration du domaine. Et puis vous avez raison, il lui a rendu le service de la persuader qu'elle était encore belle. Sans doute n'a-t-elle jamais été dupe. Mais vous me l'avez dit vous-même, ce qu'elle cherchait, c'était un chevalier servant. Les hommages qu'il lui rendait devaient suffire à la contenter, j'imagine. »

À présent, ils grelottaient tous les deux.

« Et vous ? demanda Séverine. Ses *hommages* vous suffisent-ils ?

– Ne persiflez pas, par pitié. Si vous saviez comme je souffre ! »

Ce cri du cœur fit rendre les armes à Séverine.

« Vous êtes donc bien malheureux ?

– Je suis déchiré à l'idée que vous me retiriez votre amitié.

– Et pourquoi vous la retirerais-je ?

– Peut-être… parce que j'appartiens moi aussi à cette race maudite ?

– Mon Dieu, Baptiste, laissez ces anathèmes à la femme Langlois, qui n'a pas d'autre consolation. Je vous plaindrai si vous souffrez. Mais pourquoi vous mépriserais-je ?

– Parce que la société flétrit les hommes comme moi ?

– La société n'a pas toujours raison, j'en sais quelque chose. »

Il lui demanda d'où venait sa sagesse. Elle dit qu'elle la devait à ses lectures et plus encore à la baronne. L'infamie, répétait souvent cette dernière, c'est de vivre dans le mensonge.

« Et dans votre cas, Baptiste, l'infamie consisterait à entraîner Sophie dans un mariage qui ne peut que la rendre aussi malheureuse que cette pauvre Rose Langlois. Oh, je sais ! Elle n'inspire guère la sympathie. Mais songez-vous à ce qu'a dû être sa vie ? Souhaitez-vous infliger le même sort à Sophie ? Croyez-moi. Il faut la délivrer de cet engagement au plus vite. »

Le brouillard, hésitant à se lever, prenait une teinte dorée. Ils s'étaient rapprochés l'un de l'autre pour se tenir chaud. Baptiste fixait l'horizon blafard dans lequel dansaient quelques vagues lueurs. L'avenir, qui lui avait paru plus froid qu'un linceul, s'entre-déchirait. Il ferma les yeux. Le visage d'Étienne lui apparut et il s'assoupit, un sourire aux lèvres. Soudain, le son atténué d'une cloche leur parvint. C'était le glas, en provenance de Saint-Pair.

« Quelqu'un est mort », observa Baptiste en se signant.

Le brouillard s'était épaissi à nouveau. Il perlait au duvet qui ombrageait son menton.

« Oui, répondit Séverine en se signant à son tour. C'était ce que j'étais venue vous apprendre hier. Sylvestre Grosbois a rendu l'âme à la tombée de la nuit. »

Baptiste se mit à trembler violemment.

« J'étais chez mon père quand le petit Timothée est venu le chercher. Sylvestre espérait se réconcilier avec lui. Il semble qu'il se soit toujours moins reproché d'avoir emmené la baronne en Angleterre que d'en avoir été épris. Ce n'était pas un crime. Mais il sentait que Simon l'avait deviné et que c'était là la vraie raison de son éloignement.

– Et Simon n'a rien voulu entendre ?

– Si, mais trop tard. Quand il est arrivé, Sylvestre était déjà froid. »

Baptiste fixait l'horizon blafard dans lequel dansaient quelques vagues lueurs.

VIII

« S'il n'avait tenu qu'à moi, je ne me serais jamais marié. C'est-à-dire, si j'avais eu la chance, comme toi, de n'avoir ni père ni mère. »

Baptiste n'avait jamais songé au grand malheur de sa vie comme à une chance. Étienne lui saisit le bras pour le rapprocher encore de lui.

« Tu ne sais pas ce que c'est que vivre dans un village où tout le monde se connaît. Où la réputation est tout. Moi, j'avais celle d'un coureur de jupons. J'y avais travaillé comme à un chef-d'œuvre. À dix ans, je connaissais ma vraie nature. J'avais pris tant de plaisir à observer les pêcheurs faire jouer leurs muscles sur le rivage par beau temps, il m'aurait fallu être bien sot pour ignorer ce qui me rendait heureux. Plus tard, j'ai joué dans les mares et les fourrés avec le fils d'un hobereau de la contrée. Nous nous étions reconnus au premier coup d'œil, une fois que je braconnais sur ses terres. Au lieu de me battre, il s'est jeté à mes genoux. Nous avons continué nos petites affaires, au gré des rencontres. Un jour, il s'est engagé comme officier de marine. Deux ans plus tard, on l'a retrouvé nu et sanglant sur le bord d'une route. On a parlé de rixe. De maître-chanteur. De vilains mots ont été prononcés.

« Mon père savait que nous nous fréquentions. Il s'en était glorifié jusque-là, parce que nous n'étions pas du même monde et que ça me posait dans le bourg. Mais, vers cette époque, il a pris l'habitude de me sermonner. Je devais prendre un état conforme à notre condition ou bien je terminerais comme son propre père, assommé par le vieux baron d'Escreuil. Surtout, il fallait que je me marie. Je plaisais aux filles. Les plus belles me cherchaient du regard, les jours de bal. On me prêtait des bonnes fortunes. Mais mes prétendantes perdaient patience de ne pas me voir me déclarer et on commençait à reparler du fils du hobereau.

« J'ai songé à devenir prêtre. Petit, j'avais servi la messe. Le curé m'avait appris à lire. Il espérait persuader mon père que j'étais assez intelligent pour entrer au séminaire. Moi, j'aimais la myrrhe, les nappes brodées, les calices qu'on essuie après avoir bu le sang du Christ. Ce qui ne m'empêchait pas de ne plus croire en Dieu, pour l'avoir mille fois prié de faire de moi un autre homme. J'aimais battre la campagne, monter à cheval, vivre dehors. Mais il faut faire son trou. Alors je suis retourné à l'église, avec l'idée de m'y enterrer pour de bon.

« C'est là que j'ai rencontré Rose, la fille du boulanger. En ce temps-là, elle n'était pas si dure qu'aujourd'hui. Très pieuse, déjà, mais pleine de mansuétude. Elle est venue me trouver au sortir de la messe. Elle m'a prêché la bonne parole. J'étais une brebis égarée. Elle pouvait m'aider à rentrer dans le troupeau du Seigneur. Rose n'était pas aussi intimidante que les délurées que je faisais giguer au bal. Avec elle, je n'avais pas l'impression de composer un rôle. De fil en aiguille, nous avons pris l'habitude de nous voir après la messe. Nous parlions du bon Dieu, de l'injustice qui ne passerait jamais, de la méchanceté des hommes.

« Ses parents n'espéraient plus la marier. Elle venait de coiffer Sainte-Catherine. En plein marché, ils m'ont accusé de la déshonorer. Je n'avais pas touché à un seul de ses cheveux. Mais comme tout le monde semblait vouloir cette union, je me suis laissé convaincre. Je croyais y trouver la paix. En réalité, je ne faisais qu'assurer mon malheur et celui de ma femme.

« Mon corps était capable d'obéir à ma volonté presque aussi bien qu'à mon désir. Bientôt, Rose s'est trouvée grosse. Ma réputation était sauve. Quant à elle, je sentais que la maternité lui tiendrait lieu de tout ce que je ne pouvais pas lui donner.

« C'est à cette époque que j'ai rencontré l'amour pour la première fois. Au bal. J'avais eu la faiblesse d'y retourner un soir que Rose, barbouillée, s'était couchée de bonne heure. Je l'ai vu tout de suite. Il dansait, entouré d'une nuée de filles. Ses cavalières riaient fort, sans paraître le prendre au sérieux. Il était blond et rose, joyeux comme un faune et souple comme une liane. Il gesticulait, s'esclaffait, mais toujours avec une grâce merveilleuse. Certaines commères le regardaient d'un air scandalisé. Les hommes paraissaient vouloir lui cracher au visage. L'un d'eux lui a fait un croc-en-jambe. Je l'ai aidé à se relever et nous sommes partis tous les deux. Il s'appelait Thibaud. Il était fils de pêcheur et ne parlait que de quitter le pays. Pour devenir quoi ? Il l'ignorait mais semblait croire en sa bonne étoile. Nous nous sommes aimés sur un tas de varech, dans une crique connue de lui. J'étais si embrasé, je ne savais plus ce que je faisais. Je voulais le voir tous les jours et perdais toute prudence.

« Un jour, j'ai trouvé Rose en larmes. Elle m'a dit que si elle avait fait quelque chose de mal, il fallait la battre. Mais c'était moi qu'elle accusait par cette attitude contrite. Je l'ai questionnée. On lui avait rapporté des rumeurs terribles. Elle a voulu m'obliger à me confesser. Je lui ai dit qu'elle n'était pas ma directrice de conscience. Le lendemain, elle a fait une fausse couche. Je suis allé trouver Thibaud. Je lui ai dit que nous devions cesser de nous voir. Il a tenté de me persuader que notre rencontre était une chance qui ne se représenterait pas. Les hommes qui partageaient nos penchants étaient plus nombreux que la société ne voulait nous le faire croire, mais peu s'exposaient au risque de les suivre et plus rares encore étaient ceux qui connaissaient le réconfort d'un amour réciproque. Je me suis emporté : il m'avait ensorcelé, je n'avais rien à voir avec lui ni ses semblables. Il m'a souri tristement en disant que j'aurais beau faire, je mourrais comme j'étais né. Dans un accès de fureur, je l'ai frappé au visage. Je l'ai regretté amèrement, bien sûr. Mais c'était trop tard. Le lendemain, il avait quitté Saint-Pair.

– Tu ne l'as jamais revu ?

– Jamais. Mon père est mort des suites d'un coup de froid. Ma mère l'a suivi dans la tombe. La vie au village était devenue impossible. Quand j'ai appris que la baronne cherchait un intendant, je me suis présenté. Depuis toujours, j'étais attiré par le château d'Escreuil. C'est là que mon grand-père braconnier avait trouvé la mort. Peut-être était-ce ce que je cherchais, sans le savoir. Mais j'y ai trouvé tout autre chose, et bien mieux qu'une bonne place. Une oreille attentive. Une âme éclairée. Les chagrins endurés par la baronne lui rendaient toute faute compréhensible. Aucune ne pouvait rebuter son affection.

– Tu lui as tout dit de toi ?

– Tout, oui. Mais je ne sais pas si je lui ai rendu le quart de ses bienfaits. Grâce à elle, ma vie a repris forme. Mon travail et son estime m'ont rendu ma dignité. Il m'arrive encore de souffrir de la solitude. Mais, en dix ans, la plaie s'est refermée.

– Et Rose ? Vous n'avez jamais fait la paix ?

– Il aurait fallu pour cela que je lui rende l'enfant qu'elle m'accusait de lui avoir pris.

– Tu ne pouvais lui offrir la consolation d'une nouvelle grossesse ?

– Elle ne me laissait plus l'approcher. J'étais un débauché à ses yeux. Un monstre, un criminel, l'Antéchrist lui-même. Elle a voulu me faire exorciser. Exorciser, entends-tu ? Crois-moi, je lui rendrais meilleur service en la délivrant de ma présence. »

Baptiste ne voulait pas songer à l'avenir. Il caressa le dos d'Étienne jusqu'à ce qu'il obtienne une nouvelle preuve de son désir. Dans l'intimité qui suit la jouissance, il lui demanda si cette première fois où il avait été amoureux avait été la seule.

« Imbécile, lui souffla Étienne. La seconde fois, c'est toi. »

*

Une nuit peut durer l'éternité. Entre deux étreintes, Baptiste tombait d'épuisement. Quand il rouvrait les yeux, il trouvait toujours ceux d'Étienne braqués sur lui. La conversation reprenait, ponctuée de baisers. Ils passaient au crible chacune de leurs rencontres. Baptiste voulait savoir pourquoi l'intendant s'était montré si méchant. Étienne disait qu'il avait eu peur. Peur de lui-même, de se trahir, de se tromper quand il avait cru reconnaître *un des leurs* au premier regard, et qu'il l'avait trouvé si beau dans son costume de voyage. Peur de Baptiste aussi, de son arrogance, de son éducation, de son mépris pour un rustre et un vieillard comme lui.

Et lui ? Qu'avait-il éprouvé ? Baptiste avoua sa terreur. À présent, il la jugeait puérile et fantasque. Il regrettait ces années perdues à rester sourd aux suggestions de son corps, à s'exercer à rentrer dans le rang. C'était comme s'il n'avait jamais eu conscience de lui-même, jamais véritablement vécu jusqu'à aujourd'hui. Désormais il n'avait plus peur de rien. Rempli de confiance et de joie, il se renfonça dans le creux du bras d'Étienne et s'assoupit. Ce dernier était trop heureux pour dormir. En s'éveillant, Baptiste le trouva absorbé dans la lecture d'*Olivier*. En riant, il lui promit que le sommeil le gagnerait après trois pages. Étienne protesta. Il avait rarement trouvé tant de vérité dans un roman.

« As-tu au moins compris quel était le secret du héros ? »

Baptiste évoqua doctement le *babilanisme*.

« Qu'est-ce que c'est que ce monstre ? Tu ne vois pas que ce livre parle de nous ? »

Et il se mit à lui en lire des passages. Était-ce à cause de la voix de Langlois ou de ce qu'il admettait depuis si peu de temps ? La prose abstraite prenait chair. Elle s'illuminait d'une évidence nouvelle. Il y avait donc des livres qui parlaient de lui, d'eux, et qui le faisaient avec d'autres mots que ceux du marquis de Sade ! Pourtant la consolation était mince. Car en dehors d'un peu de pitié, quel bénéfice le héros tirait-il de cette sincérité envers le monde ?

« Il n'y a rien à attendre de la société, dit Étienne. Elle nous condamnera toujours.

– Si nous sommes sûrs que nous ne faisons aucun mal en nous aimant, comment ne la persuaderions-nous pas ? Je sens que j'appartiens autant qu'un autre au genre humain !

– Mais ceux qui nous jugent ne sentent pas de même, cher petit. C'est pourquoi nous n'avons d'autre choix que d'apprendre à compter sur nos seuls semblables.

– Non ! Je ne veux pas renoncer à ce que les autres me comprennent. »

Il lui parla de Séverine. Étienne ne s'étonna pas de la savoir compréhensive. Elle avait beaucoup souffert, comme tous ceux qui entouraient la baronne.

« Alors pourquoi ne faites-vous pas la paix ? Est-il inenvisageable de continuer à vivre en bonne intelligence à Escreuil quand la baronne ne sera plus là ?

– Enfin, Baptiste, tu ne vois pas que même si nous parvenons à nous entendre, tout ce qui nous lie les uns aux autres et nous retient déjà si difficilement aura disparu ? »

Baptiste insista. Le testament visait à ne désavantager personne. Pour une fois, l'égalité était consacrée. Pourquoi la fraternité ne s'ensuivrait-elle pas ? Étienne trouvait qu'il y avait de l'injustice à renflouer Simon alors qu'il avait largement dissipé la fortune des Escreuil. Baptiste s'emporta. Que leur importait Simon ? Il ne survivrait pas longtemps à la baronne. C'était à l'avenir de Séverine et de Benoît qu'il fallait songer.

« Peut-on savoir d'où te vient cet élan de générosité ?

– Quand je suis heureux, je veux le bonheur de tout le monde. »

Peu avant six heures, Baptiste sentit un poids sur sa nuque. Il ouvrit l'œil et reconnut Asmodée. Craintivement, il se mit à appeler au secours. La bête refusait de bouger. Étienne dut la soulever et la déposer au sol. Grognant de déplaisir, Asmodée remonta aussitôt sur l'édredon. Tout à fait éveillé, Baptiste se dressa sur son séant.

« Que fait-il ici ?

– Il a reconnu mon odeur, expliqua Étienne.

– Ce démon t'appartient ?

– C'est un cadeau de la baronne. Allons ! Il ne te fera aucun mal. »

Baptiste se retint de raconter qu'Asmodée lui avait lacéré sa robe de chambre.

« Tends ta main et observe. Il est méfiant, comme tous les chats. Il ne viendra jamais en ligne droite. Mais c'est bien de toi qu'il s'approche. Tu vois ? Maintenant, caresse-lui le crâne. Pas comme ça. Avec tes phalanges repliées. Qu'est-ce que je disais ? Il en redemande. Continue, sous la mâchoire. Tu l'entends ronronner ? »

Baptiste admit à contrecœur qu'Asmodée n'était pas si diabolique qu'il en avait l'air. Il fut tout de même soulagé quand le chat, lassé, alla se planter devant la porte.

« Rose va s'étonner de ne pas le trouver, s'inquiéta Étienne. Je dois descendre avant qu'elle se doute de quelque chose.

– Je crois qu'elle a déjà des soupçons. »

Et il raconta la visite de la veille.

« En ce cas, feindre ne sert à rien. Il est temps de mettre un terme à cette mascarade. »

Baptiste sentit poindre la culpabilité. Ne souhaitait-il pas son bonheur, à elle aussi ? Il songeait qu'il n'avait pas été très charitable avec elle. La jalousie, sans doute. Elle n'avait pourtant voulu que son bien. Et Séverine avait sans doute raison en lui peignant sa vie comme un terrible gâchis. Mais une autre pensée le détourna de ces réflexions.

« Et la baronne ?

– Eh bien quoi, la baronne ?

– Te chasserait-elle si elle savait que tu la trahissais ? »

Étienne partit d'un grand éclat de rire.

« Pour ne rien te cacher, tu faisais partie de ses plans pour moi. »

IX

« Debout, jeune homme ! On vous demande. »

Un flot de lumière envahit la chambre. Mettant sa paume en visière, Baptiste reconnut Simon. Il avait oublié de refermer sa porte à clé après le départ d'Étienne. Décidément, on entrait chez lui comme dans un moulin !

« Qui me demande ?

– Maître Anatole Bouchard. Voilà un quart d'heure qu'il patiente à l'office. »

Baptiste se leva d'un bond. Il était près de midi. Il plongea sa tête dans la cuvette, enfila ses vêtements de la veille, arrachés et jetés en tas au pied du lit. Il ébouriffa sa chevelure de ses doigts, pinça ses joues pour les colorer et se rua à l'office.

⋆

« Eh bien, quelle mine pour m'accueillir ! N'êtes-vous pas content de me voir ? »

Un petit vieillard à l'œil gris et spirituel l'examinait avec son lorgnon.

« C'est que je ne vous attendais pas.

– Comment, vous ne m'attendiez pas ? fit maître Bouchard en rangeant son lorgnon. Ne m'avez-vous pas supplié de venir vous tirer des griffes de l'enfer ? »

Baptiste se rappela sa dernière lettre. Elle était entièrement sortie de son esprit, mais il était certain qu'il ne l'avait jamais postée ni confiée à personne. Il s'excusa et remonta quatre à quatre jusqu'à sa chambre. La lettre ne se trouvait plus sous le matelas. Rose Langlois avait dû la trouver en refaisant son lit. Il redescendit en traînant la patte, d'humeur d'autant plus exécrable qu'il se sentait en faute vis-à-vis de maître Bouchard.

« Pour un empoisonné, vous avez le teint frais. Vous revenez d'une galopade ? »

Baptiste rougit jusqu'au sang.

« On ne m'a pas empoisonné mais j'ai été mordu par les dogues. »

L'avoué prit un air de feinte compassion.

« Voulez-vous que je vous montre mon épaule ? Je vous préviens que ce n'est pas beau.

– Montrez-moi plutôt vos inventaires. Puis nous irons nous présenter à la baronne. Nous verrons bien si elle ose refuser d'ouvrir sa porte à son propre avoué.

– Elle a fini par me recevoir, maître.

– Tiens donc. Alors tout va au mieux ?

– Non, car elle est bel et bien malade… mourante peut-être.

– Malade ou mourante ?

– Je ne sais, maître. La seule chose de sûre, c'est qu'elle n'est pas encore morte !

– Parfait. J'en profiterai pour me faire dicter une bonne fois son testament.

– J'ai reçu ses ordres en la matière. Je viens justement de finir de le rédiger.

– Êtes-vous en train de me dire que je me suis déplacé pour rien ? Vous ne manquez pas d'air. Heureusement que je n'ai pas alerté les gendarmes avant de venir !

– Vous tombez à point nommé, au contraire. J'ai justement besoin de vos lumières pour confirmer mes estimations. »

Ils passèrent une heure dans la bibliothèque. Maître Bouchard avait chaussé des lunettes et feuilletait les registres d'un air absorbé, sans produire d'autre son que, de temps à autre, un geignement difficile à interpréter. Baptiste était au supplice, comme chaque fois que l'avoué évaluait son travail. Maître Bouchard allait rendre son verdict quand Séverine entra, chargée d'un plateau.

« Qui est cette jeune femme ? demanda maître Bouchard quand elle eut tourné le dos.

– Séverine. La lectrice et camériste de la baronne.

– C'est ce que je me disais.

– Que vous disiez-vous ?

– Que c'était elle que redoutait votre chère Sophie.

– Sophie vous a parlé ?

– Elle m'a demandé de vous ramener à Coutances. La petite est inquiète. Vous avez eu la faiblesse de lui parler de cette personne dans une de vos missives. Voilà huit jours qu'elle n'a pas reçu de nouvelles de vous. Vous imaginez-vous ce qui a pu se passer dans sa tête ?

– Maître, il n'y a rien à craindre de ce côté. J'ai beaucoup d'amitié pour Séverine, mais elle a engagé sa main à l'assistant du médecin qui soigne la baronne. Elle en est très éprise.

– Y a-t-il un autre côté à craindre ?

– Que voulez-vous dire ?

– Vous me parlez de ce côté-ci, je suppose donc qu'il y en a un autre ? »

Baptiste secoua vigoureusement la tête.

« Alors fort bien, puisque rien ni personne ne vous retient ici, nous nous en irons dès que nous aurons réglé nos affaires avec la baronne.

– Maître, je ne souhaite pas quitter Escreuil. Pas dans l'immédiat, du moins.

– Je croyais que vous y étiez comme en prison ? Il faut dire que ce château est lugubre et d'une humidité intolérable pour mes propres reins.

– Pour ma part, j'ai fini par m'y habituer.

– Vous n'êtes pas en villégiature, mon cher. D'ailleurs j'ai besoin de vos services. Et je ne suis pas le seul à vous attendre à Coutances. Votre mariage, qui s'apprête…

– Je crains, maître, de ne pouvoir épouser Sophie. Ne me demandez pas pourquoi, il m'est impossible de vous le dire, mais c'est désormais une certitude. Je ne peux pas l'épouser.

– Vous ne le pouvez ou vous ne le voulez pas ?

– Ni l'un ni l'autre. Je le déplore mais c'est ainsi. Et si vous aviez la générosité de le lui faire comprendre à votre retour, je vous en serais très reconnaissant.

– Je peux admettre beaucoup de choses, Baptiste, et vos affaires de cœur ne regardent que vous. Mais la goujaterie m'est intolérable. C'est à vous de parler à votre fiancée. Pas de lui écrire, vous m'entendez ? De lui dire la vérité dans les yeux. »

Baptiste baissa la tête. Il aurait souhaité que Coutances disparaisse de la carte. Mais il savait que tôt ou tard il lui faudrait régler ses affaires en homme d'honneur.

« Ne sous-estimez pas l'intelligence de Sophie, mon ami. Il n'est pas question pour moi de trahir sa confiance, mais si cela peut vous rassurer, sachez qu'elle doute de vos sentiments. Je suis persuadé que si vous trouvez les mots, elle vous en saura gré. Pas maintenant, car elle chérit la perspective de ce mariage. Mais plus tard, quand elle comprendra que vous n'avez pas voulu sacrifier ses chances de bonheur. Car c'est bien de cela qu'il s'agit, n'est-ce pas ? »

⋆

La baronne les reçut l'après-midi même. Son état s'était beaucoup altéré depuis son entrevue avec Baptiste. Ses yeux paraissaient encore plus enfoncés dans les orbites et une pointe de sang séchait à commissure de ses lèvres. Cependant, sa présence d'esprit était intacte et maître Bouchard put relire avec elle le projet de testament.

« Ne laisserez-vous rien au docteur Pollastro ? intervint Baptiste alors qu'elle s'apprêtait à signer. J'ai été surpris que vous l'évoquiez si peu dans vos dernières volontés.

– Pollastro a déjà reçu beaucoup d'argent de ma part, rétorqua la baronne. Et puis je lui ai proposé d'ouvrir un dispensaire avec l'aide de Benoît.

– Ne craignez-vous pas tout de même qu'il se sente lésé ? »

Elle poussa un long soupir.

« Croyez-moi, il n'aurait pas de raison qui tienne. Dans une autre vie, Pollastro a failli causer ma mort. Je l'ai gardé à mon service. Je l'ai même emmené avec moi en France alors que les plaintes de ses patients turinois se multipliaient. C'est assez, il me semble.

– Pardonnez-moi, mais pourquoi cette bienveillance s'il a mis votre vie en danger ?

– Ce n'était pas volontaire. Au contraire, il ne souhaitait que mon bien. Mais l'enfer, comme vous le savez, est pavé de bonnes intentions. »

Une nouvelle quinte la secoua. Tandis qu'elle portait un mouchoir à ses lèvres, elle fit signe à Baptiste de sonner. Séverine apparut aussitôt. Elle approcha une bassine des lèvres de la baronne. Un filet de sang s'en échappa et Baptiste fut sur le point de se trouver mal.

« Allons-nous-en ! » souffla-t-il à l'oreille de l'avoué.

Ils étaient sur le seuil quand la baronne les rappela.

« Maître Bouchard, nous laisserez-vous votre jeune clerc quelques jours ?

– Madame a-t-elle besoin de ses services ?

– Il a un visage agréable, et vous savez sans doute que le spectacle de la jeunesse et de la beauté soulage les malades à défaut de les guérir. »

Maître Bouchard s'inclina pour masquer son dépit.

« Je crains que vous ne soyez en effet retenu prisonnier ici jusqu'à la fin des temps », dit-il dès qu'ils furent dans l'antichambre.

Son mécontentement se dissipa au contact de la collection de peintures. Il n'avait eu le temps que d'y jeter un œil d'expert avant d'être reçu par la baronne. Cette fois, il prit le temps de les admirer par le menu. La grande scène mythologique de Boucher, en particulier, le fit se pâmer. Quant au portrait d'Armand par Anne-Louis Girodet, il lui arracha des cris d'admiration. Ils allaient descendre quand l'avoué aperçut le portrait au-dessus de la porte.

« Saint-Just ici ! Moi qui croyais la baronne royaliste !

– Ce n'est pas Saint-Just, maître.

– Vous moquez-vous ? J'ai vu la copie conforme de ce tableau chez un particulier. Et, si je ne m'abuse, il est de l'école de Prud'hon ou de David.

– Il est de David, en effet. Mais ce n'est pas Saint-Just. »

Baptiste lui rapporta l'histoire du portrait.

« Vous avez raison, dit le notaire, pensif, après l'avoir écouté sans quitter le portrait du regard. À présent je crois que je reconnais la baronne. »

★

Anatole Bouchard resta à Escreuil jusqu'à la tombée du jour. Baptiste lui fit les honneurs du domaine. Inquiet à l'idée de croiser Langlois, il tournait la tête en tous sens. Mais l'intendant, enfermé dans son cabinet, se contenta de les saluer par la fenêtre quand ils longèrent l'aile Louis XIII. Mains derrière le dos, l'avoué s'extasiait à propos de tout – l'aile moderne éboulée, le kiosque, l'embarcadère à l'abandon. Cette bonhomie sarcastique cachait mal une curiosité inquisitoriale. Près du labyrinthe, ils croisèrent Simon. Ce dernier toucha son bonnet sans quitter son air le plus farouche.

« Que pensez-vous de cet ostrogoth ? demanda maître Bouchard.

– Je ne l'aime pas beaucoup.

– J'en suis heureux, car il ne me revient pas non plus. La baronne est libre de disposer de ses biens comme elle l'entend mais l'est-elle si des fripons abusent de sa confiance ? »

Baptiste se récria. Il ne fallait pas mettre tous les héritiers dans le même sac.

« Hum, grimaça Bouchard. Vous ne m'ôterez pas de l'idée que les précédents propriétaires doivent se retourner dans leur tombe. »

Il marqua une pause avant d'adopter un air de résignation railleuse.

« Mais après tout, qui sommes-nous ? De simples exécutants. Des tabellions chargés de régulariser de vieux crimes pour consolider un ordre nouveau. Si la paix est à ce prix… »

Lui emboîtant le bas, Baptiste ne put s'empêcher de lui vanter les mérites des projets d'aménagement du domaine. Non seulement aucun héritier ne serait lésé, mais toute la communauté de Saint-Pair profiterait des générosités de la baronne. Les pauvres et les infirmes seraient soignés gratuitement, les improductifs encore valides rendraient de menus services.

« Êtes-vous sérieux, mon cher, avec votre philanthropie ? Les nouveaux châtelains seront d'autant plus haïs par les misérables dont vous me parlez qu'ils ne pourront se targuer d'une naissance supérieure à eux. Comprenez-moi. L'ordre ne peut venir que du mérite bien reconnu. Et aujourd'hui, le seul mérite indiscutable, c'est l'argent. Que les prochains propriétaires s'enrichissent au lieu de dilapider leur héritage, ils seront enviés mais respectés. »

Baptiste jugeait soudain cette sagesse bien cynique. Il repensait à la vieille Marie.

« L'humanité est-elle incompatible avec l'autorité ? Si un patron d'un genre nouveau donnait aux indigents du travail, de la nourriture, des soins, n'auraient-ils pas intérêt à contribuer à son profit ? L'enrichissement d'un seul ne bénéficierait-il pas à tous ? »

Maître Bouchard exprima le fond de sa pensée en sifflotant. Quand ils furent revenus dans la bibliothèque, Baptiste lui montra les originaux des dessins qu'il avait copiés. L'avoué admit la ressemblance du sans-culotte avec Armand d'Escreuil. Cependant, il y avait un pli si cruel entre les deux yeux qu'on ne pouvait s'y méprendre.

« Et pour cause, déclara Baptiste, jubilant par avance de la surprise de son maître. C'est Simon Dalbret. Lequel Simon Dalbret n'est autre que le demi-frère de feu le baron !

– Ah ça, fit l'avoué sans se départir de son ironie, pourquoi ne m'avez-vous pas dit plus tôt que c'était une affaire de famille ? Voilà qui change tout !

– Pourquoi donc ?

– Parce qu'en famille tout est permis. Comme on dit, *la morale est sauve.* »

Suspectant que maître Bouchard se moquait de lui, Baptiste renonça à entrer dans les détails de son enquête. Mais il ne put tout de même pas s'empêcher de vanter le cadeau inestimable que lui avait fait la baronne.

« Le début d'une collection, peut-être ? ironisa l'avoué.

– Vous ne remarquez rien ? répondit Baptiste en le déployant triomphalement. C'est la baronne elle-même qui a prêté son visage au plus célèbre tableau d'Anne-Louis Girodet ! »

Maître Bouchard ressortit son lorgnon et scruta l'étude en serrant les lèvres.

« Décidément, marmonna-t-il, nous nageons dans l'extraordinaire !

– J'ai eu moi-même du mal à en croire mes yeux, mais il a fallu me rendre à l'évidence. Observez ce nez busqué. La courbure des sourcils. La lourdeur des paupières. Ce sont indubitablement les mêmes que dans le portrait de l'antichambre !

– Quel portrait ?

– Celui du voyageur que vous avez pris pour Saint-Just. C'est la baronne, vous dis-je !

– Oui ! Avec quelques rides en moins.

– Vous ne me croyez pas.

– Au contraire ! »

D'un air absorbé, maître Bouchard se grattait le menton.

« Si je vous disais qu'elle n'a pas prêté que son visage à Girodet ?

– Que voulez-vous dire ?

– Rien du tout, dit-il comme s'il revenait à lui. Une idée qui m'est passée par la tête. »

X

Après le départ de son maître, l'accablement s'empara de Baptiste. Par quelle fatalité n'avait-il pu s'empêcher de fanfaronner ! Il savait pourtant que l'avoué ne se laissait pas impressionner facilement. Le dépit d'avoir perdu sa confiance le torturait. Pourquoi Bouchard n'avait-il pas voulu s'expliquer sur ses soupçons ? Suspectait-il la baronne d'avoir couché avec Girodet ? Baptiste était certain d'avoir senti de la répugnance dans la contenance de son maître lorsqu'elle les avait reçus. Il revoyait les mains osseuses sur le couvre-lit. Les croûtes sanglantes au coin de la bouche. Et si cette femme n'était qu'une goule assoiffée de sang ?

Onze heures sonnèrent. En songeant qu'à cette minute, il aurait pu être à Coutances, bordé dans son lit trois cuisses par Nanon, l'angoisse l'étreignit. Il n'y avait aucun avenir pour lui dans ce château. Étienne était marié. La haine semblait entretenir la santé de sa femme. Et quand bien même elle serait morte, pouvait-il se mettre au ban de la société ?

Portant la main à son cou, Baptiste s'aperçut qu'il n'avait plus son médaillon. Il retourna les meubles de sa chambre, prêt à accuser l'univers entier du vol. Il finit par retrouver la miniature dans la doublure de sa taie. Il la couvrit de baisers. Dans la douceur du regard maternel, il lisait une infinie mansuétude. Il avait dû arracher son médaillon quand il cherchait l'air, l'autre nuit. N'était-ce pas parce qu'il n'était plus protégé qu'il avait cédé au vice ?

À cet instant, Étienne frappa à la porte. Baptiste savait que, s'il l'avait en face de lui, il serait incapable de lui résister. Il prétexta une migraine. Le mensonge était grossier, mais il s'y cramponna. Après avoir parlementé en vain, l'intendant redescendit d'un pas lourd.

Mais Baptiste n'avait pas plus tôt soufflé sa bougie que le souvenir des étreintes de la veille l'envahit. Il ne songeait plus qu'aux mains d'Étienne sur son corps. Quel hypocrite il faisait ! S'il n'avait pas été si pas été si lâche, il serait en ce moment au paradis – en enfer, peut-être, mais qu'importe s'il y faisait bon ? Faute de mieux, Baptiste recourut aux vieux substituts. Il y trouva moins de satisfaction que d'habitude mais put s'endormir.

Vers quatre heures, un grincement de porte l'éveilla. Sans doute était-ce une nouvelle tentative d'Étienne. Mais des bruits étranges se firent entendre – grattements d'ongles, couinements et cliquetis.

« Qui va là ? »

Le son de sa propre voix lui donna la chair de poule. La porte se mit à trembler, comme si on cherchait à en forcer l'ouverture. Un faisceau lumineux passait et repassait sous le seuil. Il s'imagina que Rose Langlois venait le massacrer dans son lit au nom de Dieu.

« Est-ce toi, Étienne ? »

Cette fois, de grands coups secouèrent le chambranle. Un sifflement lugubre suivit, pareil à celui de la bise traversant des branchages nus. Il se rappela ce que lui avait dit Simon du fantôme d'Armand d'Escreuil. Était-ce lui qui revenait hanter cette aile du château ? Venait-il protester contre le testament ? déloger l'intrus de sa chambre ?

Baptiste se donna une gifle. Il allait perdre la tête si ce bruit continuait. Dans les romans qu'il lisait, une cause rationnelle expliquait toujours les manifestations les plus insolites. Sans doute un courant d'air faisait-il jouer la porte. Il marcha sur la pointe des pieds jusqu'à la fenêtre et l'ouvrit. Dehors, la tempête faisait rage. Le disque de la lune ressemblait à un œil révulsé. Il se recoucha et enfonça sa tête sous l'oreiller. C'est alors qu'il s'aperçut qu'il n'y avait plus un bruit sur le palier. Ce silence qui succédait au vacarme l'effraya encore plus. Était-ce l'œil du cyclone ? Il se releva, marcha jusqu'au seuil et tourna doucement la clef. Aussitôt, la porte, rabattue de l'extérieur, s'ouvrit en grand. Baptiste recula. Dans l'encadrement se découpait la haute silhouette de la baronne.

★

Déjà le jour le disputait à la nuit. C'était l'heure où les condamnés à mort sont exécutés. Baptiste réprima un frisson. Il aurait tué pour une tasse de café. La baronne remuait distraitement les braises. Elle semblait plus livide que jamais.

Quand elle était entrée, il s'était demandé si elle était en proie au somnambulisme. Aux premiers mots, il avait compris son erreur. Tournoyant comme une chauve-souris entre les meubles, elle l'avait traité de lâche, de menteur et de jésuite. Lui s'était réfugié dans son lit. Il s'y tenait genoux repliés contre la poitrine, enserrés de ses bras. Certain qu'elle lui reprochait sa liaison avec Étienne, il avait songé à la mère de Séverine. Lorsque la baronne avait découvert que Kate Salter était enceinte de Simon, la malheureuse n'avait-elle pas subi le même ouragan, le même acharnement à détruire et rabaisser ? Mais, à quelques notes discordantes, Baptiste finit par comprendre le motif de cette volée de bois vert : ce que la baronne lui reprochait, ce n'était pas d'avoir couché avec Étienne, mais de lui avoir fermé sa porte !

« Croyez-vous qu'il me soit supportable de voir le cher garçon dans les affres ? Car il a beau vouloir m'épargner, je lis en lui à livre ouvert. Comme il était défait, ce soir, en venant me souhaiter la bonne nuit ! Comme vous nous avez déçus ! Mais si vous êtes capable de faire souffrir un homme pareil, c'est que vous ne le méritez pas. Vous avez des regrets ? Vous voudriez reprendre ce que vous avez donné ? Eh bien, retournez à la vile multitude ! Allez vous vautrer dans l'hypocrisie et la médiocrité de vos semblables ! »

Il n'en croyait pas ses oreilles. Cependant l'insistance de la baronne finit par le persuader. C'était bien la réconciliation avec Étienne qu'elle prêchait. Elle encourageait leurs amours. Elle leur donnait sa bénédiction ! Quand elle fut à court d'invectives, la baronne se laissa tomber dans un fauteuil et fixa l'âtre d'un air courroucé.

« Je ne comprends pas ce que vous attendez de moi, hasarda Baptiste.

– Vous vous moquez ?

– Je vous assure que non.

– Je veux que vous rendiez Étienne heureux. N'est-ce pas évident ? N'est-ce pas justice ? Il m'a sacrifié sa jeunesse. Il a souffert les plus cruelles vexations de la part de sa cagote d'épouse. Je ne peux tout de même pas quitter ce monde en l'abandonnant à ses griffes !

– Pardonnez-moi, madame, mais je ne suis pas un animal de compagnie. »

Elle releva la tête en sa direction.

« Un ange gardien, est-ce plus flatteur ?

– Ce n'est pas un emploi, madame.

– L'amour est la plus noble des occupations, ce me semble.

– Qui vous dit que j'ai des sentiments pour lui ?

– Le feu de vos joues, dès qu'on prononce son nom. »

Baptiste se recula dans l'ombre des rideaux.

« Vous savez bien qu'une telle position n'est pas tenable. Je respecte trop l'institution du mariage pour abuser la confiance de Mme Langlois.

– Laissez cette malheureuse prier pour le salut de vos âmes ! Elle s'en fera un plaisir. »

Une telle mauvaise foi passait les bornes de la raison.

« Ma place est dans le monde, reprit-il d'un air décidé.

– Le monde n'a rien à vous offrir en fait de place que le pilori ou le tiroir d'un secrétaire.

– Ou le donjon d'un château ?

– Le donjon d'un château, oui.

– Peut-être le temps viendra-t-il où des esprits éclairés…

– Qu'espérez-vous ? Un nouveau 89 ? »

La baronne laissa parler son amertume. Le progrès était un miroir aux alouettes. La Révolution n'avait guère fait davantage pour les invertis que pour les femmes. L'Ancien Régime avait toléré la bougrerie quand elle s'était cantonnée aux boudoirs. Mais le culte républicain de la vertu avait fait plus de mal que toutes les turpitudes de la noblesse. On aurait brûlé prostituées et sodomites en place publique si on avait écouté Robespierre.

« Louis-Philippe trouvera peut-être un compromis entre tolérance et morale publique ?

– Enfant ! Qu'attendre d'un roi qui se donne en modèle de probité paternelle ? La sanctification de la famille et le culte de l'argent. Voilà tout ce que ce régime nous aura laissé.

– Ce n'est pas indigne, il me semble. J'aspire moi-même à une vie probe et utile.

– Une vie probe et utile ! Ne risquez-vous pas l'asphyxie pour de bon ?

– Quand on veut s'évader, il y a toujours la consolation de l'art et des romans.

– Eh bien, retournez-y, puisque vous préférez ces chimères aux bonheurs terrestres. »

Baptiste frottait ses talons l'un contre l'autre.

« Je ne crois pas que le vrai bonheur soit de ce monde, reprit-il sentencieusement.

– Détrompez-vous. Seulement il faut savoir en prendre sa part sans y être autorisé. Si vous savez vous moquer de l'envie et de la malveillance, je vous promets un bonheur de dieu.

– De dieu, peut-être. Mais je ne suis qu'un misérable pécheur. Je ne m'imagine ni vivre dans la clandestinité ni m'exposer au scandale.

– Peut-être vous préoccupez-vous trop de votre réputation.

– Quelle âme a jamais bravé la désapprobation publique ?

– J'en ai connu plusieurs.

– Nommez-m'en une !

– Fanny Raucourt, par exemple. »

La baronne avait piqué un charbon ardent avec le tisonnier et le faisait jouer dans la direction de

Baptiste. Instinctivement, il recula contre la tête de lit.

« Je ne vois pas le rapport avec le problème qui nous occupe.

– Qui croyez-vous qu'était Mme de Ponty pour elle ? »

Une lueur traversa les brumes du cerveau de Baptiste. Jusqu'ici, il s'était contenté de mettre les allusions de Séverine aux frasques de la comédienne sur le compte d'un métier tapageur et condamné par l'Église.

« Allons ? Séverine ne vous a-t-elle rien dit au sujet de leur tendre amitié ?

– J'avais compris qu'elle était sa dame de compagnie. »

Un rugissement de rire secoua la baronne.

« Avez-vous jamais ouï parler d'une domestique devenue légataire universelle ? »

Elle donna des détails qui montraient qu'elle n'affabulait pas. La Raucourt n'avait eu de cesse, avant de mourir, de garantir sa protégée du besoin par des moyens légaux. C'était d'elle, d'ailleurs, que la baronne tenait l'idée de laisser une partie de sa fortune à Étienne.

« La Raucourt a été mon guide. Mon guide et mon modèle. Je n'ai admiré personne plus qu'elle. Et personne ne m'a plus appris. Ni comme artiste, ni comme femme. »

Ce fut comme une illumination. Si la baronne se faisait l'avocate ardente des mœurs les plus libres, n'était-ce pas qu'elle préférait elle-même la compagnie de son propre sexe ? Et si elle appartenait à la tribu des officiantes de Sapho, cela n'expliquait-il pas ses tergiversations passées avec Simon et son mariage platonique avec Armand ? Il se demandait comment lui poser une question aussi indiscrète quand, avec sa pénétration habituelle, elle le devança.

« Pas ainsi voyons ! Je n'avais pas ce qu'il faut pour plaire à la Raucourt. Pour lui succéder dans la maison de Molière, oui, et c'est pourquoi ma retraite lui a fait l'effet d'une trahison. Mais ce qui lui convenait dans l'intimité, c'était une pâte molle, une de ces créatures insignifiantes comme la petite Ponty. Elle l'a formée à son goût et s'en est fait aimer avant de lui laisser sa fortune. Vous voyez qu'aux âmes d'airain nul obstacle n'est infranchissable ! »

Le dépit d'avoir encore mal deviné était compensé par une gaieté confuse. Mais Baptiste n'osait s'y livrer entièrement. Sa frilosité levait des objections.

« Le génie me paraît le seul motif de tolérance envers les comédiens. Leur art les met au-dessus du lot commun. Et puis le scandale n'est-il pas leur meilleure publicité ?

– Peut-être. Mais d'autres ont eu le courage de vivre leur vie sans l'alibi du théâtre. Prenez Astolphe de Custine. Il n'a eu que deux amours. Sa maman, qui le lui rendait bien. Et son cher Édouard de Sainte-Barbe, dont il a fait lui aussi son héritier. »

Baptiste se remémora sa récente conversation avec Étienne. Tel était donc bien le secret d'*Olivier*, dont son oncle lui avait raconté le lien avec Astolphe de Custine. Il rapporta à la baronne tout ce qu'il avait appris à ce sujet.

« Ce petit livre lui a fait beaucoup de tort. Le pauvre Astolphe de Custine a voulu démentir la rumeur en épousant une femme moins prévenue que Mlle de Duras. Heureusement pour lui, elle n'a pas survécu longtemps au mariage. Et comme elle lui avait donné un héritier, la lignée était sauve et plus rien ne pouvait lui faire renoncer à l'idée qu'il se faisait du bonheur. À l'issue d'un conseil de famille, il s'est retiré à Fervaques avec celui qu'il considérait comme son mari.

– Comment sa mère a-t-elle pu accepter un tel arrangement ?

– Delphine adorait son fils. Ses efforts pour amender sa nature s'étant avérés nuls, je l'ai persuadée qu'elle n'avait pas le droit de lui interdire d'être heureux.

– L'a-t-il été au moins ?

– Il l'est toujours, autant que je sache. »

Un monde nouveau s'ouvrait à Baptiste. Il n'éprouvait pas seulement la satisfaction de la curiosité. C'était une douce ivresse. Une frénésie joyeuse, contagieuse, qui faisait de l'exception une norme et le faisait renaître à lui-même. Il se souvenait qu'adolescent, il lui arrivait de vivre ce qu'il appelait des *crises*. Il éprouvait un tel plaisir à toucher son corps, à en explorer la surface et les profondeurs, que le meilleur moyen de redoubler cette ivresse et de la porter à son comble lui semblait être de trouver un compagnon de jeux. Il en cherchait la présence illusoire dans des gravures, dans son reflet dans une glace où il s'apparaissait autre au moyen d'un masque ou d'un chapeau, ou encore de croquis obscènes qu'il griffonnait avant de feindre d'oublier qu'il en était l'auteur. Il se tendait désespérément vers la jouissance et, quand il l'avait atteinte, il éprouvait un affreux sentiment de honte et d'abandon. Il se croyait unique en son genre. Autant dire fou. Plus tard, vers ses seize ans, ce qui s'était esquissé avec l'employé de la manufacture d'indiennes de son oncle lui avait paru l'effet de quelque fantaisie curieuse mais pardonnable, car éphémère. D'ailleurs, il avait surtout joui du regard du commis sur lui, ce regard différent de tous les autres, qui tranchait par la crudité du désir exprimé. L'occasion manquée avait repoussé dans les limbes toute velléité d'être soi. Les romans libertins avaient alors été son unique dérivatif. Mais il les lisait dans un état second, à une profondeur différente de celle avec laquelle il menait habituellement son existence. Et puis dans les romans, les pratiques socratiques apparaissaient comme de simples condiments pour vieux blasés. Jamais il n'aurait cru que la félicité charnelle et encore moins l'amour soit possible entre deux êtres du même sexe.

Comme il exprimait son ahurissement, la baronne, stupéfaite, lui rappela Achille et Patrocle. Baptiste sourit en songeant aux héros dessinés par Winckelmann qu'il avait tant admirés et reproduits lui-même dans ses carnets. Il cédait. Mais ce dont il ne pouvait s'empêcher de rêver encore, c'était d'une amie avec qui partager ses jours.

« Une femme qui m'aime et me comprenne, voyez-vous ? Qui accepte tout de moi. Je crois que c'est la compagnie à laquelle j'aspire le plus.

– Jusqu'au sacrifice de son propre bonheur ?

– Non. Elle s'épanouirait dans une communauté d'idées et de sentiments. Ce serait un alter ego. Une sœur, si vous préférez.

– En dehors d'une mère, quelle femme accepterait un tel rôle ? Celles qui s'y essaient sont presque toujours éprises de l'homme qui ne peut les aimer en retour et nourrissent sans se l'avouer l'espoir d'une conversion. Voyez Rose Langlois. Et même un être supérieur comme Julie Candeille ! Quand elle s'est retirée de la scène pour vivre dans l'ombre de son génie, je doute qu'elle ait trouvé des compensations à la hauteur d'un tel renoncement. »

La baronne observait l'effet de ce dernier lever de rideau sur Baptiste.

« Vous voulez dire que Girodet aussi… ?

– N'allez pas me faire croire que vous ne vous en étiez jamais douté.

– Par quel moyen l'aurais-je compris ?

– La beauté si touchante pour vous de ses visages et de ses anatomies ? »

La clairvoyance de la baronne était extraordinaire.

L'attrait fou qu'il éprouvait pour les tableaux du peintre pouvait-il s'expliquer par cette connivence jusqu'ici méconnue ?

« Il était très beau lui-même, à ce qu'on dit, ajouta-t-il en rougissant.

– Le seul à l'égaler sur ce chapitre à mes yeux, c'est mon Armand.

– Et Julie Candeille ? Savait-elle à quoi s'en tenir sur ses préférences ?

– À vous d'en juger : elle ne l'appelait jamais autrement que *ma chère Anne.* »

Baptiste laissa éclater un grand rire. Quand il reprit son sérieux, ce fut pour lui redire qu'il ne serait jamais parfaitement heureux sans une amie à qui confier ses joies et ses peines.

« Mais vous avez raison. Aucune femme sans doute n'accepterait un tel rôle.

– Votre Sophie ?

– Elle est trop exclusive. Personne ne comptera à ses yeux que son mari et ses enfants.

– Alors ma petite Séverine, puisque vous semblez apprécier sa compagnie ?

– Quand elle aura épousé son percheron, il est à parier qu'elle aussi m'oubliera.

– Benoît vaut mieux que ce que vous pensez de lui. Et puis le mariage laisse des heures de liberté. Restez à Escreuil, vous la verrez tous les jours.

– Je verrai Étienne, surtout. C'est ce que vous voulez, non ?

– Ce qui importe, c'est ce que vous voulez vous. Et cela, vous seul pouvez le savoir. »

Baptiste se laissa glisser sous l'édredon.

« Vous devez me trouver naïf, pour ne pas dire aveugle, lâcha-t-il piteusement. Je n'ai rien su voir de ce qui méritait de l'être. Et pourtant, tout était là, sous mes yeux ! »

La baronne vint s'asseoir à côté de lui et lui caressa la joue d'un air attendri.

« Cher Baptiste, pour bien regarder autour de soi, il est une condition préalable à laquelle vous aviez jusqu'ici manqué.

– Laquelle ?

– Voyons. Savoir regarder *en soi* ! »

Tournoyant comme une chauve-souris entre les meubles, elle le traita de lâche, de menteur et de jésuite.

Épilogue

Si une époque de la vie de Baptiste mérite d'être qualifiée de bénie, c'est assurément celle-ci. L'amour naissant, nourri de la conscience d'une chance rare, a le don de tout dorer à l'or fin. Les réveils étaient lumineux. L'appétit d'autant plus féroce qu'il fallait rattraper le temps perdu. Bouchées doubles et bottes de sept lieues, Baptiste et Étienne ne négligeaient rien.

Les journées filaient. Baptiste avait terminé d'inventorier les meubles. Il se consacrait deux heures par jour à mettre les registres au propre. Le reste du temps, il le passait à flâner dans le parc. Les massifs roussissaient sous les premiers givres. La rosée formait à certaines heures un glacis qui approfondissait les couleurs et en délimitait les plaques, à d'autres, une vapeur qui en défaisait les contours et en affadissait subtilement la palette. Baptiste oscillait entre mélancolie et joie. Tantôt il observait le paysage en esthète, tantôt en propriétaire curieux des productions de ses terres. Il était parvenu à briser la glace avec Simon. Suspectant qu'il aurait à vivre à la campagne, il faisait mine de s'intéresser aux boutures.

Rassuré par le testament qui mettait Séverine à l'abri du besoin et la promesse qu'elle ne quitterait pas Escreuil, son vieux sans-culotte de père avait accordé sa main à Benoît. Le jour où elle présenta officiellement son fiancé à Baptiste, ce dernier écouta l'assistant du docteur Pollastro défendre les bienfaits de la circulation de l'air et de la lumière sur la santé physique et mentale des indigents. Sous la passion que lui inspiraient les problèmes d'hygiène et d'alphabétisation du peuple, la sclérotique de ses yeux brillait. Baptiste se surprit à le trouver intelligent. Sa bonté donnait à ce qu'on commençait à nommer la question sociale un abord moins rébarbatif. Étienne, de son côté, trouvait à Benoît des airs de pâtre normand. Baptiste affectait d'être jaloux et il en résultait d'agréables chamailleries.

Étienne et Séverine avaient enterré la hache de guerre. Bientôt ils prirent l'habitude de souper tous les quatre à l'office. Comme Rose Langlois se claquemurait et que Simon préférait manger seul son pain à l'ail, rien ne pouvait altérer leur bonne humeur. Séverine, conteuse hors pair, les régalait d'histoires. On se couchait l'imagination rassasiée, le ventre tapissé de petites liqueurs. Alors une seconde vie commençait pour Baptiste, plus belle et plus intense. Il découvrait avec ravissement que la nuit n'est pas toujours peuplée de cauchemars et qu'elle rend parfois les peaux plus soyeuses, les odeurs plus riches et les voix plus vibrantes.

Sa mauvaise conscience, pourtant, le torturait. Rose Langlois. Il songeait avec horreur qu'il ne pouvait s'empêcher de désirer sa mort. Pourquoi la Providence n'arrangeait-elle pas tout, comme elle l'avait fait pour Astolphe de Custine en le débarrassant de sa femme après lui avoir donné un héritier ? Mais cette pensée était si terrible que, même peu enclin à craindre le Jugement dernier, il craignait d'attirer le malheur sur tous. Et puis, depuis qu'il se savait préféré, la compassion avait pris le pas sur la jalousie.

⋆

La santé de la baronne continuait à décliner. Tous les jours, Baptiste lui rendait visite. Elle ne l'interrogeait plus sur l'état de ses relations avec Étienne. Elle se contentait d'approuver d'un sourire certaine bouffissure des paupières, un épi inhabituel ou une marque sur la peau, témoins de félicités récentes. Lui voyait qu'elle respirait mal et crachait le sang. Mais, se trouvant si heureux, il ne pouvait croire qu'elle allait mourir bientôt. Il l'interrogeait sur son passé. Elle apportait des détails nouveaux. Si elle avait bien dormi, elle déclamait une tirade de *Phèdre* en contrefaisant Fanny Raucourt. Baptiste riait comme un enfant.

« Il faudrait écrire votre vie. Ne serait-ce que pour faire pièce à ces odieux mémoires !

– Qui se souvient encore de moi ? Je n'ai été qu'une météorite.

– Mais votre vie est un roman !

– Eh bien, faites cela avec Séverine. À vous deux vous savez déjà tout de moi. »

Baptiste protestait. Il demeurait des zones d'ombre dans la vie de la baronne. Sur son enfance ou ses années piémontaises, il avait remarqué qu'elle pratiquait toujours l'allusion et l'ellipse. Mais quand il avait le malheur de la sonder à ce sujet, elle changeait de visage. Alors il retrouvait la terreur que lui inspiraient ses yeux sans fond.

« Tu sais des choses, toi ! disait-il à Étienne en le bourrant de coups de poing.

– Rien que tu ne saches aussi, je t'assure.

– Si jamais je découvre que tu me mens, prends garde.

– Bon Dieu, Baptiste ! Se faire confiance ne signifie pas qu'il faille tout se dire !

– Alors c'est que je ne comprends rien à la langue française.

– Imagine-toi dépositaire des secrets d'un autre. Aussi misérables que soient ces secrets, t'accorderais-tu le droit de les trahir ?

– Auprès de la personne aimée, oui.

– C'est là que tu te trompes. En les confiant à un autre, tu montres que tu n'es digne de la confiance de personne.

– Quel raisonneur tu fais !

– Non, écoute-moi. La transparence est une tyrannie. Et la tyrannie tue l'amour.

– C'est ce que je pensais, tu gardes encore des secrets ! Mais à mes yeux les choses sont claires : si tu te défies de moi, c'est que tu ne m'aimes pas comme je t'aime. »

★

Le temps finit par changer. Le ciel était à présent si chargé qu'il faisait nuit à quatre heures. Alors une humidité glaciale s'infiltra dans le cœur de chacun. Un soir de tempête de grêle, la baronne eut une crise d'hémoptysie qui la mit aux portes de la mort. Quand Pollastro lui apprit qu'il ne lui restait pas vingt-quatre heures à vivre, elle demanda à voir Simon. Personne ne sut quelles paroles furent échangées au cours de ce conciliabule. Retira-t-elle son voile devant lui ? En sortant, il avait le visage raviné de larmes. Il s'enferma dans son clapier de l'aile ouest et n'ouvrit pas même la porte à sa propre fille. Plus tard dans la soirée, la baronne sonna Séverine et lui demanda de revenir avec Benoît, Étienne et Baptiste.

Elle avait revêtu sa robe de pourpre et se tenait allongée sur son lit à baldaquin, dans une immobilité impériale. Séverine avait une dernière fois enduit ses cheveux de brou de noix. Artistement partagés, ils ondulaient jusqu'au sol en serpents d'ébène. Les héritiers se tinrent au bout du lit, tête penchée, tandis qu'elle leur adressait un adieu solennel.

« Mes enfants, je pars heureuse en voyant réalisée la prophétie de Mlle Lenormand. Tout ce qu'elle m'avait annoncé a eu lieu. La lumière et l'ombre se sont partagé ma vie. Personne au monde, peut-être, n'a plus souffert que moi. Mais je meurs en paix, oui. Entourée des êtres les plus chers à mon cœur. Votre beauté et votre jeunesse sont comme un baume pour ce vieil organe desséché. J'emporterai dans la tombe l'image radieuse de votre bonheur, ce bonheur auquel j'ai tant aspiré et que les dieux n'ont pas voulu que je connaisse. Laissez-moi penser que vous resterez ensemble à Escreuil. Le monde est méchant. Ne le laissez pas vous flétrir et vous disperser. Si vous deviez vous débarrasser du seul endroit au monde où j'ai connu la sécurité sinon la joie, j'aurai du moins la consolation de n'en rien savoir. »

D'un geste, elle les congédia. Refusant de voir un prêtre, elle mourut seule, comme elle avait vécu, en expiation d'un crime sans doute imaginaire. Le lendemain, inquiète de ne pas l'entendre sonner, Séverine la trouva noyée dans son propre sang. Comme il avait caillé dans l'oreiller, il faisait autour de sa tête comme une gloire craquelée d'or brun.

Les heures qui suivent le décès le plus douloureux sont remplies de formalités qui évitent de s'abandonner au chagrin. Comme on ne s'occupe que du mort – et quoiqu'on s'en occupe comme s'il était encore vivant –, on n'en éprouve nulle mauvaise conscience. Pour Baptiste, il était urgent de plier bagage. Il devait faire enregistrer les inventaires par maître Bouchard. Les légataires seraient convoqués à l'étude après l'inhumation, à moins que l'avoué ne se déplace à Escreuil pour y lire le testament. En attendant, expliqua-t-il à Étienne, on pouvait déjà exécuter l'une des dernières volontés de la baronne : brûler la maquette de la guillotine.

« Me diras-tu pourquoi tu gardais cette horreur dans ton bureau ?

– Quand j'ai commencé à servir la baronne, cette horreur, comme tu dis, prenait la poussière dans sa chambre. Et la malheureuse s'étonnait de faire des cauchemars ! Elle m'a interdit de la jeter, alors je l'ai enfermée dans ce cabinet. Mais tu peux me croire, je n'aime pas plus ce genre de joujoux que toi. Je me ferai un plaisir d'y mettre le feu ! »

Changeant de sujet, il lui demanda s'il serait longtemps à Coutances.

« Le moins possible. Mais je dois parler à Sophie. »

Étienne s'assombrit. Depuis qu'il s'était lui-même ouvert à sa femme, Rose passait le plus clair de son temps à l'église. Son confesseur lui avait conseillé de demander l'annulation du mariage et elle s'accrochait à cette idée comme à une planche de salut. L'idée de voir les détails de son intimité exposés dans une adresse au pape répugnait à Étienne. Mais si la liberté était à ce prix, il était prêt à le payer.

« Et elle ? Que fera-t-elle ensuite ?

– Cela ne me regarde pas. J'imagine qu'elle quittera le pays.

– C'est terrible, mais cela vaudrait mieux pour nous. »

Ils discutèrent de leur vie future. Étienne n'était pas certain de supporter de rester à Escreuil même. Avec quelques aménagements, la ferme des Aigrettes ne ferait-elle pas un nid confortable ? Baptiste avait le cœur serré à l'idée que l'utopie de la baronne ne serait peut-être jamais réalisée. Il avait pris goût à cette existence dans une communauté choisie et un lieu chargé d'histoire. Benoît, avec qui il se familiarisait de jour en jour, lui avait montré ses plans du dispensaire, établis d'après les anciens projets de Simon. Il était aussi question d'installer un atelier de confection et une conserverie. S'intéresser à ces projets apaisait les scrupules de Baptiste à profiter du bien d'autrui et supplanter l'épouse de celui qu'il aimait. Et depuis un riche salon chauffé par un bon feu, la question de la misère paraissait moins pénible.

*

Un jour qu'il était descendu à la cuisine chercher de l'eau, il surprit Rose en train de jouer avec un jeune chat sauvage qui rôdait souvent autour des cuisines. Elle était éclairée par une simple chandelle et il ne la reconnut pas d'abord. Assise à même le sol, les jambes largement écartées sous sa jupe, elle faisait tourner une ficelle lestée d'un bouchon avec une vélocité surprenante. Ses joues avaient pris une teinte plus sanguine et son visage une expression d'enfance qu'il ne lui avait jamais vue. Il en fut bouleversé. Se croyant seule, Rose riait comme une folle, donnant toutes sortes de surnoms à l'animal, grognant et faisant mille bruits. Enfin elle le prit au piège de ses cuisses et le souleva pour le bourrer de caresses et de rudes baisers. Alors elle leva la tête et aperçut Baptiste. Elle se releva et marmonna des excuses avant de prendre congé.

« C'est ma faute ! s'exclama Baptiste. Je ne voulais pas vous déranger ! »

Elle se retourna, hésitante. Ses yeux ressemblaient à des billes de verre trempées dans l'eau. Avait-elle pleuré ? Seulement ri trop fort ?

« J'aimerais vous dire..., reprit Baptiste.

– Il n'y a à dire, voyons.

– Je ne vous hais pas, vous savez.

– Mais qui parle de haine ? Plaignez-moi, et je prierai pour vous. »

Elle poussa un soupir et remonta à l'office sans qu'il puisse la retenir. Le soir, Baptiste renonça à s'en ouvrir à Étienne. Mais cette image d'une Rose rajeunie, joyeuse et pleine d'insouciance, en lui laissant entrevoir celle qu'elle avait dû être autrefois, le bourrela de remords et l'empêcha de dormir.

★

La veille de son départ, les deux couples amis partagèrent un chapon à l'office. Asmodée leur tenait compagnie, affalé en travers de la table. Le matou n'avait pas quitté la chambre de la baronne jusqu'à sa mise en bière. Quand Séverine avait terminé de coudre le linceul – un pan de rideau du théâtre de la Nation –, il avait fallu le déloger des plis de la robe de pourpre. Depuis il se traînait, à l'unisson de la tristesse générale.

Vers minuit, Benoît et Étienne partirent se coucher. Ils s'étaient donné rendez-vous à l'aube pour creuser la fosse. La baronne avait refusé toute démarche pour être inhumée en terre consacrée. Selon ses indications, elle devait être ensevelie sous le kiosque, en direction du Mont Saint-Michel – « les vagues à mes pieds, l'horizon pour scène et en ligne de mire l'Angleterre ». Le lendemain, on lui ferait traverser le jardin à la lumière de la lune, pour rejouer la grande scène de sa fuite, à l'automne 1793.

Baptiste n'assisterait pas à la cérémonie. Il devait prendre la diligence à Granville en fin de matinée. Ses bagages n'étaient pas terminés et la nuit serait courte. Pourtant, il n'avait aucune envie de se coucher, heureux de retrouver l'intimité des soirs où Séverine lui contait la vie de la baronne. De façon moins avouable, il cherchait une dernière occasion de l'interroger.

« Ainsi, commença-t-il maladroitement, la baronne emportera son secret dans la tombe.

– Quel secret ?

– Avouez que vous que vous ne m'avez pas tout dit.

– Vous ne renoncez donc jamais ?

– Jamais quand il s'agit de la vérité.

– En voilà une idée stupide ! Vous feriez mieux de vous occuper de vous.

– Ne soyez pas méchante avec moi. J'ai besoin de savoir. »

Séverine poussa un soupir accablé. Elle débarrassa la table et mit des feuilles de tilleul à bouillir. Quand elle se rassit, elle semblait avoir pris une décision.

« Je vais vous dire un conte de mon invention. Une légende. Vous l'oublierez ou vous la laisserez empoisonner vos nuits, cela ne me regarde plus. Mais je vous préviens : je ne vous laisserai pas m'interrompre ni me poser la moindre question quand j'aurai fini. Je ne vous en parlerai plus jamais. Si vous y faites la moindre allusion devant Étienne ou mon père, je vous traiterai de fou et ne vous adresserai plus la parole. Ce pacte vous convient-il ? »

Baptiste hocha gravement la tête.

« Alors écoutez. Il était une fois un petit garçon d'une beauté parfaite. Il avait les traits si fins que tout le monde le prenait pour un ange. La mère avait eu bien des malheurs. Le père était un brutal qui l'avait enlevée à ses parents et emmenée au bout du monde. Pendant qu'elle était grosse, elle pria le ciel de lui donner une fille. Elle était sûre que sa prière serait exaucée. Elle le sentait, elle le voulait, cette consolation lui était due. Le ciel ou la nature en décidèrent autrement mais la mère n'accepta pas ce verdict et donna à l'enfant un prénom féminin.

« Cet enfant – nous l'appellerons Octavie – grandit. Il portait encore des robes à l'âge où les petits garçons passent aux culottes. Comme sa mère ne lui avait jamais coupé les cheveux, tout le monde s'y méprenait. À commencer par son propre père, qui avait horreur des marmots et ne s'était jamais assez intéressé à sa progéniture pour s'en approcher. Mais un jour que le petit était malade et que la mère, épuisée, était restée couchée, il découvrit la supercherie. Il les battit, elle et l'enfant, les laissant pour morts avant de prendre la fuite avec les dernières économies du ménage. À force de soins, la mère sauva son enfant. Elle séjournait alors à Naples, patrie de la musique, des fouilles archéologiques et des voleurs. D'une grande beauté et d'une intelligence aiguisée par les épreuves, elle trouva à vivre d'expédients. Bientôt, un riche protecteur s'intéressa à elle. Une fois, il les emmena à l'opéra, elle et Octavie.

« Le petit garçon avait toujours accepté sans broncher la fantaisie de sa mère. Il lui arrivait bien de s'interroger quand il prenait son bain avec elle ou qu'elle se fâchait parce qu'il urinait debout. Mais sans doute ne s'était-il jamais posé la question de ce qu'il voulait faire de sa vie. Ce jour-là, on donnait *Orphée et Eurydice* de Gluck. Le célèbre Giuseppe Millico tenait le rôle-titre. Quand Octavie le vit entouré de bergers et de nymphes, pleurant la mort de sa bien-aimée de sa voix de soprano proprement céleste, ce fut pour lui la plus extraordinaire des révélations. Ce que l'enfant voulait faire, c'était exactement cela ! Cela et rien d'autre !

« Il en rebattit tant les oreilles de sa mère qu'elle se laissa persuader. Elle lui fit donner des cours de chant.

Le maître de musique fut bouleversé par la pureté cristalline de la voix d'Octavie. En revanche, il ne fut pas dupe de son déguisement. Il parla franchement à la mère. L'enfant menaçait de muer. Il fallait prendre une décision. Quand elle parla à Octavie des bénéfices qu'ils pourraient tirer d'une telle opération, l'enfant prit peur. L'espoir d'une carrière musicale s'évanouit bientôt. La voix adulte d'Octavie s'avéra définitivement impropre au chant.

« Les rapports entre la mère et l'adolescent s'aigrirent. Elle lui reprocha d'avoir refusé de faire leur fortune. Lui, d'avoir voulu lui infliger des souffrances inhumaines. Des années plus tard, Octavie réalisa en partie sa vocation en substituant la comédie au chant. Jamais ses habits de femme ne le quittaient. À force de travail et de censure, il fit illusion. Certains ne s'en laissèrent pas conter et répandirent leurs insinuations. D'autres l'aimèrent et l'admirèrent pour ce qu'il était. Les rares détenteurs du secret, heureusement, furent d'une fidélité absolue. Malgré tout, Octavie sentit qu'elle ne pourrait lutter éternellement contre la rumeur et préféra se retirer dès que sa sécurité matérielle fut assurée. Aux heures sombres, il lui arrivait de regretter l'opération qui lui aurait permis de vivre pleinement son rêve d'art et d'amour. »

Baptiste sentait le sang lui battre aux oreilles.

« Et ensuite ?

– C'est tout.

– Mais l'histoire ne peut pas se terminer ainsi !

– Dans la vie il y a des histoires qui se terminent bien avant la dernière page.

– Me laisserez-vous au moins vous demander…

– Non, Baptiste. Conjecturez tant que vous voudrez, mais vous n'obtiendrez plus rien de moi. Nous avions un pacte. Et puis vous êtes insatiable et chacune de mes réponses entraînerait mille questions. Si vous le pouvez, oubliez tout cela et dormez. »

★

Baptiste resta absent trois semaines. L'entretien avec Sophie fut bref mais digne. La jeune femme ne se montra pas étonnée du laïus de son fiancé. Des plaques rouges marbrèrent seulement ses joues. Les deux fiancés se quittèrent en se serrant les mains. Maître Bouchard crut bienvenu d'apprendre à Baptiste que la demoiselle, à bout de patience, avait commencé à faire bon œil aux avances du fils Congre. Ce garçon avait des idées arrêtées sur ce à quoi devait ressembler le commerce de bonnets à l'heure de la publicité naissante. Sophie avait écouté son boniment avec intérêt. Baptiste eut la surprise d'en éprouver du chagrin. Il se laissa consoler par Nanon. Tous les jours, elle lui servait un de ses plats favoris – haricot d'agneau, rôti aux pommes ou poularde braisée sur son lit d'endives au jus. Elle ne le laissa partir chez son oncle que quand elle le jugea assez remplumé.

Pierre-Marie Rivière s'extasia sur l'exemplaire de *La Philosophie dans le boudoir* que son neveu avait apporté dans ses bagages. Le collectionneur était prêt à l'acheter pour une belle somme. Baptiste lui expliqua qu'il fallait attendre le règlement de la succession. Il lui montra aussi *Olivier*, qu'Étienne avait pris sur lui de lui offrir. Le bibliophile examina le mince volume avec circonspection. Il était vraisemblable que ce fascicule bourré de coquilles et mal imprimé était une contrefaçon valant à peine son poids de papier. Baptiste crut lui faire meilleure impression en lui montrant son fusain de Girodet, mais Pierre-Marie Rivière n'était pas aussi amateur d'art que de livres lestes. Baptiste garda donc pour lui ces deux trésors. Il les disposa dans sa chambre pour en faire un autel à ses souvenirs d'Escreuil.

L'oncle était bienveillant, mais incapable de prendre aux sérieux les postures romantiques de ce grand garçon de vingt-cinq ans. À ses yeux, il n'existait aucune douleur morale sans solution pratique. Si Baptiste ne voulait pas rester chez maître Bouchard, il était prêt à le prendre à la fabrique. S'il voulait voyager ou devenir peintre – Baptiste avait parlé de faire le Grand Tour jusqu'à Naples –, il était disposé à financer l'entreprise. Mais quand son neveu déclara qu'il songeait sérieusement à se faire agriculteur – Baptiste avait pompeusement dit *physiocrate* –, Pierre-Marie Rivière éclata de rire :

« Ou je me trompe, ou il y a quelque histoire de cœur là-dessous. Je te verrais plutôt séminariste que les mains pleines de terre ! »

Baptiste savait que son oncle avait raison. La campagne le dégoûtait, surtout l'hiver. Ce qu'il avait rêvé, c'était la vie de château. Mais il n'était pas sûr de pouvoir sacrifier son avenir à Étienne. Alors en attendant d'y voir plus clair, il revint chez maître Bouchard.

★

Plusieurs énigmes s'étaient dissipées à la lumière du récit de Séverine, de la voix désaccordée de la baronne à sa panique face à la moindre déclaration amoureuse. Mais tout n'était pas résolu pour autant. *Qui avait su ?* Le duc d'Ardelles et la Raucourt avaient-ils encouragé Léonie dans son entreprise de dissimulation ? La comédienne s'était-elle retirée de la scène pour échapper à un chantage, peut-être celui d'une Mlle Lange ? Avait-elle accepté de cohabiter avec Simon à Escreuil parce qu'il menaçait de tout révéler ?

Pourtant, Baptiste avait la conviction que l'Adonis en bonnet rouge n'avait jamais rien subodoré. Non plus qu'Armand, d'ailleurs. Pour les deux demi-frères, Léonie avait dû rester cette inaccessible sylphide, belle dame sans merci auréolée de mystère. Si Simon avait jamais soupçonné quelque chose, c'était plus tard. Peut-être seulement quand Léonie était revenue du Piémont. Son instinct l'avait alors détourné de cette créature sans âge, couverte de fards et de pommades. Il lui avait fait préférer un être plus jeune, plus tendre, moins composé.

Et si néanmoins Simon avait toujours été de mèche avec Léonie ? S'il avait tué son père sur son ordre, en dépit des dénégations du vieux Grosbois ? Si elle lui avait donné l'exemple en étranglant Diane de Selves dans cette arrière-boutique du Palais-Royal ? N'était-il pas vraisemblable que Léonie ait voulu se venger des mauvais traitements de sa mère ou se débarrasser du témoin le plus encombrant de son secret ? Baptiste, inlassablement, revenait au mystère de ces années italiennes. Qu'avait vécu la baronne *avant* son arrivée en France ? Qu'y avait-elle cherché *après*, durant cet exil de vingt ans ? L'apaisement de l'incognito ? Les rêves de sa jeunesse ? Son propre père, disparu depuis tant d'années ?

Il fallait renoncer. Accepter de ne jamais connaître ni rien ni personne. Ainsi, il ignorait s'il pouvait encore faire confiance à Étienne tant il était manifeste que ce dernier lui avait caché des choses. Séverine aussi lui avait menti. Il était à présent certain que quand elle avait fait tomber le pot de brou de noix, le premier soir, c'était pour prévenir la baronne de la présence d'un intrus. Pourquoi ? Il ne le saurait jamais. Séverine ne se laisserait plus interroger et il lui faudrait vivre avec ses incertitudes jusqu'à ce qu'elles cessent de le démanger.

⋆

Vers la fin de son séjour à Coutances, les cauchemars revinrent. Ils avaient pour point commun de se situer tous *là-bas*. Dans l'un, un corridor – celui-là même qu'il avait arpenté dans un précédent rêve – débouchait sur un magasin de perruques. Baptiste contournait les étalages de toupets et de postiches poudrés. Soudain, dans un renfoncement, il se trouvait face à la baronne en train d'étrangler un vieux mannequin. Il voulait lui crier de cesser mais aucun son ne sortait de sa bouche. Un deuxième rêve se situait dans la chambre même de Léonie. Elle était nue. Une peau de bête cachait le haut de ses cuisses. En s'approchant, il reconnaissait Endymion. Il s'émerveillait de l'ingéniosité du peintre qui, renonçant à représenter l'éclat sombre de ses yeux, avait eu l'idée de lui fermer les paupières. Comme la peau allait glisser de la hanche d'Endymion, un nuage couvrait la lune. Et quand la clarté revenait, une vieillarde énucléée avait remplacé l'éphèbe. Dans un dernier rêve, Baptiste suivait un homme en costume de voyageur. Persuadé qu'il s'agissait de la baronne, il la hélait. L'autre se retournait en disant : « Grossière erreur ! » C'était Saint-Just, et son beau visage était léché par un reflet d'incendie.

Le lendemain de ce rêve funeste, Baptiste trouva pour lui un billet signé de Benoît.

« *Il est arrivé une catastrophe.*

Prenez la première diligence pour Granville. Je vous attendrai. »

⋆

Benoît faisait le guet au relais de poste, déjà en selle.

« Prendrez-vous un cheval ?

– J'aimerais mieux monter avec vous. »

Benoît inclina la tête et aida Baptiste à grimper derrière lui.

« Il y a eu un incendie au château. Rassurez-vous, Séverine est sauve.

– Où est-elle ?

– À *L'Amarre*. Je vous emmène.

– Et Étienne ?

– La police le cherche. »

Agrippé derrière Benoît, Baptiste sentait les muscles de son dos rouler contre sa joue. Tout autour de lui, les marécages environnés de brume montaient et descendaient. Encore une dizaine de minutes et il rendrait son déjeuner. En phrases courtes, Benoît lui apprit l'essentiel. L'incendie s'était déclaré trois jours plus tôt. Comme le vent soufflait en rafales, il s'était propagé à la vitesse de l'éclair. Un premier foyer, dans l'aile Louis XIII, avait gagné la tour octogonale et le pavillon Renaissance. La présence d'un deuxième foyer dans la tour médiévale laissait croire à une origine criminelle. La hauteur des flammes avait donné l'alerte. Les premiers secours étaient arrivés de Saint-Pair quand l'incendie ne pouvait plus être maîtrisé. Les tuyaux de la pompe étaient trop courts. Les fermiers des environs, appelés à l'aide, avaient été réduits à une chaîne dérisoire depuis l'embarcadère pour jeter des seaux dans la fournaise.

De mémoire d'homme on n'avait jamais vu incendie si violent à si faible distance d'une si grande quantité d'eau. La tempête faisait poudroyer la pluie au-dessus du feu sans l'arrêter. Le vent promenait cet arrosage dérisoire qui semblait encore exciter les flammes. Il avait fallu attendre le lendemain en fin d'après-midi pour les maîtriser puis faire des recherches.

Simon était mort. On l'avait retrouvé asphyxié dans le poulailler. Miraculeusement, Séverine n'était pas encore couchée. Elle avait pu quitter la tour médiévale avant que le feu prenne dans l'escalier. Benoît l'avait trouvée en arrivant, guettant les secours sur la route, en état de choc, mais indemne. Rose Langlois s'était réfugiée chez son confesseur au milieu de la nuit, les yeux écarquillés d'horreur, le visage luisant de suie, incapable d'articuler une parole. La gendarmerie l'avait interrogée en vain. Seul Étienne manquait à l'appel.

Comme ils traversaient la forêt, une poussière cendreuse vint se déposer sur ses lèvres.

« Laissez-moi descendre.

– Vous ne m'accompagnez pas ?

– Je vous rejoins plus tard. Pouvez-vous confier mon bagage à la vieille Marie ?

– La Marie semble avoir perdu la tête depuis la nouvelle de l'incendie. Elle est alitée.

– Il est donc impossible d'avoir une chambre ?

– *L'Amarre* est transformée en hôpital de fortune pour les pompiers blessés. Je ne sais plus où donner de la tête. Je comptais sur vous pour rester auprès de Séverine.

– Pollastro ne peut-il pas prendre ma place en attendant que j'arrive ?

– Il a quitté la région. Je suis seul pour faire face à tout.

– Laissez-moi seulement une heure. Je vous promets de ne pas vous faire défaut. »

*

Il errait dans un paysage d'apocalypse. Une boue grise à reflets lavande avait recouvert toutes les allées. La silhouette du château se découpait dans le brouillard, sinistre, encore fumante. Amputée de sa toiture, la tour médiévale paraissait décapitée. La bâtisse crénelée qui reliait les deux tours, moins endommagée, servait de perchoir à d'énormes corbeaux. À l'est, le pavillon Renaissance et la tour octogonale, cuirassés de suie, le regardaient de leurs yeux noirs : sous l'effet de la chaleur, toutes les vitres avaient sauté.

Il n'avait pas pensé à demander à Benoît si on avait pu sauver les livres et les tableaux. L'assistant de Pollastro l'avait seulement mis en garde contre les risques d'écroulement. Le site était dangereux. Baptiste fit le tour par le potager et se retrouva sur la terrasse. Le même coton noir, hideux, s'était déversé sur les pierres et les plantes.

Il leva la tête vers sa fenêtre de sa chambre. Le lierre qui en festonnait l'encadrement était tout recroquevillé. Il soupira. La surprise l'avait interloqué au point de tarir sa manie des questions. Mais en quoi l'identité du pyromane lui importait-elle à présent ? Qu'il s'agisse de Rose Langlois en proie à sa furie purificatrice, de Simon Dalbret incapable de survivre à la baronne ou même de la Marie portée par sa haine ancestrale, cela changeait-il quoi que ce soit à l'horrible vérité ? Escreuil n'était plus. Une seule chose désormais comptait pour Baptiste : qu'Étienne n'y soit pour rien. Une seule inquiétude était capable de le torturer : vivait-il ?

Il fit quelques pas en direction de l'ancien bureau de l'intendant. À coup sûr, les flammes avaient fait disparaître les admirables grotesques qui ornaient les murs. Mais ce désastre non plus ne pouvait l'atteindre. À quelques pouces de la fenêtre, une faible lueur l'arrêta. Il se pencha et aperçut une pointe métallique biseautée. En la ramassant, il se coupa et une goutte de son sang tomba dans la cendre blanche. Il regarda la lame. C'était le couperet de la petite guillotine.

À cet instant, des aboiements retentirent.

Sa trouvaille à la main, Baptiste fit le tour de la bâtisse et vint se placer sur le perron du château. Son cœur lui sortait par la bouche. Du fond de l'allée d'ormes, précédé de sa nuée de dogues, Étienne avançait dans sa direction.

Remerciements

À Sylvain Moulène, toujours, Yohann Propin pour avoir su si bien visualiser et restituer tout ce que j'avais en tête, Anne-Marie et Denis Moulène pour la plus belle résidence d'écrivain qu'on puisse imaginer, Jean Mattern pour la patience et l'amitié si précieuses, Nadia Butaud et Blandine Le Callet pour l'acuité du regard, Sylvie Guichard, Anne Malaprade et Mone Desjardins, lectrices fidèles et supportrices de la première heure, Suzanne et Sorbas von Coester pour avoir passé le relais, Isabelle Lacroze et Grégoire Leménager pour de précieux conseils en des heures difficiles, enfin mes éditeurs Marie Leroy et Séverin Cassan qui ont bien voulu pousser avec moi la porte de ce château lugubre.

La collection RUBIS

La littérature est le sang qui nous bat dans les veines. Elle est notre respiration, notre élan vital. Le rubis, reine des pierres précieuses, est le symbole de ce feu inextinguible qui embrase tous nos écrivains depuis la création de notre collection, en 2017.

Littérature comme courage de dire ;

Littérature comme sincérité du partage ;

Littérature comme fascination des histoires ;

Littérature comme singularité des voix.

La collection Rubis ne publie que les livres qui ont provoqué un choc, une émotion de vie, un arrêt de l'existence sur une phrase.

Un feu inextinguible.

Dans la collection Rubis

Les Chiens de faïence
Thomas Louis

La Pâqueline ou les mémoires d'une mère monstrueuse
Isabelle Duquesnoy

Rosa dolorosa
Caroline Dorka-Fenech

Avant les diamants
Dominique Maisons

Rhapsodie des oubliés
Sofia Aouine

Le Temps d'une allumette
Agathe Chenevez

La Redoutable Veuve Mozart
Isabelle Duquesnoy

La Massaia
Paola Masino

L'Embaumeur ou l'odieuse confession de Victor Renard
Isabelle Duquesnoy

Les Panthères grises
Patrick Eudeline

Mademoiselle, à la folie !
Pascale Lécosse

Des nouvelles de l'amour
Nicolas Rey

FSC
www.fsc.org
MIXTE
Papier issu de
sources responsables
FSC® C106600

RÉALISATION : NORD COMPO À VILLENEUVE-D'ASCQ
ACHEVÉ D'IMPRIMER PAR DZS GRAPHIK
DÉPÔT LÉGAL : AOÛT 2022. N° 150111
IMPRIMÉ EN SLOVENIE